T0349413

CANDACE BUSHNELL

SEXO EN NUEVA YORK

Traducción de Ignacio Alonso Blanco

Arcopress • Narrativa actual
Directora editorial: Pilar Pimentel
Edición de Nieves Porras

www.arcopress.com
Síguenos en @ArcopressLibros
Parque Logístico de Córdoba. Ctra. Palma del Río, km 4
C/8, Nave L2, nº 3. 14005 - Córdoba

Imprime: Romanyà Valls
ISBN: 978-84-11313-61-2
Depósito Legal: CO-1728-2024
Hecho e impreso en España - Made and printed in Spain

Para Peter Stevenson y Snippy, que una vez mordió su oso de peluche.

Y para todos mis amigos.

Índice

CAPÍTULO 1
MI EDUCACIÓN POCO O NADA SENTIMENTAL ¿AMOR EN MANHATTAN? NO CREO...

Te voy a contar un cuento del Día de San Valentín. Prepárate.

Érase una vez una periodista inglesa que se mudó a Nueva York. Ella, una mujer atractiva e ingeniosa, no tardó en engancharse al típico soltero codiciado neoyorquino. Tim era banquero de inversión, tenía cuarenta y dos años y ganaba unos cinco millones de dólares anuales. Se besaron e hicieron manitas durante dos semanas... hasta un cálido día otoñal, cuando la llevó en coche a la casa que estaba construyendo en los Hamptons. Allí estudiaron los planos con el arquitecto.

—Quise decirle al arquitecto que cerrase las barandillas del segundo piso para que los niños no cayesen —comentó la periodista—. Esperaba que Tim me propusiese matrimonio.

El domingo por la noche la dejó en su apartamento y le recordó que tenían planes para cenar el martes. El martes la llamó y le dijo que debía posponer la cita. Decidió llamarlo tras dos semanas sin recibir noticias suyas.

—Está siendo un aplazamiento terriblemente largo —le dijo. Él le respondió que la llamaría esa misma semana. Nunca lo hizo, por supuesto. Pero lo interesante para mí es que ella no lograba comprender lo sucedido. En Inglaterra, explicó, haber conocido al arquitecto habría significado algo. Entonces caí en la cuenta. Claro. Era londinense. Nadie le había hablado del Fin del Amor en Manhattan. «Aprenderá», pensé.

Bienvenidos al fin de la inocencia. Aún brillan las destellantes luces de Manhattan que sirvieron como telón de fondo para las citas y los apretados corpiños de Edith Wharton...[1] Pero el escenario está vacío. Nadie desayuna en Tiffany's y nadie tiene aventuras dignas de recordar... Ahora desayunamos a las siete de la mañana y procuramos olvidar las aventuras cuanto antes. ¿Cómo hemos llegado a este desastre?

Truman Capote comprendió a la perfección nuestro dilema de los noventa (el dilema del amor y el acuerdo). En *Desayuno en Tiffany's*, Holly Golightly y Paul Varjak se enfrentan a una serie de restricciones (él era un mantenido y ella también), pero al final las superan y eligen el amor frente al dinero. Eso no es muy habitual en el Manhattan de hoy. Todos somos mantenidos (por nuestros trabajos, nuestros apartamentos y, en algunos casos, por la jerarquía en Mortimer's y Royalton, por la primera línea de playa en los Hamptons o por los asientos en primera fila del Garden) y nos gusta. Lo primordial es protegerse y cerrar el acuerdo. Cupido ha dejado el trabajo.

¿Cuándo fue la última vez que oíste a alguien decir «te quiero» sin añadir la inevitable (y a veces tácita) coletilla de «como amigo»? ¿Cuándo fue la última vez que viste a dos personas mirándose a los ojos sin pensar en nada más? Sí, ¿verdad? ¿Y la última vez que oíste a alguien anunciar, sin pensar, «estoy enamorado del todo, hasta las cachas»? Espera al lunes por

---

[1]   Escritora estadounidense, autora, entre otras, de *La casa de la alegría* (1905). N. del T.

la mañana. ¿Y cuál resultó ser el éxito cinematográfico navideño no protagonizado por Tim Allen? *Acoso* (diez o quince millones de cinéfilos fueron a ver sexo no deseado y carente de afecto entre ejecutivos erotomaníacos), a duras penas la historia que nos gusta imaginar cuando pensamos en el amor, pero muy bien ajustada a las relaciones en la moderna Manhattan.

Hay sexo de sobra en Nueva York, pero de la clase que termina en amistad o tratos comerciales, no en romance. Hoy todo el mundo tiene amigos y colegas, aunque nadie tiene amantes… a pesar de haberse acostado juntos.

Volvamos a la periodista inglesa: espabiló después de seis meses, algunas *relaciones* más y una breve aventura con un hombre que la llamaba desde fuera de la ciudad para decirle que la telefonearía a su regreso (y nunca lo hizo).

—Las relaciones en Nueva York consisten en desapego —dijo—. ¿Cómo haces cuando tomas la decisión de comprometerte?

Te vas de la ciudad, cielo.

AMOR EN EL BOWERY BAR, PRIMERA PARTE

Es viernes por la noche en el Bowery Bar. Nieva y el local está animado. Ahí vemos a la actriz de Los Ángeles, deliciosamente fuera de lugar con su chaqueta de vinilo gris, su minifalda y su escote demasiado bronceado y adornado con un medallón de oro. Ahí vemos al actor, cantante y juerguista Donovan Leitch ataviado con un plumífero verde y una mullida gorra con orejeras. Y ahí vemos a Francis Ford Coppola en una mesa con su esposa. Hay una silla vacía. Pero no solo es una silla vacía, es una silla incitadora, tentadora y provocadoramente vacía. Está tan vacía que es la más ocupada del local. Y entonces, justo cuando el vacío de la silla amenaza con montar una escena, Donovan se sienta en ella para charlar. Todo el mundo se muere de celos al instante. Todo el mundo se cabrea. La energía de la sala da un violento bandazo. Así es un romance en Nueva York.

EL HOMBRE FELIZMENTE CASADO

—El amor implica aliarse con el otro, de acuerdo, pero ¿qué pasa si esa persona se convierte en una carga? —comentó un amigo, una de las pocas personas que conozco feliz tras doce años de matrimonio—. Y cuanto más echas la vista atrás, más lo observas en retrospectiva, más te convences. Entonces comienzas a alejarte de la relación, cada vez más, a no ser que suceda algo capaz de sacudirte de verdad…, como la muerte de tus padres.

»Los neoyorquinos construyen una muralla a su alrededor imposible de atravesar —continuó—. Me siento afortunado porque las cosas me hayan ido bien tan pronto; por aquí no es tan fácil mantener una relación… Es casi imposible volver atrás.

LA MUJER (DIGAMOS) FELIZMENTE CASADA

Me llamó una amiga casada.

—No sé cómo se las arregla la gente para hacer que una relación funcione en esta ciudad. Es muy difícil. Mira todas esas tentaciones. Salir. Copas. Drogas. Otra gente. Quieres divertirte. ¿Y qué haces si tienes pareja? Os quedáis en vuestro minúsculo apartamento y os dedicáis a miraros. Es más fácil si uno está solo —afirmó con cierta melancolía—. Tú puedes hacer lo que quieras. No tienes que ir a casa.

EL SOLTERO DE COCO PAZZO

Mi amigo Capote Duncan, hace años, cuando era uno de los solteros más codiciados de Nueva York, salía con todas las mujeres de la ciudad. Por entonces aún éramos lo bastante románticas para creer que alguna podría cazarlo. Algún día se enamorará, pensábamos. Todo el mundo acaba enamorándose, y cuando él lo haga será con una mujer bonita, inteligente y exitosa. Pero esas mujeres bonitas, inteligentes y exitosas no paraban de desfilar. Y él no se enamoraba.

Estábamos equivocadas. Hoy Capote se sienta a cenar en el Coco Pazzo y dice que es inalcanzable. No quiere una relación. Ni siquiera quiere intentarlo. No le interesa el compromiso romántico. No quiere ni oír hablar de las neuras que pululan por la cabeza de otras personas. Les dice a las mujeres que pueden ser sus amigas y acostarse con él, pero que eso es todo lo que hay y lo que habrá.

Y le va bien. Ya ni lo entristece como solía.

AMOR EN EL BOWERY BAR, SEGUNDA PARTE

Estaba sentada en una mesa del Bowery en compañía de Parker, un novelista de treinta y dos años que escribe acerca de relaciones destinadas a un inevitable fracaso, su novio, Roger, y Skipper Johnson, abogado en la industria del entretenimiento.

Skipper tiene veinticinco años y es la personificación del empecinado recelo de la generación X frente al amor.

—No creo que encuentre a la persona adecuada y me case, así de sencillo —dijo—. Las relaciones son demasiado intensas. Si crees en el amor, te espera la decepción. No puedes confiar en nadie, y punto. La gente de hoy está corrompida hasta el tuétano.

—Pero hay un rayo de esperanza —protestó Parker—. Esperas que te salve del cinismo absoluto.

Skipper no dio su brazo a torcer.

—El mundo está bastante más jodido ahora que hace veinticinco años. Me cabrea haber nacido en una generación en la que todo me pasa a mí. El dinero, el sida y las relaciones, todo está vinculado. La mayoría de la gente de mi edad no cree que consiga un trabajo fijo. Uno no está para compromisos si contempla su futuro financiero con temor.

Comprendía su cinismo. No hacía mucho, yo misma había dicho que no quería una relación porque al final, y a menos que te cases, te quedas sin nada.

Skipper le dio un buen trago a su copa.

—¡No tengo alternativa! —gritó—. No me van las relaciones superficiales, así que no hago nada. No tengo sexo ni romances. ¿Para qué? ¿Qué necesidad hay de vivir con la posibilidad de enfrentarse a un embarazo o de sufrir una enfermedad? No tengo problemas. No temo a enfermedades, psicópatas o acosadoras. ¿Por qué no limitarse a salir con los amigos, tener conversaciones inteligentes y pasar un buen rato?

—Estás mal de la cabeza. No se trata de dinero —rebatió Parker—. Quizá no podamos ayudarnos desde el punto de vista económico, pero sí en otros aspectos. Las emociones no cuestan nada. Tienes a alguien por quien regresar a casa. Hay alguien en tu vida.

Yo tenía la teoría de que el único lugar de Nueva York donde se podía encontrar amor y romance era en la comunidad homosexual... Esos hombres seguían siendo amigos con extravagancia y pasión, mientras el amor heterosexual se ocultaba en el armario. Sostenía esa teoría en parte por todo lo que había leído y escuchado últimamente acerca del multimillonario que había dejado a su esposa por un hombre más joven... Y paseaba con toda la gallardía a su joven pretendiente por los restaurantes más punteros de Manhattan, delante de las narices de los columnistas dedicados al chismorreo. «Ahí tenemos al verdadero amante», pensé.

También Parker apoyaba mi teoría. Se puso enfermo cuando él y Roger comenzaban a salir. Roger fue a su casa para prepararle la cena y cuidar de él. Eso nunca hubiese sucedido con un heterosexual. Si este se hubiese puesto enfermo justo cuando comenzaba a salir con una mujer y ella se hubiera empeñado en cuidarlo, habría flipado... Habría pensado que intentaba engatusarlo para instalarse en su vida. La entrada se cerraría con un portazo.

—El amor es peligroso —afirmó Skipper.

—Saberlo te hace atesorarlo y esforzarte más por conservarlo —apuntó Parker.

—Pero no puedes controlar tus relaciones.

—Estás chiflado.

Roger intervino para intentar convencer a Skipper.

—¿Y qué hay de los románticos trasnochados? —preguntó.

Mi amiga Carrie decidió intervenir. Conocía bien el percal.

—Cada vez que un hombre me dice que es un romántico, me entran ganas de chillar —dijo—. Eso significa que tiene una idea romántica de ti; y esa se apaga en cuanto te conviertes en alguien real y dejas de actuar en su fantasía. Eso hace peligrosos a los románticos. Alejaos.

En ese momento uno de aquellos románticos se acercó peligrosamente a la mesa.

EL GUANTE DE LA DAMA

—El preservativo acabó con el romance, pero facilitó mucho acostarse con alguien —dijo un amigo—. Hay algo en su uso que, para las mujeres, hace como si el sexo no contase. No hay contacto. Así que es más fácil que se metan en la cama contigo.

AMOR EN EL BOWERY BAR, TERCERA PARTE

Barkley, de veinticinco años, era un artista. Él y mi amiga Carrie llevaban ocho días *viéndose*, lo cual significa que salían juntos, se besaban, se miraban a los ojos y todo era dulzura. Con todos los tipos de treinta y cinco años que conocíamos, todos hasta arriba de sofisticado cinismo, Carrie decidió que podría intentar salir con alguien más joven, alguien que no llevase tiempo suficiente en Nueva York para endurecerse.

Barkley le dijo a Carrie que era un romántico «porque así lo siento» y también que deseaba guionizar la novela de Parker. Carrie se ofreció a presentárselo y esa era la razón por la que él se encontraba en el Bowery aquella noche.

Pero cuando el chico se presentó, Carrie y él se miraron a los ojos y... no sintieron nada. Barkley, quizá, presintiendo lo inevitable, llegó con una *cita*, una joven desconocida con brillantina en la cara.

No obstante, al sentarse, dijo:

—Creo en el amor, por supuesto. Para mí sería muy deprimente no creer en él. Las personas somos mitades sueltas. El amor hace que todo cobre un sentido más profundo.

—Ya, y luego alguien te lo arrebata y quedas jodido —señaló Skipper.

—Cada uno crea su lugar —respondió Barkley.

Skipper enumeró sus expectativas:

—Vivir en Montana con una antena parabólica, un fax y un Range Rover... Así estás a salvo.

—Quizá quieras algo poco conveniente —intervino Parker—. Quizá lo que quieres te incomoda.

—Quiero belleza. Quiero estar con una mujer bonita. No lo puedo evitar —dijo Barkley—. Por eso muchas de las chicas con las que termino saliendo son tontas.

Skipper y él sacaron sus móviles.

—Tu teléfono es demasiado grande —comentó.

Más tarde, Carrie y Barkley fueron al Tunnel, miraron a toda la gente guapa del local, fumaron cigarrillos y se atiborraron de copas. Él se fue acompañado por la chica con brillantina en el rostro y Carrie con Jack, el mejor amigo de Barkley. Bailaron y anduvieron por la nieve como dos posesos en busca de un taxi. Carrie no podía ni mirar el reloj.

Barkley la llamó al día siguiente, por la tarde.

—¿Qué pasa, colega?

—Pues no sé. Me has llamado tú.

—Te dije que no quería tener novia. Tú sola te liaste. Ya sabías cómo soy.

Carrie quiso decir: «Ah, claro, sabía que eras un superficial mujeriego barato y por eso quise salir contigo».

Pero no lo hizo.

—No me acosté con ella. Ni siquiera la besé —prosiguió—. Me da igual. No volveré a verla si no quieres.

—La verdad es que me importa una mierda. —Y lo aterrador del asunto es que así era.

Después pasaron las siguientes cuatro horas discutiendo las pinturas de Barkley.

—Estaría dispuesto a hacer esto todo el día, todos los días. Es mucho mejor que el sexo.

EL TIPO AUTÉNTICO

—Solo nos queda el trabajo —dijo Robert, un editor de cuarenta y dos años—. Con tanto que hacer, ¿quién tiene tiempo para ser romántico?

Robert contó la historia de una aventura con una mujer que le gustaba de verdad, aunque después de un mes y medio resultó evidente que aquello no iba a funcionar.

—Me hizo toda clase de pruebas, o lo que sea. Se suponía, por ejemplo, que debía llamarla el miércoles para salir el viernes. Pero, claro, quizá ese miércoles no tenía ganas de nada más que de morirme y sabe Dios cómo estaría el viernes. Quería a alguien que estuviese loco por ella. Eso lo comprendo. Pero no puedo simular sentir algo que no siento.

—Seguimos siendo amigos, por supuesto —añadió—. Nos vemos a menudo. Solo que no nos acostamos.

NARCISO EN EL FOUR SEASONS

Un domingo por la noche fui a un acto benéfico celebrado en el Four Seasons. El lema era «Oda al amor». Las mesas tenían el nombre de parejas famosas... Ahí estaban Tammy Faye y Jim Bakker, Narciso y él mismo, Catalina la Grande y su caballo o Michael Jackson y amigos. Al D'Amato se sentó en la de Bill y Hillary. Cada mesa contenía un centro con objetos relacionados; por ejemplo, la de Tammy Faye y Bakker tenía pestañas postizas, sombra de ojos azul y lápices labiales. La de Michael Jackson tenía un gorila de peluche y un rostro de chocolate Porcelana color crema.

Allí estaba Bob Pittman.

—El amor no ha pasado... Es fumar lo que ha pasado —dijo Bob con una amplia sonrisa; su mujer, Sandy, estaba sentada a su lado y yo entre el follaje del interior intentando fumar un cigarrillo a escondidas. Sandy anunció que iba a escalar una montaña de Nueva Guinea y que pasaría varias semanas fuera.

Me fui sola a casa, aunque justo antes de salir alguien me dio la quijada del caballo de la mesa de Catalina la Grande.

AMOR EN EL BOWERY BAR: EPÍLOGO

Donovan Leitch dejó la mesa de Francis Ford Coppola y se acercó.

—Ah, no —dijo—, estoy convencido de que el amor puede con todo. A veces solo hay que concederle cierto espacio.

Y eso es justo lo que falta en Manhattan.

Ah, por cierto, Bob y Sandy se están divorciando.

CAPÍTULO 2

¿INTERCAMBIO DE PAREJAS? NO CREO...

Todo comenzó como siempre comienza todo: del modo más inocente. Estaba sentada en mi apartamento dando buena cuenta de una saludable comida consistente en galletas saladas y sardinas cuando recibí la llamada de un conocido. Un amigo suyo había ido a Le Trapeze, un club sexual solo para parejas, y estaba asombrado. Pasmado. Había gente desnuda (manteniendo relaciones sexuales) justo frente a él. A diferencia de los locales para sadomasoquistas, donde en realidad no hay sexo, aquello era real, a saco. La amiga del chico se quedó un poco flipada... Aunque cuando otra mujer, desnuda, se restregó contra ella, «digamos que le gustó». Según él.

De hecho, el tipo se encontraba tan en su salsa en ese lugar que no quiso que escribiese acerca de él, pues temía que la publicidad lo estropease, como sucede con todos los locales decentes de Nueva York.

Comencé a imaginar toda clase de cosas: parejas hermosas de jóvenes con cuerpos esculturales. Tímidos toques. Chicas de largo y ondulado cabello rubio tocadas con guirnaldas de hojas de parra. Chicos con blancas y perfectas dentaduras ataviados con taparrabos confeccionados con hojas de vid. Yo misma con un vestido, también de hojas de parra, muy corto y con un solo hombro. Entrábamos con nuestras ropas y salíamos iluminados.

El contestador del local me devolvió a la realidad sin contemplaciones.

—En Le Trapeze no hay extraños, solo amigos a los que aún no has conocido —dijo una voz de género indeterminado, antes de añadir que allí había «bar de zumos y bufé de platos fríos y calientes», cosas que a duras penas podía relacionar con sexo o desnudez. El 19 de noviembre iban a organizar una «Noche oriental» para celebrar el Día de Acción de Gracias. Sonaba interesante, pero solo habría comida oriental, no gente oriental.

Debería haber abandonado la idea en ese momento. No debería haber escuchado a la intimidante y excitada Sallie Tisdale, quien en su libro de porno para ejecutivos *Talk Dirty to Me*[2] anima al sexo grupal y en público: «Este es un tabú en el más amplio sentido del término. [...] Desaparecerá si los locales sexuales hacen lo que se supone que deben hacer. Sí, tal como se teme, los límites caerán. [...] El núcleo no resistirá». Debería haberme preguntado qué hay de divertido en eso.

Pero tenía que verlo con mis propios ojos. Y así, hace poco, mi calendario tuvo dos eventos para un miércoles por la noche: a las 21:00, cena con el diseñador Karl Lagerfeld en el Bowery; a las 23:00, Sex Club Le Trapeze, calle 27 Este.

---

2   Literalmente: dime guarradas. N. del T.

MUJERES DESORDENADAS; CALCETINES ALTOS

Al parecer, a todo el mundo le gusta hablar de sexo, y los asistentes a la cena con Karl Lagerfeld, casi todos modelos glamurosos y editores del mundo de la moda con cuenta de gastos, no eran una excepción. De hecho, el tema organizó un pequeño revuelo en nuestro lado de la mesa. Una joven despampanante, de cabello oscuro y rizado y con esa actitud de estoy de vuelta de todo que solo los veinteañeros son capaces de mostrar, dijo que le gustaba ir a los bares de toples, pero solo a los «sórdidos como el Billy's Topless» porque las chicas eran «de verdad».

Entonces todo el mundo convino que los pechos pequeños eran mejores que los falsos y se hizo una encuesta: ¿quién, de entre los varones sentados a la mesa, había estado con una mujer que tuviese implantes de silicona? Nadie lo admitió, pero uno de ellos, un artista de unos treinta y cinco años, no lo negó con la vehemencia suficiente.

—Tú sí has estado —acusó otro, un hotelero muy exitoso con rostro de querubín—, y lo peor es que... te... gustó.

—No, de eso nada —protestó el artista—. Pero no me importaría.

Por fortuna llegaron los primeros platos y todo el mundo llenó sus copas de vino.

Siguiente asalto: ¿las mujeres desordenadas son mejores en la cama? El hotelero tenía una teoría.

—Si entras en el apartamento de una mujer y no hay nada fuera de sitio, ya sabes que no va a querer pasar el día en la cama, pedir comida china y comerla tirada en el catre. Va a hacer que te levantes y comas una tostada en la mesa de la cocina.

No sabía exactamente cómo responder a eso, pues soy, sin lugar a dudas, la persona más desordenada del planeta. Y es probable que en este mismo instante haya algún viejo envase del pollo especial del General Tso bajo mi cama. Por desgracia, me lo comí sola. Menuda teoría.

Se sirvieron los filetes.

—Lo que de verdad me vuelve loco es ver a una mujer vestida con falda de tartán y calcetines altos —dijo el artista—. La veo y ya no puedo trabajar en todo el día.

—No —replicó el hotelero—, lo peor es cuando sigues un poco a una chica por la calle y cuando se vuelve ves que es tan bonita como creías que iba a ser. Es la representación de todo lo que nunca conseguirás en esta vida.

El artista se inclinó hacia delante.

—Una vez pasé cinco años sin trabajar por culpa de una mujer —aseveró.

Se hizo el silencio. Nadie pudo superar eso.

Llegó la espuma de chocolate y con ella mi cita para ir a Le Trapeze. Como el local solo admite parejas (entiéndase un hombre y una mujer), tuve que pedirle a mi último exligue, Sam, un banquero de inversión, que me acompañase. Sam suponía una buena elección porque, en primer lugar, era el único hombre que pude conseguir y, en segundo lugar, ya tenía cierta experiencia con esta clase de cosas: allá por la Edad Media había ido a Plato's Retreat.[3] Una desconocida se acercó a él y le sacó aquello que no puede ser nombrado. Su novia, quien tuvo la idea de ir a ese local, huyó corriendo despavorida.

La conversación derivó hacia lo inevitable: ¿qué tipo de gente acude a un club sexual? Al parecer, yo era la única que no tenía la menor idea. Aunque ninguno de los presentes había ido nunca a uno de esos lugares, todos aseveraron que la clientela estaba compuesta por «perdedores de Nueva Jersey». Alguien señaló que uno no va a un club sexual así, a la ligera, sin una buena excusa, como, por ejemplo, que es parte de tu trabajo.

---

3   Literalmente: El retiro de Platón. Es un club neoyorquino dedicado al intercambio de parejas. N. del T.

La charla no me estaba reconfortando en absoluto. Le pedí al camarero un chupito de tequila.

Sam y yo nos levantamos para irnos. Un escritor dedicado a cubrir noticias de cultura popular nos dio un último consejo.

—Va a ser bastante horrible —advirtió, aunque jamás había asistido a un lugar semejante—. A menos que toméis el control. Tenéis que controlar el lugar. Tenéis que conseguirlo.

LA NOCHE DE LOS ZOMBIS SEXUALES

Le Trapeze se encontraba en un edificio de piedra blanca cubierto de pintadas. Tenía una entrada discreta, con una redondeada barandilla de metal, en realidad una versión barata de la entrada del hotel Royalton. Una pareja salía cuando entrábamos nosotros; la mujer, al vernos, se cubrió la cara con las solapas del abrigo.

—¿Es divertido? —pregunté.

Me miró horrorizada y corrió a meterse en un taxi.

Dentro había una pequeña cabina ocupada por un joven de cabello oscuro ataviado con una camiseta de *rugby* a rayas. Parecía tener unos dieciocho años. No levantó la mirada.

—¿Le pagamos a usted?

—Son ochenta y cinco dólares por pareja.

—¿Se puede pagar con tarjeta?

—Solo en efectivo.

—¿Me da un recibo?

—No.

Tuvimos que firmar unas tarjetas donde se leía que acatábamos las normas del sexo seguro. Nos facilitaron unos pases temporales que nos recordaban que en el interior no se permitía el empleo de cámaras o aparatos de grabación ni ejercer la prostitución.

Esperaba encontrar sexo tórrido, pero lo primero que vi fueron humeantes mesas... Es decir, el antes mencionado bufé de platos fríos y calientes. Nadie comía y sobre la mesa había un cartel donde se leía: ES OBLIGATORIO CUBRIRSE LA MITAD INFERIOR DEL CUERPO PARA COMER. Entonces vi a Bob, el encargado, un hombre barbudo y corpulento, vestido con una camiseta lisa y vaqueros, que más bien parecía el encargado de un Pets'R'Us[4] en Vermont. Bob nos contó que el club había sobrevivido quince años abierto debido a su «discreción».

—Y también porque aquí no significa no —añadió.

Nos dijo que no debíamos preocuparnos por actuar como mirones, pues casi todo el mundo comienza así.

¿Y qué vimos? Bueno, pues allí había una sala enorme con un gigantesco colchón de aire sobre el cual una masa compuesta por un puñado de parejas se dedicaba valientemente a la tarea; había una *silla sexual* (vacía) que parecía una araña; una mujer regordeta ataviada con una bata sentada junto a un yacusi, fumando; parejas con ojos vidriosos («la noche de los zombis sexópatas», pensé) y muchos hombres que parecían tener problemas para cumplir su parte del trato. Pero, sobre todo, estaban esas malditas mesas humeantes llenas de comida (repletas de, no sé, perritos calientes en miniatura) y, por desgracia, eso es casi todo lo que una necesita saber.

Le Trapeze era, como diría un francés, Le Estafé.

Hacia la una de la mañana la gente comenzó a regresar a sus casas. Una mujer vestida con una bata nos informó de que era del condado de Nassau y que deberíamos volver el sábado por la noche.

—El sábado por la noche hay *smörgåsbord*.[5]

No pregunté si se refería a la clientela... Temía que hablase de la comida.

---

4   Cadena de tiendas dedicada al cuidado de mascotas. N. del T.
5   Bufé dispuesto con diferentes platos de la cocina sueca. N. del T.

HABLANDO DE COSAS SUCIAS EN MORTIMER'S

Un par de días después acudí a una comida solo para mujeres en Mortimer's. De nuevo, la conversación giró en torno al sexo y mis experiencias en el club.

—¿No te encantó? —preguntó Charlotte, la periodista inglesa—. A mí me gustaría mucho ir a un sitio como ese. ¿No te excitó ver a toda esa gente teniendo sexo?

—No, señorita —respondí, llenándome la boca con una arepa cubierta de huevas de salmón.

—¿Y eso?

—Porque, en realidad, no ves nada —le expliqué.

—¿Y los hombres?

—Eso fue lo peor —afirmé—. La mitad tenía pinta de psiquiatra. Jamás podré volver a terapia sin imaginarme a un gordo barbudo tumbado en una estera extendida en el suelo, desnudo y con los ojos vidriosos mientras le hacen una mamada de una hora. Y, a pesar de todo, no acabar.

Sí, nos quitamos la ropa, le dije a Charlotte, pero nos cubrimos con toallas. No, no tuvimos sexo. No, no me excité, ni siquiera cuando una treintañera alta, atractiva y de cabello oscuro entró en aquel cuarto de juegos causando un revuelo. Expuso su trasero como un mono y en cuestión de minutos se perdió entre un revoltijo de brazos y piernas. En teoría, eso debería haber sido excitante, pero solo pude pensar en esos documentales de *National Geographic* acerca del apareamiento de los babuinos.

Lo cierto es que ni el exhibicionismo ni el voyerismo son actividades prevalentes. Y, ya puestos, tampoco el sadomasoquismo, a pesar de lo que últimamente una haya podido leer por ahí. En cualquier caso, el problema en esos clubes siempre acaba siendo la gente. Son las actrices incapaces de encontrar trabajo; pintores, escritores y cantantes de ópera fracasados o supervisores laborales de poca categoría que jamás alcanzarán un ascenso en su empresa. Personas capaces de retenerte con cuentos acerca de sus exparejas o sus problemas digestivos si te acorralasen en la barra de un bar. Son los incapaces de lidiar con el sistema. Marginales en el sexo y la vida. No necesariamente la gente con la que te gustaría compartir tus más íntimas fantasías.

Bueno, no todos los presentes en Le Trapeze eran pálidos y rollizos zombis hambrientos de sexo: antes de abandonar el local, Sam y yo nos encontramos en el vestuario con una mujer alta y llamativa acompañada por su pareja. Él era un hombre con rasgos típicamente estadounidenses, rostro cuidado y actitud locuaz; dijo ser de Manhattan y haber emprendido recientemente su propio negocio. Según nos contó, la mujer y él eran colegas. Él sonreía mientras ella se deslizaba en un traje amarillo de ejecutivo.

—Esta noche ha realizado una de sus fantasías —anunció.

La mujer lo fulminó con la mirada y salió del vestuario con aire ofendido.

Sam me llamó unos días después y le grité. Me preguntó si no recordaba que todo había sido idea mía.

Y después si no había aprendido nada.

Le dije que sí. Le dije que había aprendido algo: en lo que a sexo se refiere, no hay nada como el hogar.

Pero eso ya lo sabías, ¿verdad? ¿Verdad, Sam?

CAPÍTULO 3

ADORAMOS A LOS LIGONES EN SERIE

Una tarde, no hace mucho, siete mujeres se reunieron en Manhattan acompañadas por vino, queso y cigarrillos para discutir animadamente la única cosa que tenían en común: un hombre. En concreto, al soltero idóneo de Manhattan, un tipo al que llamaremos «Tom Peri».

Tom Peri tiene cuarenta y tres años, ciento sesenta y tres centímetros de altura y cabello castaño y liso. No hay nada destacable en su apariencia, a no ser su afición, hace unos años, por vestir trajes negros de Armani con tirantes más o menos extravagantes. Procede de una acaudalada familia dedicada a la industria manufacturera y creció en la Quinta Avenida y Bedford, Nueva York. Ahora vive en una moderna torre de apartamentos de la Quinta Avenida.

Durante los últimos quince años Peri, pues casi siempre lo llaman por su apellido, se ha convertido en una especie de leyenda neoyorquina. No es exactamente un mujeriego, pues siempre anda intentando casarse. Más bien es uno de los ligones en serie más curtidos de la ciudad, pues emprende más de doce *relaciones* al año. No obstante, ya sea tras dos días o dos meses, siempre sucede lo inevitable. Algo sale mal y, según dice, «me dejan».

Para cierto tipo de mujer (treintañera, ambiciosa y con buena posición social), salir con Peri, o evitar sus atenciones, se ha convertido en un rito de paso, nada menos, algo así como una combinación entre tu primer paseo en limusina y tu primer atraco.

Peri destaca incluso entre otros célebres galanes de la ciudad. Por ejemplo, parece jugar con peores cartas. No tiene el aspecto de buena crianza que muestra el conde Erik Wachtmeister ni gasta dinero a espuertas como Mort Zuckerman.

Yo quería saber qué tenía Peri.

Todas las mujeres citadas conmigo habían tenido algo que ver con él (ya fuese íntimamente o como objeto de su ardoroso afecto) y todas lo habían dejado. Ninguna se negó a mi propuesta de reunirnos para mantener una sesión de *Hablemos de Peri*. Pero, quizá, cada una de ellas tenía una... cuenta pendiente con Peri. Quizá querían volver con él. O quizá lo querían ver muerto.

«COMO DARYL VAN HORNE»

Nos reunimos en casa de Sarah, una cineasta que antes trabajaba como modelo.

—Hasta que me harté de tanta tontería y engordé casi diez kilos. —Vestía un traje de raya diplomática oscuro—. Si pienso en los tipos con los que he salido, Peri es el único que no encaja —señaló—. Me pregunto cómo pudo ser.

Pero hicimos un inquietante descubrimiento antes de entrar en los asuntos jugosos. Aunque todas llevaban meses sin saber de Peri, aquella misma mañana había llamado a cuatro de ellas.

—No creo que sepa nada, a mí me parece una casualidad —dijo Magda. Magda era amiga de Peri desde hacía años... De hecho, la mayoría de sus amigas salieron con Peri y las había conocido a través de él.

—Lo sabe todo de nosotras —comentó una mujer—. Es como Daryl van Horne en *Las brujas de Eastwick*.

—Mejor como Van Horney[6] —apuntó otra. Descorchamos el vino.

—Mira, lo que pasa con Peri, la razón por la que resulta tan encantador —señaló Sarah—, es que cuando lo conoces es elocuente y divertido... Y está disponible a todas horas, pues no trabaja. Lo cual lo hace más divertido que el tipo que dice «quedamos para comer», vuelves al trabajo y luego salta con un «¿quedamos mejor a las seis para tomar una copa?». ¿Cuándo fue la última vez que salisteis con un tipo de verdad deseoso de verte tres veces al día?

—La palabra «copa» es capciosa —dijo Magda—. Es como Katharine Hepburn y Cary Grant.

—Cuando lo conocí comenzamos a quedar al instante... Cinco noches a la semana —intervino Jackie, editora de una revista—. No te deja sola.

—Es inteligente por lo que hace, y es que ama el teléfono —comentó Sarah—. Como mujer, piensas que de verdad está interesado en ti cuando te llama diez veces al día. Y entonces dejas de fijarte en el hecho de que parece una cosita un poco rara.

—Después empiezas a fijarte en sus tirantes y piensas «¡Dios mío!» —dijo Maeve, una poetisa medio irlandesa.

—Y luego comienzas a darte cuenta de que no es un tipo divertido —terció Sarah—. Tiene un buen arsenal de chistes, pero cuando los has oído un millón de veces se convierten en un auténtico peñazo. Es como un bucle. Entra en bucle.

---

6   Juego de palabras intraducible. *Horne* suena como *horn*, «cuerno», mientras *horney* suena como *horny*, «cachondo» o «caliente». N. del T.

—Me dijo que era la única chica con la que había salido que entendía sus chistes —afirmó Maeve—, aunque no me parecían graciosos.

—Y luego tendrías que ver su apartamento. Tiene unos veinticinco porteros... ¿De qué va eso?

—Te preguntas por qué no coge, tira todos esos muebles y se va a Door Store.

—Una vez me enseñó esos servilleteros suyos. Tenían forma de esposas. Así es como iba a seducir a una chica, con servilleteros.

PRIMERA CITA: 44

¿Entonces, cómo empieza todo?

La de Jackie era la típica historia.

—Yo esperaba por una mesa en el Blue Ribbon —dijo—. Se acercó y comenzó a hablar conmigo. Desde el principio me pareció divertido. «Ay, Señor, mira qué bien nos caemos. Pero probablemente no volveré a saber de él», pensé. —Las demás asintieron. Al fin y al cabo, ¿no habían pasado todas por lo mismo?

»A la mañana siguiente llamó a eso de las ocho.

»Me preguntó si me gustaría quedar para comer. Te invita a comer al día siguiente en el 44.

—A mí no me llevó al 44 hasta el segundo día —rio Sapphire, una rubia, madre y divorciada.

—Mientras aún lo ves divertido e inteligente, te pide irte con él de fin de semana —prosiguió Jackie.

—A mí me pidió matrimonio el décimo día o algo así —dijo Sarah—. Eso es ir muy rápido incluso para él.

—Para la tercera cita, creo, me llevó a cenar a casa de sus padres —comentó Britta, una morena alta y delgada que trabaja como representante fotográfica y ahora está felizmente casada—. Yo sola con sus padres, el mayordomo y él. Recuerdo estar sentada en su cama al día siguiente cuando comenzó a poner vídeos caseros donde salía él de pequeño. Me rogaba que nos casásemos. «Mira, puedo ser un tipo serio», me decía. Y luego pidió algo de comida china, aburrida. «¿Casarme contigo? —pensé—. ¿Te has fumado algo?».

—Por otro lado, yo acababa de romper con alguien y me sentía bastante molesta —suspiró Ramona—. Él siempre estaba ahí.

Se perfilaba un patrón. Todas acababan de dejar a sus esposos o terminado alguna relación duradera cuando Peri las encontró. ¿O fueron ellas las que lo encontraron a él?

—Le gusta el despecho —aseveró Sarah con firmeza—. Algo así como «perdona, ¿estás hundida? Intimemos».

—Es una especie de Mayflower emocional —señaló Maeve—. Lleva a una mujer desde el punto A al punto B. Llegas a la Roca de Plymouth[7] sintiéndote mucho mejor.

La capacidad para empatizar era su punto fuerte. La expresión «es como una chica» se pronunció una y otra vez.

—Lee más revistas de moda que muchas mujeres —dijo Sapphire—, y está más dispuesto a librar tus batallas que las suyas.

—Tiene una gran seguridad —continuó Maeve—. Creo que los hombres cometen un error al presentarse como idiotas indefensos incapaces de encontrar unos calcetines. Peri, en cambio, dice: «Soy un hombre seguro. Apóyate en mí». Y, claro, «menudo alivio», piensa una. Lo cierto es que eso es lo que queremos las mujeres. La mayoría de los hombres no lo comprenden. Al menos, él es lo bastante inteligente para aparentarlo.

Y después llegó el asunto del sexo.

---

7 Plymouth Rock (Massachusetts, Estados Unidos). Este fue, según la tradición, el lugar de desembarco de los peregrinos del Mayflower. N. del T.

—En la cama es asombroso —manifestó Sarah.

—Es increíblemente genial en los juegos preliminares —comentó Sapphire.

—¿Te pareció asombroso? —preguntó Jackie—. A mí me pareció horroroso. ¿Podríamos hablar de sus pies, por favor?

Sin embargo, hasta el momento, Peri parecía ser la personificación de las dos cosas que más anhelan las mujeres... Un hombre capaz de hablar y ser comprendido como una mujer, pero también capaz de ser todo un macho en el catre. ¿Entonces, qué fue mal?

PERI: LA TALLA (38) IMPORTA

—La cosa funciona así: mientras seas una chiflada neurótica, él es genial —dijo Maeve—. Pero en cuanto resuelve todos tus problemas, se convierte en el problema.

—Es increíblemente malvado —comentó una mujer. Las demás asintieron.

—Una vez —apuntó Jackie—, cuando dije que usaba la talla 38, me dijo: «De ninguna manera. Tú gastas la 40, por lo menos. Sé cómo es alguien que gasta la 38 y, créeme, esa no es tu talla».

—Siempre andaba diciéndome que perdiese unos seis o siete kilos —intervino Sarah—, y eso que hacía años que no estaba tan delgada como cuando salía con él.

—Creo que los hombres les dicen a las mujeres que adelgacen para desviar la atención de su falta de tamaño en otras partes —añadió una con sequedad.

Maeve repasó un viaje a Sun Valley donde practicaron esquí.

—Peri lo hizo todo bien. Compró los billetes y alquiló el piso. Iba a ser genial.

Pero comenzaron a reñir en la limusina de camino al aeropuerto..., pues querían sentarse en el mismo sitio. La azafata

34

hubo de separarlos al llegar al avión. («Entonces discutíamos acerca de quién tenía que respirar más aire», dijo Maeve). Se pelearon en las pistas de esquí. El segundo día, Maeve comenzó a hacer las maletas.

—Me dijo: «Ja, ja, ja. Hay una buena ventisca ahí fuera, no te puedes ir» —recordó Maeve—. «Ja, ja, ja, voy a coger el autobús», le dije yo.

Un mes después, ella regresaba con su esposo. No era una situación singular... Muchas mujeres terminaban rompiendo con Peri para regresar con los hombres que habían dejado antes.

Pero eso no significaba que Peri saliese de sus vidas.

—Recibía cartas, faxes y cientos de llamadas telefónicas —dijo Sapphire—. Una cosa horrible. La verdad es que tiene un gran corazón y algún día será un tipo genial.

—Conservo todas sus cartas —indicó Sarah—. Eran muy conmovedoras. Casi podías ver los regueros de sus lágrimas en las hojas. —Salió de la habitación y volvió con una carta en la mano. Leyó en voz alta—: «No me debes tu amor, pero confío en que tengas el valor para dar un paso adelante y aceptar el mío. No te envío flores porque no quiero compartir o menospreciar tu amor con cosas que no son obra mía». —Sonrió.

«NOS CASAMOS»

Las mujeres afirmaron que, una vez superada la fase Peri, las cosas les habían ido bien a todas. Jackie salía con su entrenador personal; Magda publicó su primera novela; Ramona estaba casada y esperaba un hijo; Maeve había abierto una cafetería; Sapphire había redescubierto un antiguo amor; Sarah aseveró estar encantada persiguiendo a un juguete sexual de veintisiete años.

En cuanto a Peri, acababa de mudarse al extranjero en busca de nuevas perspectivas de matrimonio. Según supo una de ellas, lo había dejado una inglesa deseosa, en realidad, de casarse con un duque.

—Siempre sale con las mujeres equivocadas —señaló Sapphire.

Seis meses antes Peri había vuelto de visita y quedó con Sarah para cenar.

—Me cogió de la mano mientras le decía a un amigo: «Es la única mujer a la que he amado» —contó—. Fui a su apartamento para tomar una copa, por los viejos tiempos, y allí me pidió matrimonio con una expresión tan seria que no pude creerlo. Pensé que mentía, así que decidí torturarlo.

»Me dijo: «No quiero que te veas con ningún hombre; yo no saldré con ninguna otra».

»Le contesté, pensando en cómo iba a funcionar aquello, que estaba de acuerdo. Él vivía en Europa y yo en Nueva York. Pero a la mañana siguiente me llamó y dijo: «Comprende que ahora eres mi novia».

»Le respondí que sí. «Sí, Peri, eso es».

Poco después regresó a Europa y Sarah, según contó, se olvidó del asunto. Una mañana estaba en la cama con su nuevo novio cuando sonó el teléfono. Era Peri. Mientras Sarah hablaba con él, su novio dijo: «¿Quieres un café?». Peri se volvió loco.

—¿Quién está ahí? —preguntó.

—Un amigo —contestó ella.

—¿A las diez de la mañana? ¿Te estás acostando con otro? ¿Vamos a casarnos y te estás acostando con otro tío?

Colgó, pero volvió a llamar una semana después.

—¿Estás preparada? —preguntó.

—¿Para qué? —replicó Sarah.

—Vamos a casarnos, ¿no? No estarás viéndote con alguien, ¿verdad?

—Verás, Peri, no veo ningún anillo en mi dedo. ¿Por qué no envías un mensaje a Harry Winston para que vaya a recogerlo? Después hablamos.

Peri jamás llamó a Harry Winston y pasó meses sin llamar a Sarah. Según dijo, en cierto modo lo echaba de menos.

—Lo adoro. Siento compasión por él porque está total y absolutamente jodido.

Ya estaba oscureciendo, pero nadie quería irse. Querían quedarse, paralizadas por la idea de un hombre como Tom Peri, pero sin ser Tom Peri.

CAPÍTULO 4

BODA EN MANHATTAN: MUJERES QUE NUNCA SE HAN CASADO, SOLTEROS TÓXICOS

El otro día, durante una comida. Ignominioso cotilleo con un hombre que acababa de conocer. Hablábamos acerca de unos amigos comunes, una pareja. Él conocía al marido y yo a la esposa. Por lo demás, no conocía al esposo y no me había visto con ella desde hacía años (a no ser algún encuentro casual por la calle), pero lo sabía todo acerca de la situación, como de costumbre.

—Va a terminar mal —dije—. Él era un ingenuo. Un ratón de campo. Es de Boston y se mudó aquí sin conocerla de nada, y ella aprovechó la oportunidad. Ha estado con un montón de hombres y se ha creado cierta reputación. Ningún neoyorquino se casaría con ella.

Ataqué a mi pollo frito, preparándome para el asunto.

—Las neoyorquinas lo saben. Saben cuándo tienen que casarse y lo hacen en cuanto llega el momento. Quizá se hayan acostado con demasiados tíos o no tengan idea de qué va a pasar con sus carreras, o quizá de verdad quieran tener hijos. Hasta entonces, lo posponen tanto como pueden. Luego ven la oportunidad y si no la aprovechan... —Me encogí de hombros—. Exacto. Puede ser que nunca se casen.

El otro tipo sentado a la mesa, un empresario con pinta de padre permisivo que vive en Westchester, nos miraba horrorizado.

—¿Y qué hay del amor? —preguntó.

Lo miré apenada.

—No creo...

Nueva York tiene una serie de rituales de apareamiento particularmente crueles cuando llega el momento de encontrar tu media naranja, tan complicados y sofisticados como los escritos en cualquier novela de Edith Wharton. Todo el mundo conoce las reglas..., pero nadie habla de ellas. Como resultado, Nueva York ha creado un tipo de soltera muy concreta: inteligente, atractiva, exitosa y... reticente al matrimonio. Tiene entre treinta y muchos y cuarenta y pocos años y, si el conocimiento empírico sirve de algo, probablemente nunca se casará.

No es un asunto de estadística. O excepciones. Todos conocemos el caso de la dramaturga exitosa casada con el guapo diseñador de moda un par de años más joven que ella. Pero las reglas generales no se aplican cuando una es bonita, exitosa, rica y «conoce a todo el mundo».

¿Y si, por otro lado, eres una cuarentona atractiva, productora televisiva o dueña de una empresa de relaciones públicas, pero aún vives en un estudio y duermes en un sofá-cama..., como una especie de Mary Tyler Moore de los noventa? Solo que, al contrario que Mary Tyler Moore, sí te has ido a la cama con todos esos tipos en vez de echarlos recatadamente a eso de las 12:02 *a. m.* ¿Qué pasa con esas mujeres?

En la ciudad hay miles, quizá decenas de miles de mujeres como esa. Todos conocemos a unas cuantas y estamos de acuerdo en que son geniales. Viajan, pagan impuestos y pueden gastar cuatrocientos dólares en unas sandalias de tiras Manolo Blahnik.

—No hay problema con esas mujeres —afirmó Jerry, un abogado empresarial de treinta y nueve años casado con una de esas inteligentes mujeres, tres años mayor que él—. Ni están locas ni son unas neuróticas. Nada que ver con *Atracción fatal*. —Hizo una pausa—. ¿Cómo es que conozco a tantas solteras geniales y a ningún tipo magnífico? Afrontémoslo, los solteros neoyorquinos apestan.

LOS M&M'S

—El asunto funciona así: las neoyorquinas disfrutan de una ventana de oportunidades para casarse. Digamos entre los veintiséis y los treinta y cinco años —dijo Jerry—. Quizá hasta los treinta y seis.

Todos convinimos que, si una mujer se había casado una vez, siempre podía casarse otra; se trata de saber cómo cerrar el trato.

—Pero, de pronto, al cumplir los treinta y siete o treinta y ocho, se presentan todas esas... cosas —continuó—. El bagaje. Han estado demasiado tiempo por ahí. Su historial trabaja contra ellas. Si estuviese soltero y averiguara que una mujer ha salido con Mort Zuckerman o con Marvin (un publicista)..., el de M&M's, ni de guasa. ¿Quién quiere ser el vigésimo de la lista? Y si encima saca algún que otro extra, como hijos fuera del matrimonio o temporadas en centros de desintoxicación..., pues es un problema.

Luego contó una historia. El verano pasado organizó una pequeña cena en los Hamptons. Los invitados pertenecían al mundo del cine y la televisión. Su esposa y él intentaban liar a una antigua modelo de cuarenta años con un tipo recién divorciado. La pareja estaba charlando cuando, de pronto, surgió algo acerca de Mort Zuckerman y después alguna cosa de Marvin; casi de inmediato vieron cómo se apagaba el entusiasmo del hombre.

—En Nueva York hay una lista de solteros tóxicos —dijo Jerry—. Y son letales.

Ese día, pero algo más tarde, le conté la historia a Anna, mujer de treinta y seis años con el hábito de oponerse a cualquier cosa dicha por un hombre. Todos quieren acostarse con ella y ella no hace más que descartarlos por superficiales. Ha salido con el de M&M's y conoce a Jerry. Cuando se lo conté, se puso a chillar.

—Jerry tiene celos, eso es todo. Le gustaría ser como uno de esos, pero no tiene ni el dinero ni el poder para conseguirlo. Basta con rascar un poco para ver que todos los tíos de Nueva York quieren ser Mort Zuckerman.

George, un banquero de inversiones de treinta y siete años, es otro que contempla a los solteros tóxicos como un problema.

—Esos tipos (ya sean cirujanos plásticos, editores del *Times* o chiflados dueños de clínicas de fertilidad) pescan en el mismo estanque y nunca llegan a ningún lado —dijo—. Sí, señor, no me gustaría una mujer que hubiese salido con esos.

¿HIJOS... O LENCERÍA?

—Si eres Diana Sawyer siempre tendrás la oportunidad de casarte —aseveró George—. Pero incluso las mujeres 10, o las 9,5, pueden perder. El problema es que en Nueva York las personas se seleccionan en grupos cada vez más y más pequeños. Acabas relacionándote con gente enormemente privilegiada, con un nivel increíblemente elevado.

»Y después están tus amigos. Mírate a ti. No hay nada malo en esos chicos con los que has salido, pero no hacemos más que ponerlos verdes.

Eso era verdad. Todos mis novios habían sido maravillosos, cada uno a su manera, pero mis amigos les sacaban defectos a todos, apartándome de ellos sin piedad si toleraba cualquier cosa que percibiesen como una falta, aunque para mí fuese algo perfectamente perdonable. Ahora por fin estaba sola y mis amigos felices.

Dos días después me encontré con George en una fiesta.

—Todo gira en torno a tener hijos —anunció—. Si quieres casarte, es para tener hijos, y no quieres hacer eso con alguien mayor de treinta y cinco años, pues deberás tenerlos cuanto antes... Y ahí está el problema.

Decidí contrastarlo con Peter, un escritor de cuarenta y dos años con el que había salido un par de veces. Estaba de acuerdo con George.

—Es un problema de edad y biología —aseguró—. Simple y llanamente no puedes entender la inmensa atracción inicial hacia una mujer en edad de procrear. Para una mujer de más edad, digamos cuarenta años, va a ser más difícil porque no vas a sentir esa fuerte atracción inicial. Tienes que quedar con ella un montón antes de querer llevarla a la cama y, además, hay otra cosa.

¿Lencería provocativa?

—Creo que el problema más grave de Nueva York es el asunto de las mujeres mayores y solteras —espetó Peter, y luego, pensativo, añadió—: Atormenta a miles, y muchas lo niegan.

Peter contó una historia. Tenía una amiga de cuarenta y un años. Ella siempre salía con chicos extremadamente atractivos y se limitaba a pasar un buen rato. Después comenzó a salir con un veinteañero y se burlaron de ella sin piedad. Más tarde salió con otro tipo atractivo, esta vez de su edad, pero la dejó y de pronto ya no pudo salir con nadie más. Sufrió un absoluto desmoronamiento físico y hubo de regresar a Iowa para vivir con su madre, pues ya no era capaz de conservar un empleo.

Esa historia supera a la peor pesadilla que pueda tener una mujer, pero no hace que los hombres se sientan mal.

LA VERSIÓN DE ROGER

Roger estaba sentado en un restaurante del Upper East Side, se sentía muy bien y bebía una copa de vino tinto. Es un hombre de treinta y nueve años, dirige su propia fundación y vive en Park Avenue, en un clásico apartamento neoyorquino de seis habitaciones.[8] Y en ese momento pensaba en algo que llamaremos el cambio de poder mediada la treintena.

—Cuando eres joven, digamos veinteañero o con treinta y pocos años, las mujeres controlan las relaciones —explicó George—. Luego, ya bien entrada la treintena, cuando te conviertes en un candidato, sientes como si te devorasen las mujeres.

En otras palabras, de pronto el chico toma las riendas. Y eso puede suceder de la noche a la mañana.

Esa misma tarde, dijo, había asistido a una fiesta de copas y, al entrar, encontró a siete solteras de treinta y tantos o casi cuarenta años, todas rubias del Upper East Side, ataviadas con vestidos de noche negros y cada cual más inteligente.

—Sabes que nada de lo que digas estará mal —afirmó Roger—. Para las mujeres es una mezcla de desesperación y plenitud sexual. Esa es una combinación muy volátil. Ves cómo miran, posesión a cualquier precio mezclada con un saludable respeto por el poder adquisitivo, y sientes que van a buscarte en Lexis & Nexis[9] en cuanto abandones la sala. Lo peor es que la mayoría de esas mujeres son interesantes de verdad, pues no

---

8   Tipo de apartamento construido en Nueva York antes de 1940. N. del T.
9 /   Empresa estadounidense de análisis de datos cuya sede central se encuentra en Nueva York. N. del T.

se limitan a ir y casarse. Pero cuando un hombre detecta esa mirada... ¿Cómo podría sentir pasión?

Volvamos a Peter, que estaba empleándose a fondo en un alboroto por Alec Baldwin.

—El problema son las expectativas. Las mujeres mayores no quieren conformarse con lo que haya disponible. Como no pueden encontrar chicos majos y vitales, dicen «a tomar por saco..., mejor me quedo sola». No, no me da lástima nadie cuyas expectativas se encuentren fuera de su alcance, pero sí esos perdedores a los que ni miran. A quien de verdad quieren es a un Alec Baldwin. No hay una sola mujer en Nueva York que no haya rechazado a una decena de chicos magníficos y cariñosos por la sencilla razón de estar demasiado gordos o no ser lo bastante poderosos, ricos o indiferentes. Pero resulta que esos tipos atractivos en los que están interesadas van a por las veinteañeras.

Para entonces Peter casi hablaba a voces...

—¿Por qué no se casan con un gordo? ¿Por qué no se casan con una buena bola de sebo?

BUENOS AMIGOS, HORRIBLES MARIDOS

La misma pregunta le planteé a Charlotte, la periodista inglesa.

—Te diré por qué —dijo—. He salido con alguno de esos tipos, ya sabes, los bajitos, gordos y feos, y no hay ninguna diferencia. Son tan descuidados y llenos de sí como los guapos.

»Mediada la treintena, si aún no te has casado, te pones a pensar. ¿Por qué voy a sentar la cabeza?

Añadió que acababa de cancelar una cita con un candidato más que bueno, un banquero de cuarenta y un años recién divorciado, porque su innombrable era demasiado pequeña.

—Como un dedo índice —suspiró.

Entonces Sarah dejó un mensaje. Acababa de conseguir dinero para su primera película independiente y estaba extasiada.

—Respecto a eso de las mujeres que no son capaces de casarse, me parece algo tan mezquino que no lo pienso comentar. Si quieres atrapar a uno de esos, tienes que callarte. Te sientas, te callas y aceptas todo lo que digan.

Por suerte, mi amiga Amalita llamó y me lo explicó todo. Me explicó por qué a menudo las mujeres magníficas se quedan solas y, si bien no se sienten felices, tampoco se sienten desesperadas.

—Ay, cielo —murmuró al otro lado de la línea. Estaba de buen humor, pues anoche se había acostado con un estudiante de Derecho de veinticuatro años—, todo el mundo sabe que los neoyorquinos son buenos amigos y horribles maridos. En Sudamérica, de donde provengo, tenemos un dicho: mejor sola que mal acompañada.

CAPÍTULO 5

SEÑORAS Y SEÑORES, LES PRESENTAMOS A LOS QUE SE ACUESTAN CON MODELOS

Hubo un ligerísimo revuelo cuando Gregory Roque, el cineasta de la conspiración, se metió en el Bowery un viernes por la noche, no hace mucho. El señor Roque, autor de películas tan controvertidas como *G. R. F.* (Gerald Rudolph Ford) y *The Monkees*, mantenía la cabeza baja y vestía una harapienta chaqueta de *tweed*. A su alrededor revoloteaba un enjambre de media docena de jovencitas, nuevas modelos de una conocida agencia. Todas eran menores de veintiún años (dos tenían dieciséis), la mayoría no había visto nunca una película del señor Roque y, a decir verdad, no les importaba lo más mínimo.

Y como si de dos pequeños remolcadores se tratase, intentando mantener al enjambre intacto y en movimiento, estaban Jack y Ben, dos aficionados a las modelos, inversores autónomos de treinta y pocos años y con rasgos difíciles de describir, a no ser por los dientes de conejo de uno y el pelo de punta del otro.

A primera vista parecía un grupo animado. Las chicas sonreían. El señor Roque ocupaba un banco, flanqueado por sus bellezas, mientras los dos jóvenes se sentaban en las sillas del pasillo como para mantener a raya a cualquier intruso no deseado ansioso por hablar con el señor Roque o, peor aún, por levantarles a una chica.

El señor Roque se inclinaba hacia una u otra jovencita participando en fragmentos de conversación. Los jóvenes se mostraban animados. Pero nada era tan encantador como parecía. Por ejemplo, si observas a las chicas con atención, puedes ver al aburrimiento ajando sus facciones como el envejecimiento. No tenían nada que decirle al señor Roque, y mucho menos unas a otras. Pero todos los sentados a la mesa tenían un trabajo que hacer y lo estaban haciendo. Así que el grupo se sentó y permaneció sentado con su aspecto glamuroso, hasta que pasado un rato se subieron a la limusina del señor Roque y se fueron al Tunnel, donde él bailó desanimado con una de ellas hasta comprender que ya estaba hasta las narices y se fue a casa solo. Las chicas se quedaron un rato y consumieron drogas, y Jack, el del pelo de punta, cogió a una de ellas y le espetó: «Tú, estúpida zorra»; y ella se fue a casa con él. Él le facilitó más drogas y ella le hizo una mamada.

Ese tipo de escenas tienen lugar en restaurantes y locales de copas neoyorquinos más o menos todas las noches. En esos lugares siempre te encuentras con bellas modelos que emigran a Nueva York como bandadas de pajarillos y a sus asistentes, hombres como Jack y Ben, que prácticamente han hecho una profesión de ganárselas, cenar con ellas y, con distintos niveles de éxito, seducirlas. He aquí los *moderiegos*.

Los *moderiegos* son una raza aparte. Van un paso por delante de los mujeriegos, que se acostarán con cualquier cosa que lleve falda. Los *moderiegos* no están obsesionados con las mujeres, sino con las modelos. Las aman por su belleza y las odian por todo lo demás.

—Su estupidez, su despiste, su falta de valores, su bagaje —dice Jack.

Estos *moderiegos* viven en un universo paralelo, con sus propios planetas (Nobu, Bowery, Tabac, Flowers, Tunnel, Expo, Metropolis) y satélites (los distintos apartamentos, muchos cerca de Union Square, que las agencias de modelos alquilan para sus empleadas) y diosas (Linda, Naomi, Christy, Elle, Bridget).

Bienvenidos a su mundo. No es un lugar hermoso.

LOS *MODERIEGOS*

No todos los hombres pueden convertirse en *moderiegos*.

—Para conseguir modelos tienes que ser rico, guapo de verdad o estar en el mundo del arte —dice Barkley. Tiene un rostro digno de un ángel de Botticelli enmarcado en un corte cuadrado, a lo paje. Está sentado en su pequeño *loft* del Soho, que pagan sus padres, al igual que todos sus gastos; su padre es un magnate de las perchas afincado en Mineápolis. Eso resulta muy conveniente para Barkley, pues ser un *moderiego* no es barato… Hay que pagar copas en locales de moda, carreras de taxi entre una discoteca y otra, cenas y drogas (sobre todo marihuana, aunque a veces también heroína y cocaína). Y, además, requiere tiempo… Mucho tiempo. Los padres de Barkley creen que se dedica a pintar, pero en realidad está muy ocupado organizando sus noches con las modelos.

—La verdad es que estoy algo confuso con todo esto de las modelos —afirma. Deambula por el *loft* ataviado con unos vaqueros de cuero, sin camisa. Acaba de lavarse el cabello y su pecho tiene algo así como tres pelos. Las modelos lo adoran. Creen que es simpático y está bueno—. Tienes que tratarlas como a chicas normales y corrientes —comenta. Enciende un cigarrillo y añade—: Debes de ser capaz de entrar en un local e ir directamente a la más guapa… Si no, estás acabado. Es como estar entre una jauría de perros, no debes mostrar temor.

Suena el teléfono. Es Hannah. Está grabando un anuncio en Ámsterdam. Barkley pone el aparato en manos libres. La chica está sola y colocada.

—Te echo de menos, cielo —gime ella. Su voz es como una serpiente intentando mudar de piel—. Si ahora mismo estuvieses aquí, me metería tu *pitilín* hasta la garganta. Aaaaah. Ay, cariño, me gusta tanto hacer eso.

—¿Ves? —dice Barkley. Habla con ella mientras se pasa los dedos por el cabello. Enciende un porro—. Estoy fumando contigo, cielo.

—Hay dos tipos de *moderiegos*: los que lo consiguen y los que no —dice Coerte Felske, autor de *Shallow Man*,[10] una novela acerca de un hombre que corteja modelos.

Los *supermoderiegos* son los machos alfa de la manada; son los hombres vistos con gente de la talla de Elle Macpherson, Bridget Hall o Naomi Campbell.

—Esa clase de tipos está en cualquier lugar donde se reúnan las modelos… Ya sea París, Milán o Roma —dice el señor Felske—. Tienen cierta posición dentro del mundillo. Pueden escogerlas como quien elige figurillas de porcelana. Las queman hasta carbonizarlas.

Pero no todos los *moderiegos* son de perfil alto. En Manhattan, lugar de paso obligatorio para las jóvenes modelos en ciernes, puede bastar con ser rico. Tal es el caso de George y su compañero, Charlie. Una noche cualquiera de la semana, estos dos pueden sacar a cenar a un grupo de modelos, a veces más de una docena a la vez.

George y Charlie podrían ser de Europa central, e incluso de Oriente Medio, pero en realidad son de Nueva Jersey. Se dedican a negocios de importación y exportación y, a pesar de

---

10 Literalmente: *El hombre superficial.* N. del T.

no haber cumplido los treinta, cada uno ha amasado varios millones.

—Charlie nunca folla —asevera George, riendo, rotando en su silla giratoria de cuero colocada detrás del gran escritorio de caoba de su despacho. En el suelo hay alfombras orientales y de las paredes cuelgan auténticas obras de arte. George dice que no le importa follar—. Es un deporte —afirma.

—Para esos tipos, las modelos son como un trofeo —confirma el señor Felske—. Quizá se sientan poco atractivos o su ambición no tenga límites.

El año pasado George dejó embarazada a una modelo de diecinueve años. La había conocido cinco semanas antes. Ahora tienen un hijo de nueve meses. Jamás la ve. He aquí las condiciones de ella: cuatro mil dólares mensuales en concepto de pensión para el niño, un seguro de vida de medio millón de dólares y cincuenta mil dólares en un fondo universitario.

—Me parece un poco excesivo, ¿no crees? —preguntó George. Sonríe y las puntas de sus dientes lucen grises.

LAS CHICAS DE WILHELMINA

Veamos, ¿cómo se consigue llegar a la posición de George?

—Las chicas viajan en grupos —explica Barkley—. Y son grupos muy cerrados. Las modelos se relacionan entre ellas y viven en grupo dentro de sus apartamentos. No se sienten seguras a no ser que salgan juntas. Eso intimida a los hombres.

»Por otro lado, eso también trabaja a tu favor, pues si en un local hay veinte modelos, la que quieres no va a ser la más bonita. Así tienes más de una oportunidad. Si solo hubiese una, ella sería la más guapa y podría aprovecharlo. Cuando te acercas a un grupo de cuatro o cinco, haces que esa chica se sienta mejor que las demás.

El truco consiste en conocer a una. El mejor modo de conseguirlo es a través de un amigo común.

—Cuando un tipo consigue acceso, cuando una de las chicas lo valida —dice el señor Felske—, ya deja de ser uno de tantos.

Tres años antes, George se encontró a una conocida del instituto en una discoteca acompañando a cierto representante dueño de una agencia. Conoció a varias modelos. Tenía drogas. Al final acabaron yendo al apartamento de las chicas. Tenía suficiente para mantenerlas activas hasta las siete de la mañana. Tonteó con una de ellas. Al día siguiente, la modelo aceptó volver a quedar con él, pero solo si también podían ir las demás. Las invitó a cenar a todas. Continuó así.

—Fue el comienzo de una obsesión —dice.

George lo sabe todo acerca de los apartamentos para modelos, son lugares donde por quinientos dólares mensuales la nueva puede dormir en una de las literas dispuestas en la vivienda de dos o tres habitaciones compartidas con otras cinco jóvenes. Pero debe mantenerse al día, pues las chicas no dejan de ir y venir y uno tiene que mantener contacto con al menos una de las inquilinas del apartamento.

Con todo, existe un suministro sin restricciones.

—Es fácil —afirma George. Coge el teléfono y marca un número.

—Hola, ¿está Susan? —pregunta.

—Susan está en París.

—Ay, no me digas —responde simulando desilusión—. Soy un viejo amigo (en realidad la conoce desde hace dos meses) y acabo de llegar a la ciudad. Vaya por Dios. ¿Quién eres?

—Sabrina.

—Encantado, Sabrina. Soy George. —Charlan durante unos diez minutos—. Estábamos pensando en ir al Bowery esta noche. Vamos a organizar un grupo. ¿Quieres venir?

—¡Hum! Sí, claro, ¿por qué no? —contesta Sabrina. Una casi puede oír cómo se saca el pulgar de la boca.

—¿Quién más está por ahí? —pregunta—. ¿Crees que también querrán venir?

Cuelga.

—En realidad es mejor si hay más chicos que chicas —anuncia—. Si hay más mujeres, se ponen a competir entre ellas. Se callan. Si una se está viendo con alguien y permite que las demás lo sepan... Bueno, eso puede ser un error. Cree que sus compañeras de piso son sus amigas, pero no es así. Son chicas que acaba de conocer y se encuentran en su misma situación. No hacen más que intentar levantarse los novios.

—Hay mucha bambi por ahí —apunta el señor Felske.

George asegura tener un sistema.

—En los apartamentos de las modelos existe una jerarquía de disponibilidad sexual —explica—. Las chicas que trabajan para Wilhelmina son las más fáciles. Willi tiende a escoger jovencitas criadas en autocaravanas o en el East End londinense. La élite tiene dos apartamentos, uno en el Uptown, en la calle 86, y otro en el Downtown, en la 16. A las monas las alojan en el Uptown. Las chicas del apartamento del Downtown son más *cordiales*. Las que viven con Eileen Ford son inalcanzables. Una de las razones es que la criada de Eileen te cuelga si llamas.

—Muchas viven entre la 28 y Union Square. También están las torres Zeckendorf, en la 15. Y un sitio en la 22 con Park Avenue South. Las modelos de más edad, que trabajan mucho, suelen vivir en el East Side.

GLOSARIO PARA *MODERIEGOS*

Cosa: modelo.

Civil: mujer que no es modelo.

—Nos pasamos el tiempo hablando de lo difícil que es volver con las civiles —dice George—. Ni las conoces ni haces el menor esfuerzo por conocerlas.

—Es más fácil llevarse a una modelo a la cama que hacer a una civil con carrera abrirse de piernas —apunta Sandy. Sandy es un actor de brillantes ojos verdes—. Las civiles quieren cosas de los chicos.

DISECCIONANDO EL TEMA

Jueves por la noche en Barolo. El restaurador y promotor Mark Baker está dando una de sus fiestas especiales. Así funciona el asunto: los promotores se relacionan con las agencias. Las agencias saben que los promotores son personas de confianza, es decir, van a cuidar y entretener a las chicas. A su vez, los promotores necesitan a los *moderiegos* para sacarlas. Los promotores no siempre tienen dinero para llevarlas a cenar. Ellos sí. Alguien tiene que alimentarlas. Conocen a gente como el señor Roque. El señor Roque quiere chicas. Y los *moderiegos* quieren chicas y también salir con el señor Roque. Todos felices.

Fuera, ese mismo jueves por la noche, se ha organizado un gallinero en la acera. La gente se empuja intentando atraer la atención de un tipo alto con aspecto malvado cuya ascendencia puede ser en parte oriental y en parte italiana. El interior del local está abarrotado. Todo el mundo baila, todos son altos y guapos.

Hablas con una chica que emplea un falso acento europeo. Después con una de Tennessee que acaba de regresar de una visita al hogar.

—Vestía unos pantalones de campana con zapatos de plataforma y mi antiguo novio va y me dice: «Carol Anne, ¿qué demonios llevas?». Le dije: «Acéptalo, cielo. Esto es Nueva York».

Jack se acerca y comienza a hablar.

—Las modelos son muy manipuladoras, incluso las tontas. Puedes dividirlas en tres grupos. Uno: las chicas nuevas en la ciudad. Normalmente son muy jóvenes, digamos de dieciséis o diecisiete años. Salen mucho. Quizá no trabajen demasiado, quieren hacer algo y necesitan conocer gente, por ejemplo a fotógrafos. Dos: las que trabajan mucho. Son un poco mayores, más de veintiún años y llevan años en el mundillo. Nunca salen, viajan mucho y apenas las ves. Y tres: las supermodelos. Esas buscan al hombre de éxito que pueda hacer algo por ellas. Están obsesionadas con el dinero, quizá porque sus carreras se desarrollan en terreno poco seguro. Si el tipo no tiene veinte o treinta kilos, ni lo miran. Además, tienen el complejo de la «chica triunfadora»: no saldrán con ninguna mujer que no sea otra supermodelo; a las demás las ignoran o las putean.

Bajas hasta el baño en compañía de Jack y te quedas en el servicio de caballeros.

—Al cumplir los veintiuno ya tienen un buen bagaje —dice—. Todo un historial: hijos. Tipos con los que se han acostado. Tipos que no te gustarían. Muchas proceden de familias rotas, disfuncionales o de entornos bien jodidos. Son guapas, pero al final no moverán un dedo por ti. Son jóvenes. Carecen de educación. No tienen valores, ¿sabes? Prefiero a las mayores. Hay que encontrar una sin ese bagaje y en esa búsqueda estoy.

CONSIGUES UNA Y LAS CONSIGUES TODAS

—El truco está en conseguir a una importante, como una Hunter Reno o una Janna Rhodes —dice George—. Esas han salido en portadas europeas. Si consigues una, puedes conseguirlas todas. Cuando vas a un local de copas, te fijas en las mayores. Esas quieren volver a casa temprano, pues tienen que levantarse para ir a trabajar. Las acompañas al taxi, como un caballero, y después regresas para atacar a las jóvenes.

—Esas chicas solo quieren estar a gusto —afirma el señor

Felske—. Son muy jóvenes. No hacen sino abrirse camino en un mundo de adultos. No han terminado de crecer y se encuentran con esos tipos que se las saben todas. ¿Crees que les costará mucho?

De nuevo en el *loft*, Barkley abre una Coca-Cola y se sienta en un taburete en medio de la sala.

—Te planteas quién puede ser más guapa que una modelo. Pero no son muy listas, son unas impresentables y un absoluto desastre, una banda de perdedoras; más de lo que crees. Es mucho más fácil tirarse a una modelo que a una chica corriente. No hacen otra cosa. Se comportan como la gente normal de vacaciones. Están lejos de casa, así que hacen cosas que en circunstancias normales no harían. Lo malo es que esas chicas se pasan el tiempo lejos de casa, pues viajan constantemente de un sitio a otro. Por lo que así se comportan todo el tiempo.

Barkley le da un trago a su refresco y se rasca la barriga. Son las tres de la tarde y se ha despertado hace una hora.

—Son nómadas —explica—. Tienen a un tipo en cada ciudad. Me llaman al llegar a Nueva York e imagino que llamarán a otro cuando van a París, Roma o Milán. Fingimos salir juntos cuando están en la ciudad. Nos cogemos de la mano y nos vemos todos los días. Muchas quieren eso. Pero luego se largan. —Bosteza—. No sé. Hay tantas chicas monas por ahí que después de una temporada comienzas a buscar a alguien que te haga reír.

—Es asombroso lo que a veces puedes hacer para estar con una de esas —asevera George—. Fui a la iglesia con una chica y su hija. He comenzado a salir casi exclusivamente con mujeres de más edad. Tengo que retirarme temprano. Me impiden sacar el trabajo. Hacen que eche mi vida a perder. —Se encogió de hombros y miró por la ventana de su oficina, situada en la trigésima cuarta planta, contemplando la vista del centro de Manhattan—. Mírame —dijo—. Soy un viejo de veintinueve años.

CAPÍTULO 6

LA ÚLTIMA TENTACIÓN DE NUEVA YORK: AMANDO A MR. BIG

Una productora cinematográfica cuarentona, la llamaré Samantha Jones, entró en el Bowery y todos, como de costumbre, miramos a ver con quién estaba. Samantha siempre iba con al menos cuatro hombres y el juego consistía en saber cuál era su amante. Pero, claro, no era un juego demasiado complicado, pues resultaba muy fácil localizar al novio. Era, invariablemente, el más joven y guapo al estilo de un actor de películas hollywoodienses de serie B... Y se sentaba con una estúpida expresión de júbilo plasmada en el rostro (si acababa de conocer a Sam) o una mirada aburrida, e igualmente estúpida, si había salido con ella unas cuantas veces. Si era el caso, comenzaría a ver que ninguno de los sentados a la mesa le hablaba. ¿Para qué, si iba a ser agua pasada en un par de semanas?

Todas admirábamos a Sam. En primer lugar, no es fácil conseguir chicos de veinticinco años cuando una ya pasa de los cuarenta. Y, en segundo lugar, porque Sam es una inspiración para Nueva York. Porque, si eres una soltera exitosa en esta ciudad, te quedan dos opciones: puedes dar cabezazos contra la pared intentando encontrar una relación o decir «a tomar por saco», salir y tener sexo como si fueses un hombre. Es decir: Sam.

Este es un verdadero dilema para las neoyorquinas de hoy. Por primera vez en la historia de Manhattan, muchas mujeres de treinta o poco más de cuarenta años tienen tanto dinero y poder como los hombres... O al menos lo suficiente para sentir que no necesitan a uno, a no ser para el sexo. Aunque esta paradoja es un tema para analizar durante horas y horas, hace poco mi amiga Carrie, una periodista de unos treinta y cinco años, decidió intentarlo en el mundo real un día en el que nos habíamos reunido unas cuantas para tomar el té en el hotel Mayfair. Renunciar al amor, por decirlo de alguna manera, y dedicarse al poder para encontrar la alegría. Y, como veremos, funcionó. O algo así.

MUJERES CON TESTOSTERONA, HOMBRES TONTOS

—Creo que voy a convertirme en hombre —dijo Carrie. Encendió su vigésimo cigarrillo de la jornada y cuando el *maître d'hôtel*[11] corrió hacia ella para que lo apagase, contestó—: Pero cómo, jamás me plantearía ofender a nadie. —Y lo apagó en la alfombra.

—¿Recordáis cuando me acosté con el tipo aquel, Drew? —preguntó. Todas asentimos. Aquello fue un alivio para nosotras, pues llevaba meses sin tener sexo—. Bien, pues luego no sentí nada. Me puse en plan «tengo que ir a trabajar, nene. Estamos en contacto». Y me olvidé de él por completo.

—Vale, ¿y por qué coño ibas a sentir algo? —preguntó

---

11   En francés en el original. N. del T.

Magda—. Los hombres no sienten. Yo no siento nada después del sexo. Bueno, sí, claro, me gustaría, ¿pero para qué?

Nos recostamos arrogantes, dando sorbos de té como si fuésemos miembros de algún club exclusivo. Éramos duras y estábamos orgullosas de serlo; no había sido fácil llegar a ese punto... A esa situación de completa independencia donde teníamos el lujo de tratar a los hombres como objetos sexuales. Había requerido un duro trabajo, soledad, y la conciencia de que, como quizá nunca habría nadie para una, una habría de cuidar de sí misma en el más amplio sentido del término.

—Bueno, supongo que hay muchas cicatrices —dije—. Todos esos que acabaron decepcionándote. Pasa el tiempo y una no quiere tener sentimientos. No quieres más que seguir con tu vida.

—Creo que son las hormonas —terció Carrie—. El otro día estaba en el salón de belleza haciéndome un tratamiento de acondicionamiento capilar profundo porque siempre me dicen que se me va a poner el pelo quebradizo. Y leí en *Cosmo* algo acerca de la testosterona masculina en las mujeres... Ese estudio descubrió que las mujeres con altos niveles de testosterona son más agresivas, exitosas, tienen más amantes y es menos probable que se casen. Había algo increíblemente reconfortante en esa información... Te hacía sentir como si no fueses un bicho raro.

—El truco está en hacer que los hombres cooperen —intervino Charlotte.

—En esta ciudad, fallan en ambos aspectos —señaló Magda—. No quieren tener una relación, pero tampoco les gusta si solo los quieres para el sexo. No son capaces de hacer lo que se supone que tienen que hacer.

—¿Alguna vez has llamado a uno a medianoche diciéndole «quiero ir» y te ha dicho que sí? —preguntó Carrie.

—El problema es que el sexo no queda solo en eso —dijo Charlotte. Tenía un nombre para quienes eran fantásticos amantes: dioses del sexo. Pero incluso ella tenía problemas. Su última conquista había sido un poeta, magnífico en la cama, pero del que decía: «Sigue queriendo llevarme a cenar y pasar por toda esa mierda de charla». Hace poco, él dejó de llamarla: «Quería leerme sus versos y no le dejé».

»De la atracción a la repulsión solo hay un paso —prosiguió—. Normalmente la repulsión comienza cuando empiezan a querer que los trates como personas en vez de como juguetes sexuales.

Pregunté si había un modo realista de llevar a cabo el asunto ese de «ser mujer y tener sexo como un hombre».

—Tienes que ser una elementa de cuidado —respondió Charlotte—. O eso o increíblemente dulce y simpática. Pasamos desapercibidas. Eso los confunde.

—Demasiado tarde para dulzuras —cortó Carrie.

—Entonces supongo que deberás convertirte en una elementa —comentó Magda—. Pero se te olvida algo.

—¿Qué?

—La posibilidad de enamorarte.

—No creo —replicó Carrie. Se recostó en la silla. Vestía vaqueros y una vieja chaqueta de Yves Saint Laurent. Se sentaba como un hombre, con las piernas separadas—. Voy a hacerlo… Voy a ser una elementa.

La miramos y reímos.

—¿Qué pasa? —preguntó.

—Ya eres una elementa.

CONOCIENDO A MR. BIG

Carrie fue a ver, como parte de su investigación, *La última seducción* a las tres de la tarde. Según había oído, la película retrataba a una mujer que en su búsqueda de dinero, sexo tórrido y control absoluto usa y abusa de todo hombre que encuentra... Y en ningún momento se arrepiente o tiene una de esas famosas y esperadas epifanías: «Dios mío, ¿qué he hecho?».

Carrie nunca iba al cine (su madre, una WASP,[12] le decía que solo los pobres con hijos enfermos llevaban a los niños al cine), así que para ella era un asunto importante. Llegó tarde, y cuando el portero le dijo que la película había comenzado, le respondió: «Que te den. He venido a investigar... No creerás que en realidad he venido a ver la película esta, ¿verdad?».

Al salir no hizo sino pensar en la escena donde Linda Fiorentino escogía a un hombre en el bar y tenía sexo con él en el aparcamiento, agarrada a los eslabones de una valla. ¿Se trataba de eso?

Carrie se compró dos pares de sandalias de tiras y se cortó el pelo.

Un domingo por la tarde acudió a una fiesta de copas dada por el diseñador Joop, uno de esos eventos a los que asistía todo el mundo y los homosexuales hacen gala de una desbordante vitalidad, y sabía que acabaría con demasiadas copas encima e iría a casa demasiado tarde a pesar de que debía trabajar al día siguiente. No le gustaba ir a casa de noche y tampoco ir a dormir.

El señor Joop, con mucha destreza, dispuso que se agotase el champán a mitad de la fiesta y la gente comenzó a llamar a la puerta de la cocina rogando a los camareros una copa de vino. Un hombre pasó por allí con un puro en la boca.

—Vaaaya. ¿Y quién era ese? —preguntó uno de los que hablaban con Carrie—. Se parece a Ron Perelman, pero más joven y guapo.

—Sé quién es —respondió Carrie.

—¿Quién?

---

12   *White, Anglosaxon and Protestant.* Blanca, Anglosajona y Protestante. Grupo elitista de la alta sociedad estadounidense. N. del T.

—Mr. Big.

—Lo sabía. Siempre confundo a Mr. Big con Ron Perelman.

—A ver, ¿cuánto me dais?... —dijo Carrie—. ¿Cuánto me dais si voy y me pongo a hablar con él?

Esa novedad tenía lugar desde que se había cortado el pelo. Se lo ahuecó mientras los chicos la miraban, riendo.

—Estás loca —le dijeron.

Había visto a Mr. Big en cierta ocasión, pero no creía que él la recordase. Carrie estaba en aquella oficina donde trabaja de vez en cuando; *Inside Edition* la entrevistaba por algo que había escrito acerca de los chihuahuas. Mr. Big entró y comenzó a hablar con el cámara, diciéndole que París estaba lleno de chihuahuas; Carrie se inclinó hacia delante y apretó los cordones de sus botas.

En aquella fiesta, Mr. Big estaba sentado en el radiador de la sala de estar.

—Hola —saludó Carrie—. ¿Te acuerdas de mí?

Estaba segura, a juzgar por su mirada, que no tenía idea de quién era y se preguntó si entraría en pánico.

El hombre hizo girar el puro entre sus labios y se lo quitó de la boca. Apartó la mirada para tirar la ceniza y luego volvió a mirarla.

—Pues claro, joder.

OTRO MR. BIG (EN ELAINE'S)

Carrie no volvió a ver a Mr. Big hasta pasados unos días. Mientras tanto, no cabía duda de que algo estaba pasando. Se encontró con un amigo escritor al que no había visto desde hacía un par de meses.

—¿Qué pasa contigo? Pareces alguien completamente diferente —dijo él.

—¿De verdad?

—Te pareces a Heather Locklear. ¿Te has arreglado los dientes?

Ahí estaba, en Elaine's, y un gran escritor, grande de verdad, alguien a quien no conocía personalmente, le hizo una peineta y después se sentó a su lado.

—No eres tan dura como crees —le dijo.

—¿Disculpa?

—Andas por ahí como si fueses puñeteramente buena en la cama.

Quiso replicarle «¿en serio?», pero en vez de eso rio y contestó:

—Bueno, quizá lo sea.

Él encendió un cigarrillo.

—Si quisiera tener una aventura contigo, habría de durar cierto tiempo. No me gustaría un rollo de una noche.

—Pues mira, nene, te has equivocado de chica.

Después fue a una fiesta para celebrar el estreno de una de esas películas de Peggy Siegal, donde se encontró con un gran productor cinematográfico, otro tipo importante, y este la llevó en coche hasta el Bowery. Y allí estaba Mr. Big.

Mr. Big se deslizó hasta colocarse en un asiento junto a ella. Sus costados se tocaban.

—Venga, dime, ¿qué has estado haciendo últimamente? —preguntó Mr. Big.

—¿Aparte de salir una noche sí y otra también?

—Eso es… ¿En qué trabajas?

—Pues en esto —respondió—. Investigo una historia para una amiga mía acerca de las mujeres que quieren tener sexo como los hombres. Ya sabes, acostarse con alguien y luego no sentir nada.

Mr. Big la observó con atención.

—Pero tú no eres así —le dijo.

—¿No lo eres tú? —preguntó.

—Ni por asomo. Ni de guasa —respondió.

Carrie lo miró.

—¿Cuál es tu problema?

—Ah, ya veo. Nunca te has enamorado.

—¿Ah, no?

—No.

—¿Y tú sí?

—Sí, joder.

Fueron al apartamento de Mr. Big, él abrió una botella de Crystal. Carrie rio y estuvo animada, pero un rato después anunció:

—Me tengo que ir.

—Son las cuatro de la mañana —señaló él, levantándose—. No pienso dejar que te vayas ahora a casa.

Le dio una camiseta y unos pantalones cortos. Fue al servicio mientras ella se cambiaba. Luego Carrie se metió en la cama, acomodándose sobre las almohadas. Cerró los ojos. Era muy cómoda. Era la más cómoda que había probado en su vida.

Cuando él entró en el dormitorio, ella dormía a pierna suelta.

CAPÍTULO 7
LAS LOCAS INTERNACIONALES

Si eres afortunado (o desgraciado, según se mire), quizá un día te encuentres con cierto tipo de mujer neoyorquina. Ella, como un ave de brillante plumaje en constante migración, siempre anda de aquí para allá. Y no siguiendo mundanas citas anotadas en una agenda Filofax. Este tipo de mujer va de un importante punto internacional a otro. Y cuando se canse de la temporada de fiestas en Londres, cuando cree haber tenido suficiente esquí en Aspen o Gstaad o se harte de pasar noches de fiesta en Sudamérica, quizá regrese a su nido neoyorquino (temporalmente, por supuesto).

Una lluviosa tarde de enero, una mujer a la que llamaremos Amalita Amalfi llegó al aeropuerto Internacional Kennedy en un vuelo procedente de Londres. Vestía un abrigo Gucci de piel sintética, pantalones de cuero negro hechos a medida en New York Leather («son los últimos confeccionados con este cuero... Tuve que luchar con Elle Macpherson por ellos», dijo) y gafas de sol. Tiene diez bolsas de T. Anthony y el aspecto de una estrella de cine. Solo le falta la limusina, pero lo compensa al convencer a un hombre de negocios de aspecto acaudalado para que le lleve el equipaje. Él no se puede resistir (casi ningún hombre es capaz de resistirse a Amalita) y antes de saber qué pasa, Amalita, él y las diez bolsas de T. Anthony se encuentran de camino a la ciudad en una limusina pagada por su empresa; además, le propone salir a cenar esa misma noche.

—Ay, cielo, me encantaría —responde casi sin aliento, con esa voz que muestra un ligero acento propio de internados suizos y bailes palaciegos—, pero estoy terriblemente cansada. La verdad es que solo vengo a Nueva York para descansar, ¿sabes? Aunque podríamos quedar mañana para merendar. ¿Te parece en el Four Seasons? Y después podríamos ir de tiendas. Hay unas cosas que me gustaría comprar en Gucci.

El hombre de negocios acepta. La deja frente a un edificio de apartamentos en Beekman Place, apunta su número y promete llamarla más tarde.

Una vez arriba, en el apartamento, Amalita hace una llamada a Gucci. Imposta el acento de la flor y nata inglesa.

—Buenos días, soy lady Carolina Beavers. Tengo reservado un abrigo en su departamento. Acabo de llegar a la ciudad, mañana iré a recogerlo.

—Por supuesto, lady Beavers —responde el dependiente.

Amalita cuelga y se ríe.

Al día siguiente, Carrie habla por teléfono con Robert, un viejo amigo.

—Amalita ha vuelto —le dice—. Voy a comer con ella.

—¿Amalita? —se asombra Robert—. ¿Todavía está viva? ¿Sigue siendo bonita? Es peligrosa. Pero, bueno, ser un tío y acostarte con ella supone ingresar en un club exclusivo. Ya sabes, estuvo con Jake, Capote Duncan… Todas esas estrellas de *rock*, milmillonarios. Es como establecer un vínculo. Ya sabes, el tipo piensa: Jake y yo.

—¡Hombres! —suspiró Carrie—. Sois ridículos.

Robert no le hizo caso.

—No hay muchas como Amalita —continuó—. Gabriella era una de ellas. Marit también. Y Sandra. Amalita es muy guapa, ya sabes, divertida de verdad y muy osada, quiero decir, es increíble. Te encuentras chicas así en París, llevan vestidos con trasparencias y te vuelven loco; ves sus fotos en W y sitios así,[13] y sus encantos se graban en ti. Su poder sexual es como una de esas asombrosas y deslumbrantes fuerzas capaces de cambiarte la vida, crees que si puedes tocarlas, pero no puedes hacerlo...

Carrie le colgó el teléfono.

Esa tarde, a las dos, Carrie se sentó en la barra de Harry Cipriani a la espera de Amalita. Llegaba media hora tarde, como siempre. En la barra, un hombre de negocios, su socia y un cliente hablaban de sexo.

—Creo que los hombres pierden el interés por las que tienen sexo con ellos la primera noche —decía la mujer. Vestía un remilgado traje azul marino—. Has de esperar al menos a la tercera cita si quieres que el tipo te tome en serio.

—Eso depende de la mujer —señaló el cliente. Tenía treinta y muchos años y aspecto germano, pero hablaba con acento español... Un argentino.

—No lo entiendo —contestó la mujer.

El argentino la miró.

—Vosotras, estadounidenses de clase media deseosas de atrapar a un hombre, sois las que debéis cumplir las reglas. No podéis permitiros cometer un error. Pero existe cierto tipo de mujer, hermosa y de una clase social concreta, que puede hacer lo que quiera.

Justo en ese momento entró Amalita. Se hizo un pequeño revuelo en la puerta cuando el metre la abrazó.

—¡Pero mírate! —dijo ella—. ¡Qué delgado! ¿Aún corres ocho kilómetros diarios?

---

13   Famoso hotel neoyorquino situado en Times Square. N. del T.

Alguien se llevó de inmediato su abrigo y paquetes. Vestía un traje de *tweed* de Jil Sander (solo la falda costaba más de mil dólares) y una blusa de cachemir sin mangas.

—¿No hace mucho calor aquí dentro? —preguntó, abanicándose con los guantes. Se quitó la chaqueta. El restaurante entero contuvo el aliento—. ¡Bizcochito! —exclamó al ver a Carrie en la barra.

—Vuestra mesa está lista —anunció el metre.

—Tengo tantas cosas que contarte —dijo Amalita—. ¡Acabo de salvar la vida por los pelos!

En algún momento del mes de abril, Amalita había ido a Londres para asistir a una boda, donde conoció a lord Skanky-Poo,[14] no era ese su verdadero nombre, pero...

—Sí, un verdadero lord, querida, emparentado con la familia real —afirmó—, con un castillo y una jauría de esos perros raposeros. El muy idiota dijo que se había enamorado de mí al instante, en el mismo momento en el que me vio en la iglesia. «Querida, te adoro», dijo al acercarse a mí en el banquete, «pero sobre todo adoro tu sombrero». Eso, creo, debía de haber sido una bandera roja. Pero en ese momento no pensaba con claridad. En Londres me alojaba con Catherine Johnson-Bates, y me estaba volviendo loca, pues no paraba de quejarse porque mis cosas estaban desparramadas por todo su puto piso... Bueno, es virgo, ¿qué quieres? En cualquier caso, no podía pensar en otra cosa más que en encontrar un lugar donde quedarme. Sabía que Catherine había estado coladita por lord Skanks (solía tejerle bufandas con ese horroroso estambre), aunque él no le daba bola, así que no lo pude resistir, claro. Además, necesitaba instalarme.

Aquella noche, tras la boda, Amalita básicamente se mudó a la casa de Eaton Square. Durante las dos primeras semanas todo fue genial.

---

14 Literalmente: caca asquerosa. N. del T.

—Yo hacía mi rutina de *geisha* —narró Amalita—. Le rascaba la espalda, le hacía el té y leía antes el periódico para señalarle los asuntos más interesantes.

La llevó de compras. Se entretenían, organizaron una fiesta de caza en el castillo. Amalita lo ayudó con la lista de invitados, consiguió a la gente adecuada, encantó al servicio y él quedó impresionado. Luego, al regresar a Londres, comenzaron los problemas.

—Tenía toda esa lencería que llevaba años coleccionando, ¿recuerdas? —preguntó. Carrie asintió. Conocía de sobra su vasta colección de ropa de diseño adquirida durante los últimos quince años... De hecho, la conocía tan bien porque le había ayudado a envolverla en papel especial para almacenarla, tarea que les llevó tres jornadas—. Pues bien, una tarde llega y salta mientras me vestía: «Querida, siempre me he preguntado qué se siente al llevar uno de esos corpiños. ¿Te importa si... me pruebo uno? Así sabré cómo es ser tú».

»Bueno. Pero al día siguiente quería que le diese azotes. Con un periódico enrollado. «Cielo, ¿no te parece más provechoso leerlo?», pregunté yo. «¡No! Quiero una buena zurra», contestó él. Así que obedecí. Otro error. La cosa llegó al punto en que se despertaba por la mañana, se ponía mi ropa y no salía de casa. Así estuvo durante días. Y después se empeñó en ponerse mis joyas de Chanel.

—¿Qué pinta tenía? —preguntó Carrie.

—*Pas mal* —dijo Amalita—. Era uno de esos ingleses guapetones, de los que nunca sabes si son heteros o no. Pero el caso es que todo aquello se estaba poniendo patético. Se arrastraba por ahí andando a gatas, exponiendo el trasero. Y pensar que no mucho antes había pensado en casarme con él...

»Vale, lo que sea, pero al final le dije que me iba. Y no me dejó. Me encerró en el dormitorio bajo llave y tuve que huir por la ventana. Yo, como una tonta, calzaba unos Manolo Blahnik con tacón de aguja en vez de unos Gucci, más adecuados, porque le había dejado toquetear mis zapatos y los Manolos eran los únicos que no le gustaban... Decía que eran del año pasado. Y después no me dejó entrar en casa. Dijo que se quedaba mi ropa como garantía por alguna absurda y diminuta factura telefónica que había dejado. Dos mil libras. «¿Y qué se supone que tengo que hacer? Debía llamar a mi hija y a mi madre», le expliqué.

»Pero también yo me guardaba un as en la manga. Le había cogido el móvil. Lo llamé desde la calle. «Cielo —le dije—, voy a quedar con Catherine para tomar el té. Cuando vuelva espero ver todas mis maletas perfectamente hechas y colocadas en la escalera de entrada. Después las voy a revisar. Si me falta algo, un pendiente diminuto, un tanga o la tapa del tacón de un zapato, pienso llamar a Nigel Dempster».

—¿Cumplió? —preguntó Carrie, algo así como asombrada.

—¡Por supuesto! —respondió Amalita—. A los ingleses les aterra la prensa. Si alguna vez quieres doblegar a uno, amenázalo con llamar a los periódicos.

En ese momento, el argentino se acercó a la mesa.

—Amalita —saludó, extendiendo una mano al tiempo que le dedicaba una leve reverencia.

—Ah, Chris, *¿cómo está?*[15] —preguntó Amalita, y luego dijeron unas cuantas cosas en español que Carrie no entendió.

—Estaré una semana en Nueva York. Podríamos salir.

—Pues claro, cielo —aceptó Amalita, mirándolo. Tenía un modo de arrugar los ojos al sonreír que, básicamente, quería decir «vete al cuerno».

—¡Agh! Un argentino rico —prosiguió—. Estuve una vez en su hacienda. Cabalgamos ponis de polo por sus terrenos. Su mujer estaba embarazada y él era tan guapo que me lo follé... Pero ella se enteró. Y encima tuvo la cara dura de enfadarse. Fue un polvo horroroso. Debería haberse alegrado de que alguien le ayudase a quitarse de encima las manos de ese.

---

15   En español en el original. N. del T.

—¿Señorita Amalfi? —preguntó el camarero—. Tiene una llamada.

—Righty —dijo con voz triunfante al regresar a la mesa unos minutos después. Righty era el guitarra solista de una famosa banda de *rock*—. Quiere que lo acompañe en la gira. Brasil. Singapur. Le dije que me lo pensaría. Esos tíos están tan acostumbrados a que las mujeres caigan a sus pies que una debe ser algo reservada. Te sitúa aparte del resto.

De pronto hubo un nuevo revuelo de actividad en la puerta. Carrie levantó la mirada, pero agachó la cabeza de inmediato y simuló examinarse las uñas.

—No mires —dijo—, pero ahí está Ray.

—¿Ray? Ah, conozco a Ray —comentó Amalita. Sus ojos se entornaron.

Ray no era un hombre, sino una mujer. Una mujer que se podía clasificar, más o menos, en la misma categoría que Amalita. También era una belleza internacional e irresistible para los hombres, pero estaba zumbada. Se trataba de una modelo de finales de los años setenta que se había mudado a Los Ángeles, sin duda en busca de una carrera como actriz. No consiguió ningún papel, pero sí atrajo a varios actores bastante conocidos. Y, según apuntaban los rumores, tenía un hijo con una superestrella, como Amalita.

Ray examinó el restaurante. Era famosa (entre otras cosas) por sus ojos, grandes, redondos y con un iris azul claro que casi parecían blancos. Se detuvieron en Amalita. Saludó con la mano. Se acercó.

—¿Pero qué haces por aquí? —preguntó, al parecer encantada, aunque se decía que en Los Ángeles fueron enemigas mortales.

—Acabo de llegar de Londres.

—¿Fuiste a esa boda?

—¿La de lady Beatrice? —preguntó—. Sí. Maravillosa. Estaba toda la nobleza europea.

—Mecachis —dijo. Su voz sonaba con un ligero acento sureño, probablemente impostado, pues era de Iowa—. Debería haber ido. Pero, claro, me enrollé con Snake. —Era un actor famoso por sus películas de acción... Tenía casi setenta años, pero continuaba haciéndolas—. Ya sabes, no pude escaparme.

—Claro —convino Amalita, mirándola con su conocido fruncimiento de ojos.

Ray pareció no advertirlo.

—Se supone que iba a encontrar a una amiga, pero le dije a Snake que lo vería en el hotel a las tres, está haciendo publicidad, y ya son casi las dos y cuarto. Ya sabes, Snake flipa si te retrasas y yo siempre ando *en retard*.

—Es cuestión de manejar a los hombres del modo adecuado —dijo Amalita—. Pero, sí, recuerdo que Snake odia esperar. Deberías mandarle recuerdos, reina. Pero no te preocupes si te olvidas. De todos modos, lo veré dentro de un mes. Me ha invitado a esquiar. Solo como amigos, por supuesto.

—Por supuesto —asintió Ray. Hubo un silencio incómodo. Ray miró directamente a Carrie, que entonces deseó taparse la cabeza con una servilleta.

«Por favor —pensó—, te lo ruego, no preguntes mi nombre».

—Bueno, creo que debería llamar a mi amiga —comentó Ray.

—¿Por qué no lo haces? —propuso Amalita—. Ahí mismo tienes un teléfono.

Ray se fue, al menos de momento.

—Se ha tirado a todo el mundo —aseveró Carrie—. Mr. Big incluido.

—Ay, Bizcochito, hazme el favor. No me importa lo más mínimo. Si una mujer quiere acostarse con un hombre, es su decisión y asunto suyo. Pero esta no es buena persona. He oído que deseaba ser una de las chicas de madame Alex, pero incluso Alex pensaba que estaba demasiado chiflada.

—Entonces, ¿cómo ha podido sobrevivir?

Amalita enarcó la ceja derecha. Guardó silencio un instante... Al final, era una dama de arriba abajo; haberse criado en la Quinta Avenida con un baile de puesta de largo cuenta. Pero Carrie de verdad quería saberlo.

—Acepta regalos. Un reloj de Bulgari. Un collar de Harry Winston. Vestidos, coches, un bungaló en la propiedad de alguien, alguien dispuesto a ayudarla. Y dinero en efectivo. Tiene un hijo. Por ahí anda un montón de hombres ricos que se apiadan de ella. Esos actores y sus millones. Firman cheques de cincuenta mil dólares. A veces solo para alejarse.

»Venga, por favor —continuó, mirando a Carrie—. No te espantes tanto. Siempre has sido muy inocente, Bizcochito. Tú tienes una carrera. Aunque te murieses de hambre, tienes una carrera. Las mujeres como Ray, o como yo, no queremos trabajar. Siempre he querido vivir y nada más.

»Pero eso no quiere decir que sea fácil. —Amalita había dejado de fumar, pero cogió uno de los cigarrillos de Carrie y esperó a que el camarero le diese fuego—. Cuántas veces te he llamado llorando, sin dinero, preguntándome qué iba a hacer, a dónde iba a ir. Los hombres prometen cosas y luego no las dan. Habría sido mucho más fácil si hubiese sido una dama de compañía. El sexo no es el problema (si un hombre me gusta, voy a hacerlo de todos modos), sino el hecho de que, si eres una profesional, nunca estás a su mismo nivel. Eres una empleada. Pero al menos te vas con algo de pasta.

Enarcó las cejas y se encogió de hombros.

—Bueno, es mi estilo, ¿hay futuro ahí? Además, tienes que mantener el tipo. Con la ropa y con el cuerpo. Hacer ejercicio. Masajes, faciales. Cirugía plástica. Es caro. Mira a Ray. Se ha hecho los pechos, los labios y las nalgas; no es joven, cielo, tiene más de cuarenta. Lo que ves es todo lo que tiene.

Aplastó el cigarrillo en el cenicero.

—¿Por qué fumo? Es malo para la piel. Me gustaría que lo dejases, Bizcochito. ¿Recuerdas? Sí, cuando estaba embarazada de mi hija. Estaba fastidiada. En la absoluta ruina. Compartía dormitorio con una estudiante en el espantoso piso que podía permitirme, por el amor de Dios. Ciento cincuenta dólares mensuales. Tuve que ir a la beneficencia pública para conseguir atención médica y tener el bebé. Tuve que coger un autobús hasta el hospital del condado. Y, mira, Bizcochito, no había ningún hombre cerca cuando de verdad necesité ayuda. Estaba sola. A no ser por un puñado de buenas amigas.

En ese momento Ray regresó a la mesa mordiéndose el labio inferior.

—¿Os importa? —preguntó—. Esta chica vendrá en un momento, pero mientras necesito una copa. Camarero, un vodka martini. Solo. —Se sentó. No miró a Carrie.

—Oye, quiero hablarte acerca de Snake —le dijo a Amalita—. Me dijo que estaba contigo.

—¿De verdad? Bueno, ya sabes, Snake y yo tenemos una relación intelectual.

—¿Así es ahora? Y yo que pensaba que era un polvo bastante bueno como para estar con mi hijo —dijo Ray—. Eso no me preocupa. Solo que no me creo capaz de confiar en ese tío.

—Pensaba que estaba comprometido con alguien —dijo Amalita—. Una mujer de cabello oscuro que tiene a su pequeño.

—Ah, mierda. Carmelita o algo así. Una mecánica de Dios sabe dónde. Utah. Snake iba a esquiar, se le estropeó el coche y lo llevó a un taller, y allí estaba esa con su llave inglesa. Y su necesitada rajita. ¡Ja! Ahora está intentando deshacerse de ella.

—Eso es muy fácil —señaló Amalita—. Consigues a unos espías. Yo tengo a mi masajista y a mi criada. Envíale a tu masajista o a tu chófer y que te informen.

—¡Me cago en la puta! —chilló Ray. Abrió su boca, grande, con los labios pintados de rojo, y se recostó precariamente en la silla soltando una histérica carcajada. Su cabello rubio parecía casi blanco y perfectamente liso; era un bicho raro de pies a cabeza, pero asombrosamente atractiva.

—Sabía que me gustabas.

La silla hizo un ruido sordo en el suelo y Ray estuvo a punto de estrellarse contra la mesa. Todos los presentes la miraban. Amalita reía, casi hipando.

—¿Por qué no somos mejores amigas? —preguntó Ray—. Me gustaría saberlo.

—Caramba, Ray... No tengo ni idea —contestó Amalita. Entonces solo sonreía—. Quizá sea por lo de Brewster.

—Ese puto mierda de actorcillo. ¿Te refieres a las mentiras que le dije de ti porque lo quería solo para mí? Joder, cielo, ¿cómo puedes tenerlo en cuenta? Tenía el pitilín más grande de Los Ángeles. Al ver aquella cosa... Habíamos salido a cenar, estábamos en un restaurante y va, me coge la mano y la coloca debajo de la mesa. Me excitó tanto que se la saqué y comencé a acariciarla, pero una de las camareras la vio y comenzó a gritar por lo grande que era... Nos echaron. Entonces me dije que el trasto ese era mío. No lo pensaba compartir con nadie.

—Era bastante grande —convino Amalita.

—¿Bastante grande? Reina, parecía un caballo. Mira, soy una experta en la cama, y lo sabes, soy lo mejor que puede conseguir un hombre. Pero algo pasa al llegar a mi nivel. La picha media ya no te hace ningún efecto. Ay, sí, me acuesto con cualquiera de esos tipos, pero también les digo que tengo que poder salir y divertirme un poco. Buscar mi satisfacción.

Ray solo había tomado tres cuartas partes de su martini, pero parecía que le pasaba algo. Era como si le hubiesen dado las largas, pero sin conducir.

—Ay, sí —continuó Ray—. Me encanta eso de sentirme llena. Dámelo todo, pequeño. Hazlo. —Comenzó a frotar la pelvis en el asiento. Levantó a medias su brazo derecho y cerró los ojos—. Oh, sí, cielo, ay, amor. ¡Oh! —Terminó con un chillido y abrió los ojos. Miró directamente a Carrie como si de pronto hubiese reparado en su presencia—. ¿Cómo te llamas, cariño? —preguntó. Y en ese momento Carrie recordó una historia acerca de cómo Ray y Capote Duncan tuvieron sexo en un sofá, en plena fiesta, delante de todo el mundo.

—Carrie.

—Carrie... ¿Te conozco de algo?

—No —intervino Amalita—. Es una chica genial. Una de las nuestras. Pero una intelectual. Es escritora.

—Tienes que escribir mi historia —dijo Ray—. Mi vida iba a ser un éxito de ventas, te lo digo yo. Me ha pasado de todo lo imaginable. Soy una superviviente. —Miró a Amalita en busca de confirmación—. Míranos. Las dos somos supervivientes. Las otras como nosotras..., Sandra...

—Está en Alcohólicos Anónimos, no para de trabajar y no sale nunca —dijo Amalita.

—Gabriella...

—Dama de compañía.

—Marit...

—Enloqueció. Clínica de desintoxicación y luego a Silver Hill.[16]

—Dímelo a mí —comentó Ray—. Oí que se le fue la olla en tu sofá y que tuviste que llevarla al manicomio.

—Ha salido. Tiene trabajo. Es relaciones públicas.

—Relaciones *pobricas*, diría yo. La quieren utilizar por sus contactos sociales, pero tiene los ojos tan vidriosos que apenas puedes hablar con ella. Se limita a quedarse sentada como una cucaracha mientras ellos examinan su Rolodex.[17]

Carrie soltó una carcajada. No lo pudo evitar.

Ray la atravesó con la mirada.

—Pues no hace gracia, ¿sabes?

---

16 Hospital psiquiátrico sin ánimo de lucro situado en New Canaan, Connecticut. N. del T.

17 Especie de agenda donde almacenar listas de contactos. N. del T.

CAPÍTULO 8

¡*MÉNAGE* AL ESTILO MANHATTAN! SIETE HOMBRES PLANTEAN LA INEVITABLE PREGUNTA

Estoy cenando con un hombre. Vamos por la segunda botella de Château Latour, cosecha de 1982. Puede ser nuestra tercera o décima cita. No importa, porque al final siempre sale. La Inevitable.

—Esto… —comienza a decir.

—Dime —le pido, inclinándome hacia delante. Me posa una mano en el muslo. Quizá vaya a «plantear la pregunta». No es probable, pero, si no, ¿qué es?

Comienza de nuevo.

—¿Alguna vez…?

—¿Sí?

—¿Has querido… alguna vez…?

—¿El qué?

—¿Alguna vez has querido… acostarte con otra mujer? —pregunta, triunfante.

Me quedo sonriendo. Pero ahí está, sentado a la mesa como un charco de vómito. Ya sé qué vendrá a continuación.

—Y conmigo, claro —añade—. Ya sabes, un trío. —A continuación suelta la propuesta—: Quizá podríamos incluir a una de tus amigas.

—¿Y por qué iba yo a querer hacer algo así? —pregunté. Ni me molesté en averiguar por qué cree que alguna de mis amigas podría estar interesada.

—Pues, bueno, porque me gustaría —contesta—. Y, además, a ti también podría gustarte.

No creo.

«UNA VARIANTE SEXUAL»

La gente viene a Nueva York para cumplir sus fantasías. Dinero. Poder. Un lugar en el programa de David Letterman.[18] Y ya que estamos, ¿por qué no con dos mujeres? (¿Y por qué no preguntar?). Quizá todo el mundo debería probarlo al menos una vez.

—De todas las fantasías, esa es la única que excede las expectativas —dijo un fotógrafo, conocido mío—. Buena parte de la vida consiste en una serie de pequeñas decepciones. ¿Pero dos mujeres? No importa qué suceda, ahí no puedes perder.

Eso no es exactamente cierto, como descubriría después. Pero los tríos son una fantasía en la que los neoyorquinos suelen destacar. Como dijo un amigo mío, «es una variante sexual como concepto opuesto a desviación sexual». Otra opinión en la ciudad de las opiniones. ¿O es que hay un lado más oscuro en los tríos? ¿Son un síntoma de todo lo que va mal en

---

[18]   Célebre presentador televisivo estadounidense. N. del T.

Nueva York? ¿El producto de esa mezcla de desesperación y deseo propia de Manhattan?

En cualquier caso, todo el mundo tiene una historia. Lo han hecho, conocen a alguien que lo hizo o vieron a tres personas a punto de hacerlo... Como esas dos supermodelos que no hacía mucho metieron en el servicio de caballeros del Tunnel a un modelo masculino, le obligaron a consumir todas las drogas que llevaba encima y después se lo llevaron a casa.

Un trío implica al número más complicado de todas las relaciones: tres. No importa lo sofisticada que creas que eres, ¿de verdad puedes afrontarlo? ¿Quién sale herido? ¿De verdad tres es mejor que dos?

Hace poco siete hombres, atraídos por la promesa de recibir gratis copas, porros y cacahuetes fritos con miel, se reunieron conmigo un lunes al atardecer en el sótano de una galería de arte del Soho para hablar de tríos. Allí encontramos a Peter Beard, al fotógrafo y galán de los ochenta, a cuatro patas. Estaba haciendo un *collage*: pintaba formas en algunas de sus fotografías de animales en blanco y negro. Algunas tenían herrumbrosas marcas de huellas sobre ellas; según había oído, recordé entonces, Peter empleaba su propia sangre. Vestía vaqueros y sudadera.

Peter es una especie de *salvaje* del que se oyen muchas historias. Cosas como que en los setenta estuvo casado con la superchica Cheryl Tiegs (cierto); que en cierta ocasión lo ataron de pies y manos y estuvieron a punto de echarlo a los animales en África (probablemente falso). Dijo que trabajaría mientras hablábamos.

—Me paso el tiempo trabajando —comentó—. Lo hago solo para huir del aburrimiento.

Todo el mundo preparó su combinado y encendimos el primer porro. Todos, excepto Peter, me pidieron que cambiase sus nombres para publicar este artículo.

—Emplear nuestros verdaderos nombres no hará ningún bien a nuestra cartera de clientes —dijo uno.

Nos lanzamos a discutir el tema en cuestión.

—Ahora mismo es una avalancha —aseveró Peter—. Según una conocida mía, con la que voy a quedar esta noche, se lo han propuesto el noventa por ciento de sus amigas. No cabe duda de que se trata de un fenómeno nuevo.

Mojó su pincel en pintura roja. El mundo de las modelos, dijo, parece estar criando mujeres aptas para tríos.

—Agentes y encargados de reservas les piden favores a las chicas para proporcionarles trabajos. —Y luego añadió—: Todas las modelos reciben caricias en el servicio.

Tad, cuarenta y un años y niño bonito de los arquitectos, se mantenía escéptico.

—Creo que el Gobierno guarda las cifras en el Instituto Nacional de Estadística — dijo, y luego señaló—: Físicamente, las mujeres representan más sensualidad y belleza. Por eso es más fácil que un hombre fantasee con dos chicas juntas. Dos hombres juntos es una especie de fantasía árida.

Peter levantó la vista desde el lugar que ocupaba en el suelo.

—Las mujeres pueden compartir una cama y nadie dirá nada al respecto —comentó.

—Lo aplaudimos —afirmó Simon, cuarenta y ocho años y dueño de una compañía de programas informáticos.

—Es muy poco probable que estuviésemos dispuestos a dormir con alguno de nosotros. Yo no lo haría, y punto —anunció Jonesie, también de cuarenta y ocho años, pero ejecutivo de una casa discográfica de la costa este. Miró a su alrededor.

—La razón por la cual los hombres no lo hacen es porque la mayoría de nosotros ronca —aseveró Peter—. Además, no es bueno para el sistema nervioso.

—Saca a relucir toda clase de miedos atávicos —terció Simon. Hubo un momento de silencio mientras nos dedicamos a pasear la vista por la sala.

Peter rompió la tensión.

—La verdad oculta en todo esto la reveló un estudio biológico hecho en ratas —explicó—. Densidad, presión y sobrepoblación de las estructuras de nicho. El primer fenómeno de la superpoblación de ratas es la separación de sexos. Y en esta ciudad, con todos sus abogados y las superpobladas estructuras de nicho, se sufre una tremenda presión. La presión te jode las hormonas; y cuando las hormonas están jodidas, hay más homosexuales; y la homosexualidad es el modo que tiene la naturaleza para rebajar la población. Todas estas cosas antinaturales de las que hablamos se expanden exponencialmente.

—Eso lo resume todo —asintió Tad con sequedad.

—Llevamos vidas de sobrecarga sensorial —prosiguió Peter—. Alta densidad. Intensidad. Millones de compromisos. Millones de citas con abogados. Lo sencillo ya no es divertido. Ahora debes tener a dos o tres chicas, o bailarinas exóticas, en Pure Platinum.

—Por otro lado, quizá la simple curiosidad sea la razón para tener varias compañeras sexuales —intervino Tad—. Sin ser demasiado analítico.

Pero Peter estaba lanzado.

—¿Y qué hay de la falta de sinceridad? —planteó—. Hay menos sinceridad y honestidad. Si de verdad te sientes atraído por una chica, no quieres otra. Pero hoy hay menos sinceridad.

—Puede ser —dijo Jonesie, cauteloso.

—Cuando conoces a alguien en Nueva York, no oyes sino sus gilipolleces —comentó Peter sin reparar en que sus pinceles se estaban secando—. Te tragas lo que te dicen en las fiestas. Y te encuentras la misma puta cosa en esas cenas de celebración hasta que dejas de asistir.

—Cortas —aceptó Jonesie.

—Luego te vas al servicio y te hace una mamada alguna tía metida en el mundo de la moda —comentó Peter. Se hizo un breve y, si no me equivoco, pasmado silencio. Peter continuó poco después—: No hay autenticidad. No hay comunicación.

No hay sinceridad. Solo es un momento en sus vidas rebosantes de presión.

—Y yo pensaba que solo quería follar —dijo Tad.

EL VANO AMOR DEL ÉXTASIS

Esa era la disposición mental exacta de Tad hacía tres años, cuando experimentó el nivel más básico de troilismo... Lo que llamó un «amoroso festival de manoseo causado por el éxtasis».

Hacía poco que había roto con su novia tras cinco años de relación. Se encontraba en una fiesta donde vio a una atractiva veinteañera. La siguió y la vio coger un taxi. Él subió a su Mercedes. Cuando el coche se paró en un semáforo, Tad se colocó a su altura. Quedaron para encontrarse la noche siguiente en una discoteca.

Ella se presentó con una amiga llamada Andie.

—Por suerte —dijo Tad—, Andie estaba mal de la cabeza.

Acababa de bajar de un avión procedente de Italia y andaba por ahí envuelta en un abrigo de piel de zorro. Consumieron éxtasis y los tres se fueron al *loft* de Tad, bebieron champán, rompieron las copas en el suelo y se toquetearon. La veinteañera cayó dormida, y Tad y Andie se pusieron a ello, con la veinteañera a su lado, domida en la cama.

Peter regresó a la carga.

—Cada día hay más y más experiencias y, por tanto, tienes que hacer más y siempre más rápido. ¡Y más aún! —dijo—. Está yendo más allá del límite de carga, tentando la suerte, inventando nuevos nichos, expandiéndose...

—Es como alguien que pasa con una bandeja de galletas y pillas un par de ellas —comenta Garrick, de treinta años y guitarrista en una banda del Downtown.

Tad comenzaba a coincidir con Peter.

—Es la idea de más cantidad —dijo—. Cuatro tetas, no dos.

Gracias a Dios, llegó Sam, un banquero de cuarenta y un años, la clase de tipo que siempre dice querer casarse, pero que a menudo *olvida* devolver las llamadas a las mujeres con las que sale. Así que aún está soltero. Afirmaba haber participado en tríos.

—¿Por qué lo hiciste? —preguntamos.

Se encogió de hombros.

—Por variar. Después de cierto tiempo uno se cansa de rondar a quien sea.

Comentó tres situaciones básicas que llevan a hacer un trío.

Primera: El chico lleva mucho tiempo presionando en secreto para llevar a la cama a su novia con otra mujer. La razón puede ser el aburrimiento o que, en secreto, quiere acostarse con la amiga.

Segunda: La chica quiere, en secreto, acostarse con otra mujer y lleva consigo al novio para hacerlo todo más fácil de aceptar.

Tercera: Las mujeres se confabulan para meter al chico en la cama.

Sam dijo haber salido durante seis meses con una tal Libby, a la que convenció de que en realidad ella quería acostarse con Amanda, su mejor amiga. Pero, por supuesto, admitió que él quería acostarse con Amanda.

Al final, Libby, bajo presión, aceptó preparar la velada. Llegó Amanda. Bebieron vino. Se sentaron en el sofá. Sam les dijo que se quitasen la ropa. ¿Y después?

—Fue un completo fracaso —declaró. Sam se llevó a Amanda a la cama mientras Libby se quedaba en el sofá bebiendo vino—. Yo estaba por ella y nada más. Normalmente, el problema es que acabas prefiriendo a una de las dos, es decir, la otra queda fuera —señaló. Al final, Libby fue a la cama—. Esperaban que les dijese cómo hacerlo, supongo, que controlase la situación. Pero yo estaba centrado en Amanda y no pude. —Libby no logró superarlo. Rompieron dos meses después. Libby y Amanda pasaron una temporada sin hablarse.

Sam admitió ser consciente de que el trío traería «consecuencias», pero «uno continúa hacia delante de todos modos, pues eres un tío».

Regla número uno para los tríos:

—Nunca lo hagas con tu novia —dice Garrick—. Siempre resulta un desastre.

Regla número dos:

—No hay que planearlo. Algo siempre sale mal —dice Simon, que afirma haber participado en seis o siete tríos—. Ha de ser espontáneo.

Sonó el timbre antes de llegar a la número tres. Jim, un mago de veintiún años, e Ian, un productor televisivo de veinticinco, entraron en la sala. Jim anunció haber participado en un trío la semana pasada.

—Después tienes que decírselo a tus amigos —afirmó.

»Fue un poco aburrido. Los tres acabábamos de ver *Tres formas de amar.*

Pero el timbre sonó de nuevo antes de que pudiese continuar. Nos miramos unos a otros.

—¿Quién es?

Se suponía que ya habían llegado todos los hombres que se suponía iban a asistir.

Peter apartó la vista de su pintura.

—Otra mujer —dijo con voz tranquila.

Subí las escaleras para abrir la puerta. Era otra mujer, sí, señor. Nos miramos sorprendidas la una a la otra.

—¿Qué haces aquí? —preguntó.

—Lo mismo iba a preguntarte yo —respondí. Y a continuación hicimos lo que siempre hacen las neoyorquinas sin que importe cómo se sienten en realidad: nos besamos las mejillas.

—Hola, Chloe —saludé.

Vestía una chaqueta con estampado de leopardo y bufanda

rosa. Es una especie bien conocida de chica de ciudad, una de esas maravillosas mujeres que nunca sabes cómo acabarán.

Los hombres nos observaron bajar las escaleras. Jim se recostó en su silla.

—Quizá ahora veamos algo de acción —dijo.

Chloe y yo intercambiamos una mirada.

—No creo —respondimos.

Chloe examinó la habitación.

—Esto parece una confrontación —comentó. Alguien le preparó una copa de vodka. Y yo le conté de qué estábamos hablando.

—Me parece que lo último que desea una chica es hacer un trío —afirmó Chloe. Lo dijo como si hablase de productos para el cabello—. A las chicas les gusta de uno en uno. Les gusta la atención.

Le dio un trago al vodka.

—Me he visto mil putísimas veces en la situación de estar con un hombre que quiere hacer un trío. Yo tenía novio. Nos acompañaba otra pareja. Y todos querían jugar a algo sado-masoquista. Me metieron en el dormitorio con el esposo de la otra, un tipo al que conocía desde hacía años. Nos miramos y le dije: «No va a funcionar. Ambos somos sumisos. Es una tontería. Nos anularíamos».

Quise saber qué pasa si las dos mujeres del trío no hacen caso al hombre.

—Ruego por ello —dijo Simon.

—Eso es lo que todos queremos —convino Simon—. Eso es lo bueno. Es como tener en la cama una película en vivo. Todo lo haces para juntar a dos mujeres.

Jonesie pareció estar convencido de que la cosa funcionaba de modo un poco diferente. Empleaba una y otra vez la expresión «pro». No estábamos seguros de si se refería a una verdadera prostituta especializada en tríos o a otra cosa.

—Normalmente, estas cosas suceden porque la pro quiere acostarse con la mujer —añadió Jonesie—. En realidad es lesbiana, pero se acostará con el hombre para conseguirla. La pro lidiará contigo lo mejor que pueda y te mantendrá activo tanto como le sea posible para que la otra mujer, a la que de verdad desea, no se ponga nerviosa si el tipo la ataca sin miramientos. La pro te hará continuar todo lo que pueda, hasta agotarte. Después devorará a la otra.

—Discrepo —intervino Simon—. Jonesie tiene un campo de experiencia restringido.

«IMAGINAD DECIRLE NO»

—A una de las chicas de mi trío le encantaba el sexo —comentó Jim—. Lo ha hecho con todos los tipos que conozco.

—Un momento —interrumpió Chloe—. ¿Cómo sabes que de verdad lo ha hecho?

—Porque lo hizo con Ian —respondió—. Lo hizo con Ian y ella le dijo que le había encantado hacerlo con todos.

—¿Pero cómo lo sabe? —preguntó indignada—. Quizá solo le gustase estar haciéndolo con él. Ese es el problema con vosotros, los hombres.

—Su idea es que puede ser como un hombre —explicó Ian—. Se plantea por qué las mujeres han de ser diferentes a los hombres. Si un tío puede tener sexo con todas las que quiera, ¿por qué no una mujer?

—Mira a Simon —dijo Jonesie—. Quiere que le des su nombre y número ahora mismo.

—La otra era justo lo contrario —prosiguió Jim—. Tenía una especie de aire virginal. Solo había tenido dos novios. El caso es que se fueron a vivir juntas. Y la chiflada le cambió la vida a la virginal, pues una semana más tarde ya estaba dispuesta a acostarse con todo el mundo.

»Somos buenos amigos. Ya me había acostado con la zumbada y a la virginal la llevaba persiguiendo un año. Fuimos a ver una película, luego compramos una botella de vino y acabé en su apartamento. La bebimos entera.

—Bueno, eso son solo tres copas y media —objetó Chloe.

—Hubo un tiempo en el que también tú te emborrachabas con tres copas y media de vino, Chloe —comentó Tad.

—Vale —dijo Jim—. Pues nos fuimos a su apartamento, bebimos esa pequeña, minúscula e insignificante cantidad de vino que teníamos y luego la loca y yo nos metimos en el dormitorio… Era uno de esos donde la cama ocupa todo el espacio y es el único sitio donde acomodarse. Así que comenzamos a tontear. Ella quería a la otra. Y yo quería a la otra. Ambos la mirábamos. Andaba por el apartamento intentando hacer sus cosas. Iba al servicio y luego a la cocina. Y vuelta a empezar.

—¿Qué llevaba puesto? —preguntó Simon.

—No recuerdo. Pero al final la cogimos de la mano y la metimos en el dormitorio.

—Y la violasteis.

Jim negó con la cabeza.

—Nooo… La sentamos en la cama y comenzamos a tocarla, nada más. Acariciándole la espalda. Después la acostamos. Las dos estaban un poco alejadas, así que comencé colocando solo la mano de una en el pecho de la otra. Y entonces se pusieron a ello. Yo todavía estaba en el ajo, pero intentaba escabullirme para mirar. Después de eso, salieron por Nueva York para hacerlo con todo bicho viviente. Probablemente, lo hicieron con veinte tipos del Buddha.

Ian también tenía una historia.

—Una vez tuve sexo con una mientras otra chica estaba en la cama —dijo—. En un momento dado, miré a esa otra y nuestras miradas quedaron enganchadas. Durante unos minutos no hicimos más que mirarnos. Ese fue el chispazo. Ahí comenzó a ser genial el asunto. Fue íntimo.

De pronto, Peter Beard, que hasta entonces había guardado un silencio muy poco habitual en él, comenzó a hablar.

—Imaginad decirle no a un trío —comentó—. Ya tienes que ser gilipollas.

«ES UN DEPORTE»

—Sin embargo, no quieres hacerlo con una chica que te importa —dijo Tad.

—Lo mejor es cuando lo haces con una buena amiga a la que le guste jugar —apuntó Ian.

—Por eso los hombres quieren hacer un trío contigo —le dijo Tad a Chloe—. Eres una buena amiga.

Chloe lo fulminó con la mirada.

Y entonces, casi por arte de magia, Ian anunció algo.

—He participado más veces en situaciones de dos chicos y una chica. —Y se apresuró a añadir—: Aunque no tuve sexo con el otro.

Hubo un momento de asombrado silencio. No estaba segura de haber oído bien.

—Es el modo más fácil de hacerlo —dijo con un encogimiento de hombros—. Es un deporte. La chica no te importa; de otro modo, no dejarías que tu amigo se la tirase. No es como cuando ella significa algo para ti.

—Y mucho más barato —saltó Sam, el banquero de inversión.

Pensé en algunas amigas mías que me habían confesado tener de vez en cuando la fantasía de estar con dos tíos. Entonces decidí decirles que mejor continuase siendo una fantasía.

Chloe aún se mostraba escéptica.

—Nunca han intentado eso conmigo —comentó—. Además, los hombres son competitivos de cojones, no creo que fuesen capaces de lidiar con eso.

—Yo no tendría sexo con una mujer después de que lo haya tenido con otro —dijo Peter.

Tad discrepó.

—Si fuese mi mejor amigo, podría pasar.

—Desde luego —asintió Ian.

—A mí sí me importaría quién va primero o qué sucede —señaló Tad.

—Es una conspiración confabulada por los dos tíos —dijo Ian—. Es un mano a mano con tu colega. Os preguntáis si vais a ser capaces de conseguirlo. Y cuando lo conseguís... ¡Yupi!

Jim negaba sacudiendo la cabeza con violencia.

—¡No estoy de acuerdo!

—¿Cómo puedes decir eso? —preguntó Ian.

—Sí —intervino Tad—. Lo hiciste una vez con Ian.

—Es el concepto lo que no me gusta —se defendió.

Ian lo señaló con un dedo.

—Pues fue él quien me empujó hacia la chica —afirmó.

«MAL ROLLO»

Garrick tomó la palabra. Afirmó haber participado en unos diez tríos, varios con otro tipo.

—Oye, tengo treinta y cinco años y me han pasado un montón de cosas. Pero siempre con Bill, mi mejor amigo —aseveró.

Bill era modelo y se conocieron en un gimnasio del centro cuando este le pidió a Garrick que lo vigilase mientras hacía *press* de banca.

—La mayoría de los tíos que entrenaban allí eran homosexuales —comentó—, así que después de eso nos separamos para demostrar que nosotros no lo éramos. La *cosa de tres* fue casi una validación de nuestra heterosexualidad. Validas tu masculinidad frente a otro tío.

»Para nosotros era como la emoción de ir al circo. A veces teníamos sexo con ella los dos a la vez. Cuando una mujer acepta la situación de estar con dos tíos, casi seguro que está dispuesta a cualquier cosa.

Garrick se inclinó hacia adelante en su silla y le dio una calada al cigarrillo.

—Bill lo hizo una vez con otro tío —dijo. Rio—. Siempre le tomo el pelo con eso. Hubo sexo entre ellos. No sé. Para mí, eso supone un deseo homosexual latente. ¿Lo tengo yo? Ni idea. Quizá Bill no fuese mi tipo.

Los más jóvenes se quedaron muy callados.

Entonces habló Peter.

—No soy ningún homófobo... Pero una vez me pasó algo con quien era mi mejor amigo y otra mujer. Estaban juntos, en la misma habitación, en una enorme cama de matrimonio. Recuerdo esa energía del sexo. Al terminar, se le fue la mano. Sentí como si él sobrara allí, a pesar de ser mi mejor amigo, y eso me dio muy mal rollo. Recuerdo apartarle la mano. Menudo mal rollo.

Nos quedamos un rato recostados en nuestros asientos. Se estaba haciendo tarde. Casi era hora de cenar.

—Ay, no sé —dijo Garrick—. Estoy convencido de que los tríos son buenos para tu salud emocional. Es una experiencia tan fuera de lo común que es como si no contase. En cuanto termina no vuelves a pensar en ello. Si engañas a tu novia o a tu esposa, sueles sentirte culpable. Con esto no hay manera de establecer una relación duradera, así que no es una amenaza.

»Además, te acerca más al tío. Cimenta la relación. ¿Qué podríais hacer para acercaros más? Estáis compartiendo la más íntima de las experiencias.

¿Y después? ¿Qué pasa a la mañana siguiente?

—Ah, ningún problema. Recuerdo una vez que fuimos todos a desayunar —dijo Garrick—. Lo recuerdo porque pagué yo.

CAPÍTULO 9

¿QUÉ TIENE DOS RUEDAS, VISTE ROPA DE MIL RAYAS Y ME RAYA? UN CHICO DE LA BICI

Hace unas semanas tuve un encuentro con un chico de la bici. Sucedió en la fiesta de presentación de un libro celebrada en un gran salón de mármol situado en una calle flanqueada por árboles. Estaba embutiéndome de salmón ahumado a escondidas cuando se acercó un amigo escritor y me dijo:

—Acabo de hablar con el más interesante de los hombres.

—¿Ah, sí? ¿Dónde está? —pregunté, recorriendo la sala con una mirada suspicaz.

—Era arqueólogo y ahora escribe libros de ciencia... Fascinante.

—No me digas más. —dije. Ya había localizado al individuo en cuestión... Vestía lo que imaginé la versión urbana de la ropa de safari: pantalones caqui, camisa de cuadros color crema y una chaqueta de *tweed* ligeramente raída. Tenía el cabello rubio y canoso y lo llevaba peinado hacia atrás, apartado de la frente para mostrar un atractivo perfil anguloso.

Así que atravesé la sala rápidamente, o todo lo rápido que una puede andar con sandalias de tiras y tacón alto. Él se encontraba inmerso en una conversación con un hombre de mediana edad, pero no tardé en hacerme con la situación.

—Hola —saludé—. Alguien me ha dicho que eres fascinante, espero que no me decepciones. —Lo llevé hasta una ventana abierta, donde lo inflé a cigarrillos y vino tinto barato. Veinte minutos después dejé que se fuese a cenar con unos amigos.

Me llamó a la mañana siguiente, mientras aún me encontraba en la cama, resacosa. Llamémosle Horace Eccles. Habló de romance. Me resultó agradable estar tirada en la cama con un buen dolor de cabeza y un hombre atractivo susurrándome al oído. Acordamos vernos para cenar.

El problema comenzó casi de inmediato. Primero llamó para decirme que sería una hora antes. Después para desmentirlo. Luego para anunciar un retraso de media hora. Y más tarde para hacerme saber que estaba justo a la vuelta de la esquina. Al final se retrasó tres cuartos de hora.

Y se presentó en bicicleta.

Al principio no lo advertí. Solo reparé en un más que habitual desaliño (para ser escritor) y un ligero jadeo que atribuí al hecho de encontrarse en mi presencia.

—¿Dónde quieres ir a cenar? —preguntó.

—Ya he reservado —respondí—. Vamos a Elaine's.

Crispó el rostro.

—Pensaba que íbamos a cenar en algún lugar del vecindario, por aquí cerca. —Por un instante pareció como si fuésemos a llegar a un punto muerto. Pero al final espetó—: Mira, es que he venido en bicicleta.

Me volví y observé al transgresor pedazo de metal atado a una farola.

—No creo —le dije.

DON NEW YORKER Y SUS TRES VELOCIDADES

No era mi primer encuentro con esa subespecie de románticos literatos de Manhattan a la que he llegado a designar como «chicos de la bici». No hacía mucho estuve cenando con el más famoso de todos, a quien llamaremos don New Yorker. Don New Yorker, editor de la publicación homónima,[19] aparenta unos treinta y cinco años (aunque es bastante más viejo), tiene un suave cabello castaño y una sonrisa devastadora. Cuando sale, acostumbra a escoger a una soltera de su selecto grupo de mujeres, y no solo porque ellas quieran que se publique algo suyo en *The New Yorker*. Es un hombre un poco desaliñado y de trato fácil. Se sienta a tu lado, te habla de política y pide tu opinión. Te hace sentir inteligente. Y entonces, antes de que te des cuenta, se va.

—Oye, ¿dónde está don New Yorker? —preguntaba todo el mundo a las once de la noche.

—Hizo una llamada y se fue en su bicicleta —respondió una mujer—. Iba a encontrarse con alguien.

Me obsesionó la idea de don New Yorker escabulléndose sigiloso al amparo de la noche con su chaqueta de académico, pedaleando como un loco subido a una bicicleta de tres velocidades (con guardabarros para no ensuciar el pantalón). Lo imaginaba llegando a un apartamento sin ascensor del Upper East Side (o quizá a un edificio de *lofts* en el Soho), inclinándose hacia un portero automático y luego, jadeando ligeramente, subiendo su bicicleta por las escaleras. Entonces se abría una puerta y él y su enamorada se reirían como tontos mientras intentaban encontrar un sitio donde dejar la bici. Después se darían un sudoroso abrazo que sin duda acabaría en el suelo, en algún futón.

---

19   *The New Yorker*, célebre semanario neoyorquino dedicado, sobre todo, a la
     vida social de la ciudad. N. del T.

Lo cierto es que los chicos de la bici tienen una larga tradición literaria-social en Nueva York. Sus santos patrones son el canoso George Plimpton, cuya bicicleta solía colgar del revés sobre las cabezas de sus empleados en la redacción de *Paris Review*,[20] y el canoso columnista de *Newsday*,[21] Murray Kempton. Han pasado años montando en bicicleta y son la inspiración para la siguiente hornada de chicos de la bici, como el ya mencionado don New Yorker y docenas de escritores y editores de libros, revistas y periódicos empeñados en atravesar el paisaje físico y romántico de Manhattan como pedaleadores solitarios. Los chicos de la bici constituyen una raza aparte entre los solteros neoyorquinos: inteligentes, divertidos, románticos, delgados y bastante atractivos, son la materia con la que están confeccionados los sueños de las estudiantes maduras. Hay algo increíblemente, ¿cómo diría?, encantador en un tipo vestido con una chaqueta de *tweed* montando en bicicleta… Sobre todo si emplea gafas de patoso.

Las mujeres tienden a sentir una mezcla de pasión e instinto maternal. Pero también existe un lado oscuro: la mayor parte de los chicos de la bici no están casados y es probable que nunca se casen, al menos hasta que abandonen sus bicicletas.

¿POR QUÉ JOHN F. KENNEDY JR. NO ES UN CHICO DE LA BICI?

—Montar en bicicleta no supone necesariamente una demostración de poder —dijo el señor Eccles—. Es mejor que lo haga gente poderosa, como George Plimpton. De otro modo, tendrás

---

20 Publicación trimestral dedicada a la literatura; tiene su base en Nueva York, aunque se fundó en París. N. del T.
21 Periódico publicado en la zona de Nueva York. N. del T.

que ocultar la bici a la vuelta de la esquina y, sin que nadie se entere, sacarte los pantalones de los calcetines.

Estos chicos no montan en bicicleta por deporte, como esos tontos que ves dando vueltas y vueltas por el parque. Hasta cierto punto lo hacen por el transporte, pero sobre todo, y más importante, por conservar una infancia literaria. Pensad en Oxford bajo la luz del atardecer, pedaleando sobre los adoquines mientras una mujer te espera junto al Cherwell, ataviada con un vestido estampado y con un libro de Yeats en las manos. Así es como los chicos de la bici se ven a sí mismos mientras recorren Manhattan esquivando taxis y baches. Aunque sin duda John F. Kennedy Jr. es el más famoso y buscado ciclista de Nueva York, su evidente atletismo lo descalifica como miembro de la hermandad de los chicos de la bici. Un chico de la bici, se supone, viste un traje de mil rayas y no pantalones cortos y camiseta ajustada. Además, los chicos de la bici rechazan ponerse esas ajustadas mallas con acolchado. No son reacios al doloroso castigo de un asiento duro… Ayuda con la literatura.

—No tengo ninguna de esas mallas —dijo don New Yorker, antes de añadir que en invierno llevaba calzoncillos largos para mantenerse calentito.

Y esa puede ser la razón por la cual los chicos de la bici tienden a sufrir más ataques violentos que sus atléticos primos. Otra puede ser que van en bici a cualquier hora (cuanto más intempestiva, mejor…, más romántico), en cualquier lugar y bajo cualquier condición atmosférica.

—Por la noche, los borrachos te berrean desde la ventana para hacerte caer —dijo el señor Eccles. Y cosas peores.

Una noche de Halloween, don New Yorker, en bicicleta y ataviado con un capote de policía británico, se encontró con una pandilla de chavales de doce años que lo tiraron al suelo.

—Les dije: «No puedo pelear contra todos a la vez. Pelearé con uno». Retrocedieron todos menos uno, el más corpulento. De pronto me di cuenta de que tampoco quería pelear con él.

La banda entera se le echó encima y lo golpearon sin duelo hasta que unos transeúntes comenzaron a gritarles y huyeron.

—Tuve suerte. No se llevaron la bici, pero sí unos discos que tenía en la cesta.

(Adviértase que don New Yorker llevaba discos de vinilo, no compactos... Otro rasgo del auténtico chico de la bici).

El señor Eccles recordaba una historia similar.

—Hace un par de días, atravesando Central Park en bici a las diez de la noche, me rodeó una banda de *asilvestrados* patinadores. Eran poco más que unos críos. Intentaron atraparme con una maniobra de flanqueo, pero fui capaz de huir pedaleando más rápido.

No obstante, como descubrió un reportero al que llamaremos Chester, el sexo es un peligro aún mayor. Chester ya no monta en bicicleta tanto como solía porque hace más o menos un año tuvo un grave accidente de ciclismo tras un interludio romántico. Estaba escribiendo una historia acerca de bailarinas exóticas cuando entabló amistad con Lola. Quizá Lola se imaginó ser una especie de Marilyn Monroe para su Arthur Miller. Quién sabe. Lo que sí sabe Chester es que lo llamó una tarde diciéndole que estaba revolcándose en una cama del Trump Palace y que si podía acercarse. Se abalanzó sobre su bicicleta y se presentó allí en quince minutos. Pasaron tres horas dedicados al asunto. Después le dijo que debía marcharse, pues vivía con alguien y el tipo estaba regresando. Llegaría en cualquier momento.

Chester salió corriendo del edificio y subió a su bicicleta de un brinco, pero había un problema. Le temblaban tanto las piernas después del sexo que comenzó a sentir calambres bajando por Murray Hill, chocó contra el bordillo y patinó por el pavimento.

—Me hice daño de verdad —dijo—. Cuando te despellejas así es como una quemadura de primer grado.

Por suerte, su pezón volvió a crecer.

«UNA COSA GRANDE Y DE ACERO
ENTRE MIS PIERNAS»

En efecto, conducir una bicicleta en Manhattan es un deporte de riesgo. Si esos escritores viviesen en el Oeste, quizá portasen armas, como un personaje de Larry McMurtry, Tom McGuane o Cormac McCarthy. Pero viven en Nueva York y se parecen más a Clark Kent. Reporteros diurnos con buenos modales que a menudo deben responder a editoras asesinas se convierten en una amenaza social por la noche. ¿Y quién puede culparlos?

—Te saltas semáforos en rojo y vas por dirección prohibida o en el carril contrario. Puedes convertirte en un criminal —afirma Chester.

—Siento como si hubiese una cosa grande y de acero entre mis piernas palpitando delante de mí —dijo un chico de la bicicleta que me pidió permanecer en el anonimato.

—Ahora mismo estoy tocando mi bici con la mano —informó Kip, un agente literario hablando por teléfono desde su despacho—. Tienes cierta sensación de libertad al montar en bicicleta por la ciudad. Es como si flotases por encima de la masa. Soy bastante intrépido cuando voy en bici, lo soy de un modo que no me puedo permitir en otros momentos de mi vida. Me siento mejor al ir en bici, más en sintonía conmigo mismo y con la ciudad.

Los chicos de la bici son muy particulares acerca de sus vehículos, pues no suelen montar bicicletas de montaña tuneadas y de alta tecnología. Nada de desviadores Shimano XT u horquillas de elastómero. El caso más típico es don New Yorker, con su elegante bicicleta de tres velocidades, su cesta trasera y sus guardabarros. El vehículo debía irradiar nostalgia.

—Necesitas una cesta para las verduras —dijo don New Yorker—, el ordenador portátil y las cosas de trabajo.

—Para mí, la bicicleta está a la altura del bebé o del perro —afirmó Kip—. Me ocupo de su cuidado y arreglos.

A menudo, cuando los chicos de la bici hablan de sus vehículos, se hace difícil pensar que no están hablando de mujeres.

—Amo a mi bicicleta y puedes llegar incluso a crear un vínculo con ella —me dijo un tal B. B.—, pero lo cierto es que son muy parecidas unas a otras.

—Tuve una que me volvió absolutamente loco —comentó Kip—. El cuadro era de aluminio, la lijé a mano y la pulí un montón. Y entonces me la robaron. Quedé emocionalmente devastado. No logré superarlo hasta que me hice con una nueva y la hice bonita de verdad.

Las bicicletas, como las novias, siempre acaban siendo robadas en Nueva York.

—Si te entretienes diez minutos en una librería, al salir ya no está la bici —aseveró el señor Eccles.

No obstante, eso no es un problema, según señaló don New Yorker.

—La bicicleta queda amortizada en cuestión de tres meses si tomas como referencia los bonos del metro —dijo—. En un mes si coges taxis.

La bicicleta también puede ser un buen apoyo para conocer mujeres.

—Es un buen modo de comenzar una conversación —comentó Thad, un escritor—. También sirve de herramienta para aliviar tu timidez.

Y, al parecer, una buena manera de saber si vas a follar o no.

—En cierta ocasión, una mujer se cabreó conmigo cuando le propuse llevarla en bici hasta su casa —dijo Thad—. Por otro lado, es muy sexy que una mujer te diga «mete la bici dentro».

—Que una mujer te deje meter la bici en su casa o no es un indicativo de lo bien ajustada que está —señaló el señor Eccles—. Si es retentiva anal, nunca querrá la bici cerca de sus cosas.

Pero, a veces, una bici no solo es una bici... y las mujeres parecen saberlo.

—Te ven como un bulto sospechoso. Tienes demasiada capacidad de movimiento e independencia —añadió—. Y poco digno al final, desde luego.

—Te confiere cierto aire de Peter Pan —dijo Kip—. Esa es, en parte, la razón por la cual ya no la llevo a todos lados.

—Implica cierto egoísmo —convino el señor Eccles—. No puedes llevar a nadie. Y quizá haya una idea de demasiada libertad asociada al hombre que monta en bicicleta.

Además, añadió, tenía unas diez razones por las que, ya comenzada la cincuentena, no se había casado, «y ninguna particularmente buena».

También implica cierta falta de fondos. Una mujer, asistente editorial de una revista masculina ilustrada, recordó la cita con un chico de la bici al que conoció en una firma de libros. Él, después de charlar un rato, quedó con ella en un buen asador del Upper West Side. Llegó en bicicleta, tarde (ella esperaba fuera, fumando nerviosa un cigarrillo tras otro), y luego, después de haber visto el menú, le dijo:

—Mira lo que te digo. Acabo de darme cuenta de que en realidad me apetece comer *pizza*. No te importa, ¿verdad?

Y se levantó.

—¿Pero no tenemos que...? —comenzó a preguntar ella, lanzándole una mirada al camarero.

Él la cogió del brazo y la sacó del local.

—Solo tomaste unos sorbos de agua. Yo ni siquiera probé la mía. No pueden cobrarnos nada por eso.

Fueron al apartamento de la chica, comieron *pizza*, y a continuación él hizo su jugada. Se vieron unas cuantas veces más después de esa cita, pero él siempre quería ir a su casa a eso de las diez y pedir comida. Al final, ella lo dejó y empezó a salir con un banquero.

EL PROBLEMA EN LA ENTREPIERNA

Los chicos de la bici a menudo cometen el error de intentar convertir a sus amigas en chicas de la bici. Joanna, criada en la Quinta Avenida y en la actualidad diseñadora de interiores, llegó a casarse con uno de ellos.

—Ambos íbamos en bici —dijo—, así que al principio no hubo problema. Pero me di cuenta de que algo iba mal cuando me regaló un sillín el día de mi cumpleaños. Después, en Navidad, se presentó con un portabicicletas para el coche. Cuando nos divorciamos, lo quitó y se lo quedó. ¿Puedes creerlo?

—¿Chicos en bici? Ay, no, por Dios —respondió Magda, la novelista—. ¿Sabes cómo apesta su entrepierna? No, gracias. Esos tíos en bicicleta me han atropellado demasiadas veces. Son unos kamikazes, unos gilipollas y unos egoístas. Si el sexo con ellos es como su modo de ir en bici, muchas gracias, pero la velocidad no importa.

—Las mujeres no creen que andar en bici sea atractivo —dijo Thad—. Piensan que es infantil. Pero llega un momento en la vida en el que no puedes ir dándoles una falsa impresión de ti mismo.

CAPÍTULO 10

LAS NENAS DE DOWNTOWN SE ENCUENTRAN CON LAS CHICAS DE OLD GREENWICH

La mayoría de las mujeres de Manhattan han realizado el peregrinaje de visitar a la amiga recién mudada a las afueras, pero pocas lo han disfrutado. De hecho, muchas regresan a la ciudad en un estado emocional que podría situarse entre el mareo y la catástrofe. A continuación relataré uno de esos casos.

Jolie Bernard era agente de bandas de *rock* en International Creative Management. Hace cinco años vivía en Nueva York, en un apartamento de un solo dormitorio decorado con sofás de cuero negro y un gigantesco equipo estéreo, eso cuando no estaba pateando el planeta con sus botas camperas o saliendo con estrellas de *rock*, y a veces acostándose con ellas. Tenía una larga melena rubia, un cuerpecito firme, grandes tetas, un millón de mensajes en el contestador al regresar a casa y dinero y drogas en el bolso al salir. Era una especie de celebridad.

Y entonces sucedió algo. Nadie creyó que sucedería, pero sucedió, por eso nunca se sabe con esas cosas. Tenía treinta y cinco años cuando conoció a aquel banquero de inversiones que trabajaba en Salomon Brothers, y antes de lo que cualquiera hubiese podido imaginar, se casaron, quedó embarazada y se mudaron a Greenwich.

—Esto no cambia nada —dijo ella—. Seguiremos juntas, podréis venir a visitarnos y haremos barbacoas en verano.

Todas dijimos que sí, que vale, que bueno.

Pasaron dos años. Supimos que había tenido un mocoso y después otro. No éramos capaces de recordar ni sus nombres ni si eran niños o niñas.

—Oye, ¿cómo está Jolie? —le pregunté a Miranda, antes su mejor amiga.

—Ni idea —respondió—. Cada vez que la llamo me dice que no puede hablar. Que si viene el de los aspersores, que si ha pillado a la niñera fumando hierba en el lavadero o que si uno de los críos está berreando.

—Horrible. Eso es horrible —decíamos antes de volver a olvidar el asunto.

Y luego, hace un par de meses, sucedió lo inevitable: las chicas urbanitas recibimos invitaciones, pequeñas tarjetas blancas bordeadas con florecillas de color púrpura, convocando a cuatro de las amigas de Jolie a una fiesta de regalos para la novia que se iba a celebrar en su casa.[22] Iba a tener lugar el sábado a la una de la tarde… Bien, aunque la hora no era muy conveniente y, por otro lado, asistir a tal evento era lo último que nadie querría hacer un sábado por la tarde, como apuntó Miranda. Soportar el fastidio e ir a Connecticut.

---

22 *Bridal shower.* Fiesta donde se entregan regalos a la novia. No es una despedida de soltera. N. del T.

—Jolie me ha llamado, rogándome —anunció Miranda—. Dice que quiere tener por allí algunas chicas de la ciudad para que la cosa no sea demasiado aburrida.

—Menuda condena —dije.

A pesar de todo, cuatro de nosotras aceptamos ir... Miranda, treinta y dos años, ejecutiva en una compañía de televisión por cable; Sarah, treinta y ocho años, directora de su empresa de relaciones públicas; Carrie, treinta y cuatro años, una especie de periodista; y, por último, Belle, treinta y cuatro años, banquera y la única casada del grupo.

NUEVAS ENEMIGAS EN EL VIEJO GREENWICH

El sábado fue el día más hermoso del año, cómo no. Soleado y 21 °C. Comenzaron a quejarse por tener que pasar el mejor día del año metidas en casa de Jolie en cuanto se encontraron en la estación Grand Central, a pesar de ser todas urbanitas de pura cepa que no habrían salido de casa si hubiesen podido evitarlo.

Los problemas comenzaron en el tren. Carrie, como de costumbre, se había acostado a las cuatro de la mañana, tenía una resaca espantosa y no dejaba de pensar en que iba a vomitar de un momento a otro. Belle se puso a discutir con una mujer sentada frente a ella, pues su hijo no hacía más que asomar la cabeza por encima del respaldo y sacarle la lengua.

Entonces Sarah reveló que Jolie estaba en Alcohólicos Anónimos (ya llevaba tres meses), lo cual implicaba que no habría cócteles en la fiesta.

En ese instante, Carrie y Miranda decidieron bajar en la siguiente parada y regresar a la ciudad, pero Belle y Sarah no se lo permitieron; además, Sarah le dijo a Carrie que quizá también ella debería ingresar en Alcohólicos Anónimos.

El tren se detuvo en Old Greenwich y las cuatro se subieron a un taxi verde y blanco apretujándose en el asiento trasero.

—¿Por qué estamos haciendo todo esto? —preguntó Sarah.

—Porque lo tenemos que hacer —contestó Carrie.

—Será mejor que no tengan ninguna de esas molonas herramientas de jardinería tiradas por ahí —comentó Miranda—. Como las vea, me pongo a gritar.

—Yo me pondré a gritar como vea críos.

—Paisajes. Hierba. Árboles. Respirar el aroma del césped recién segado —apuntó Carrie, que por alguna misteriosa razón comenzaba a sentirse mejor. Todas la miramos suspicaces.

El taxi se detuvo frente a una casa blanca de estilo colonial cuyo valor se había incrementado, obviamente, por la adición de un puntiagudo tejado de pizarra y balcones en el segundo piso. El césped era muy verde y círculos de flores rosas rodeaban las bases de los árboles que punteaban el jardín.

—Pero qué cachorro tan bonito —dijo Carrie cuando un *golden retrevier* atravesó el césped corriendo hacia ellas, ladrando. Pero, al llegar al borde, el perro sufrió un repentino tirón hacia atrás, como sujeto por una correa invisible.

Miranda encendió un Dunhill bajo en nicotina.

—Valla eléctrica invisible —comentó—. Todos la tienen. Os apuesto lo que sea a que oiremos hablar de ella.

Las cuatro se quedaron un rato en la entrada de la cochera con la vista fija en el perro, sentado, sometido, pero agitando valientemente su cola en medio del jardín.

—¿Podemos regresar a la ciudad, por favor? —pidió Sarah.

Dentro encontraron a media docena de mujeres sentadas en la sala de estar con las piernas cruzadas, sosteniendo en sus rodillas tazas de café o té. Se había servido un festín consistente en bocadillos de pepino y quesadillas con salsa de tomate. A un lado, sin tocar y sin abrir, se encontraba una enorme botella de vino blanco cubierta por una capa de rocío. Lucy, la novia, observó la llegada de las chicas de ciudad un poco asustada.

Se hicieron las presentaciones.

Una mujer llamada Brigid Chalmers, vestida de Hermes de pies a cabeza, bebía algo que parecía un *bloody mary*.

—Llegáis tarde, chicas. Jolie pensó que quizá no vendríais —dijo con esa despreocupada maldad que solo las mujeres son capaces de dedicarse unas a otras.

—Bueno, ya sabes, el horario de los trenes —se disculpó Sarah con un encogimiento de hombros.

—Perdona, ¿nos conocemos? —susurró Miranda al oído de Carrie. Para ella eso significaba la declaración de guerra a Brigid.

—¿Es un *bloody mary*? —preguntó Carrie.

Brigid y otra mujer intercambiaron una mirada.

—En realidad es un *virgin mary*[23] —respondió. Sus ojos volaron hacia Jolie un instante—. Me pasé años haciendo cosas de esas. Bebiendo y yendo de fiesta. Y entonces, no sé cómo, me aburrí. Te dedicas a cosas más importantes.

—Ahora mismo, para mí lo único importante es un vodka —comentó Carrie, llevándose las manos a la cabeza—. Tengo una resaca horrible. Si no consigo algo de vodka...

—¡Raleigh! —llamó una de las mujeres sentadas en el sofá, inclinándose para mirar hacia una de las otras habitaciones—. ¡Raleigh! Vete a jugar fuera.

Miranda se aproximó a Carrie.

—¿Le habla a su perro o a su niño?

«SEXO CONYUGAL»

—Dime, ¿a qué te dedicas exactamente? —preguntó Miranda, dirigiéndose a Brigid.

---

23 Versión sin alcohol del *bloody mary*. N. del T.

Brigid abrió la boca e introdujo limpiamente en ella una quesadilla triangular.

—Trabajo en casa. Tengo mi propia consultoría.

—Ya veo —dijo Miranda con un asentimiento—. ¿Y qué ramo tocas?

—Ordenadores.

—Es como nuestra Bill Gates del barrio —apuntó una mujer llamada Marguerite, que bebía agua en una copa de vino—. Siempre que tenemos algún problema informático, la llamamos y nos lo resuelve.

—Sí, eso es muy importante cuando tienes ordenador —comentó Belle—. Los ordenadores pueden ser muy complicados. Sobre todo si no se emplean con regularidad. —Sonrió—. ¿Y tú, Marguerite? ¿Tienes hijos?

La mujer se ruborizó ligeramente y apartó la mirada.

—Uno —respondió con cierta melancolía—. Un hermoso angelito. Claro que ya no es tan pequeño. Tiene ocho años y está en esa fase infantil tan intensa. Vamos a por otro.

—Margie está intentando la fecundación *in vitro* —señaló Jolie y luego, señalando a la habitación, añadió—: Estoy encantada de haber tenido los dos míos tan pronto.

Por desgracia, Carrie escogió ese preciso momento para salir de la cocina dando sorbos a un gran vaso de vodka con dos piedras de hielo.

—Hablando de mocosos —dijo—, el esposo de Belle quiere dejarla embarazada, pero ella no quiere. Así que fue a una farmacia y compró un cacharro de esos que te dicen cuándo estás ovulando. La dependienta le deseó buena suerte, pero ella le hizo saber que no lo entendía, pues en realidad iba a emplearlo para saber cuándo no tener sexo. ¿No es un poco histérico todo eso?

—De ninguna manera voy a estar embarazada en verano —apuntó Belle—. No quiero que me vean en bañador con esa pinta.

Brigid retomó el tema de conversación.

—¿Y tú a qué te dedicas, Miranda? —preguntó—. Vives en la ciudad, ¿no?

—Bueno, soy directora ejecutiva en una empresa de televisión por cable.

—Ay, me encanta la televisión por cable —dijo una mujer llamada Rita, que lucía tres pesados collares de oro y un anillo de compromiso con un zafiro de doce quilates junto a una alianza con un zafiro engastado.

—Sí —terció Belle—. Miranda es como nuestra pequeña Bob Pittman. Ya sabéis, el fundador de la MTV.

—Ah, sí, lo sé —dijo Rita—. Mi esposo trabaja en CBS. Debería decirle que se reúna contigo, Miranda. Estoy segura de... Bueno, de hecho yo era su ayudante. Lo fui hasta que todo el mundo se enteró de que nos estábamos viendo. Sobre todo porque entonces estaba casado. —Intercambió una mirada con otra de las mujeres de Connecticut.

Carrie se dejó caer junto a Rita y, sin querer, derramó un poco de vodka sobre ella.

—Ay, perdona, lo siento mucho —dijo—. Hoy estoy hecha una patosa de mierda. ¿Quieres una servilleta?

—No pasa nada —contestó ella.

—Tiene que ser fascinante eso de pillar a un hombre casado. Nunca he sido capaz de hacerlo. Probablemente acabaría siendo la mejor amiga de su mujer.

—Por eso hay cursos en el Learning Annex —comentó Sarah con sequedad.[24]

—Ya, pero no quiero hacer un curso con una pandilla de perdedoras —replicó Carrie.

—Pues conozco a mucha gente que los ha hecho. Y son bastante buenos —señaló Brigid.

---

24 Empresa estadounidense dedicada a la educación con base en Nueva York. N. del T.

—¿Cuál era nuestro preferido? —preguntó Rita—. El de sadomasoquismo. Cómo ser una dominatriz.

—Bueno, el único modo de mantener a mi marido despierto es usando el látigo —señaló Brigid—. Sexo conyugal.

Lucy rio, juguetona.

SORPRESA EN LAS AFUERAS: EL BIDÉ

Carrie se puso de pie y bostezó.

—¿Alguien sabe dónde está el baño? —preguntó.

No fue al baño. Ni estaba tan borracha como parecía. En realidad subió de puntillas unas escaleras cubiertas con una alfombra oriental y pensó que, si fuese Jolie, sabría qué tipo de tapiz era, pues esa es la clase de cosas que se supone que una debe saber al estar casada con un rico banquero y ocuparse de su hogar en las afueras.

Se metió en el dormitorio de la anfitriona. El suelo estaba cubierto con una gruesa alfombra blanca y por todas partes había fotografías con marcos de plata, algunas de calidad profesional con Jolie posando en traje de baño y su largo cabello rubio agitándose sobre los hombros.

Carrie se quedó un buen rato mirando las fotos. ¿Cómo sería ser Jolie? ¿Cómo sucedió? ¿Cómo hacer para encontrar a alguien que se enamore de ti y te dé todo eso? Tenía treinta y cuatro años, ni siquiera se había acercado a algo similar y había muchas posibilidades de que jamás lo hiciese.

Y, con todo, esa era la clase de vida que siempre creyó poder tener solo por quererla. Pero los hombres a los que quieres no la quieren, o no te quieren; y los que la quieren son demasiado aburridos. Fue al baño. Alicatado de mármol negro. Un bidé. Quizá los esposos de las afueras no jugasen hasta que sus esposas estuviesen bien lavadas, no como los de la ciudad. Y entonces estuvo a punto de chillar.

Había una fotografía de Jolie, a color y de treinta y cinco por cuarenta y tres centímetros, posando al estilo de Demi Moore, desnuda, a no ser por un pequeño salto de cama abierto al frente para revelar unas tetas descomunales y un dilatado vientre. Jolie miraba orgullosa a la cámara con una mano posada por encima del ombligo, que sobresalía como un pequeño pezón. Carrie tiró de la cadena y sin aliento corrió escaleras abajo.

—Estamos abriendo los regalos —regañó Brigid con el ceño fruncido.

Carrie se sentó en una silla junto a Miranda.

—¿Qué te pasa? —le preguntó.

—Una fotografía. En el baño principal. Ve a verla —respondió.

—¿Qué estáis haciendo? —preguntó Jolie.

—Nada —dijo Carrie. Miró a la novia, que sujetaba un par de medias de seda roja sin entrepierna rematadas con un lazo negro. Todas se reían. Eso haces en las fiestas de regalos.

«ESTOY TEMBLANDO»

—¿Pero habéis visto esa foto? —preguntó Miranda. Todas se mecían suavemente en el tren de vuelta a la ciudad.

—Si alguna vez quedo embarazada, voy a pasarme los nueve meses en casa —afirmó Belle—. No pienso ver a nadie.

—Creo que podría hacerme a esto —reconoció Sarah, a regañadientes, mirando por la ventanilla—. Tienen casas, coches y niñeras. Sus vidas parecen ser las adecuadas. Tengo celos.

—¿Y a qué se dedican a lo largo del día? Eso me gustaría saber —dijo Miranda.

—Ni siquiera tienen sexo —señaló Carrie. Pensaba en su nuevo novio, Mr. Big. En esos momentos la cosa iba genial, ¿pero qué pasaría tras uno o dos años?... Si es que duraban tanto tiempo.

—No vais a creer la historia que he oído de Brigid —anunció Belle—. Mientras estabais allí arriba, Jolie me llevó a la cocina. Me dijo: «Sé buena con Brigid. Acaba de pillar a Tad, su marido, in fraganti con otra».

La otra era Susan, la vecina de al lado. Susan y Tad trabajaban en la ciudad y durante el último año habían compartido el coche todos los días para ir y venir de la estación. Brigid los pilló a las diez de la noche, estaban borrachos en el vehículo, aparcado en un callejón sin salida situado al final de la calle. Brigid había salido a sacar al perro.

Abrió la puerta con un tirón y dio un toquecito en el desnudo trasero de Tad.

—Wheaton tiene gripe y quiere darle las buenas noches a su papi —dijo, y regresó a casa.

Ella pasó la semana siguiente obviando el problema, mientras él se ponía cada vez más nervioso; algunos días la llamaba hasta en diez ocasiones desde su despacho. Cada vez que intentaba sacar el tema, ella lo interrumpía hablándole de algo acerca de sus dos hijos. Al final, un sábado por la noche, mientras Tad se estaba colocando y preparaba margaritas en la terraza, le dijo:

—Estoy embarazada de nuevo. Llevo tres meses. Esta vez no tendremos que preocuparnos por los abortos espontáneos. ¿No te alegras, cariño?

Después cogió el jarro de las margaritas y se lo derramó por encima.

—Típico —comentó Carrie, limpiándose las uñas con el borde de un librito de cerillas.

—Pues yo me siento muy bien por poder confiar en mi esposo —dijo Belle.

—Estoy temblando—intervino Miranda, mirando a la mancha marrón oscuro de la ciudad elevándose sobre un puente—. Necesito una copa. ¿Alguien se apunta?

Después de tres cócteles en el Ici, Carrie llamó a Mr. Big.

—¡Eh, tú! —respondió—. ¿Qué pasa?

—Fue horrible —dijo con una risa tonta—. Ya sabes cómo odio esa clase de cosas. No hablaban más que de bebés, de colegios privados, del amigo que no había conseguido entrar en el club de campo y de la niñera que se estrelló con el Mercedes nuevo.

Podía oír a Mr. Big soltando bocanadas de humo del puro.

—No te preocupes, pequeña. Te acostumbrarás.

—No creo.

Se volvió para mirar a su mesa. Miranda había secuestrado a dos tipos de otra mesa, uno de los cuales ya estaba enfrascado en una conversación con Sarah.

—Dame cuartelillo... En el Bowery —le dijo y colgó.

CAPÍTULO 11

LAS NENAS HUYEN DE LA TIERRA DE LAS ESPOSAS PARA PASAR DESPECHUGADAS UNA NOCHE DE DIVERSIÓN

A las mujeres de la ciudad les pueden pasar cosas malas al volver de visitar a sus amigas recién casadas y con hijos que viven en las afueras.

La mañana siguiente, tras el regreso de Carrie, Miranda, Belle y Sarah de la fiesta celebrada en Greenwich, se realizaron varias llamadas.

Sarah se había partido el tobillo patinando a las cuatro de la mañana. Miranda se había tirado a un tipo dentro de un vestidor durante una fiesta y sin condón. Carrie había hecho algo tan ridículo que estaba segura de que su corta relación con Mr. Big había tocado a su fin. Y nadie encontraba a Belle.

EL TÍO DE LA CALVA

Miranda no pretendió perder la cabeza en la fiesta y hacer eso que ella llamaba «mi imitación de Glenn Close».

—Solo quería ir a casa, dormir a pierna suelta toda la noche, despertarme y ponerme a trabajar.

Eso era lo mejor de no estar casada ni tener hijos y estar sola. Una puede trabajar los domingos.

Pero Sarah la hizo ir a la fiesta.

—Ahí puede haber buenos contactos —le dijo.

Sarah, al tener una empresa de relaciones públicas, siempre estaba a la caza de contactos, término que también se puede traducir como citas. La fiesta era en la 64 Este. En la casa de algún viejo ricachón de la ciudad. Treintañeras ataviadas con vestidos de noche negros y el cabello prácticamente del mismo tono rubio. Ese tipo de mujer siempre va a fiestas celebradas en casas de viejos forrados, y como llevan a sus amigas, siempre se ven escuadrones de ellas en busca de hombres mientras simulan no hacerlo.

Sarah desapareció entre la multitud. Miranda se quedó sola junto al bar. Tenía el cabello oscuro y ondulado y vestía pantalones de licra con la parte baja cosida por dentro, es decir, destacaba.

Dos chicas pasaron junto a ella y Miranda, quizá un poco paranoica, juró que una de ellas dijo: «Esa es Miranda Hobbes. Un putón».

Así que Miranda, en voz alta, pero no lo bastante para ser oída, contestó: «Cierto, soy un putón, cielo, pero no como tú, gracias a Dios». Después recordó cómo al final de la larga tarde en las afueras se sirvió una tarta de zanahoria baja en grasa bañada con crema de queso, también baja en grasa, con unos pequeños tenedores de plata de púas muy finas, capaces de perforar la piel.

Un hombre se acercó a ella. Vestía un traje caro, a medida. Bueno, vale, no era exactamente un hombre, pues solo tendría unos treinta y cinco años. Pero estaba en ello. Miranda le estaba pidiendo al camarero que le preparase un vodka doble con tónica cuando él le dijo:

—¿Sedienta, eh?

—No, lo que de verdad quiero es un filete. ¿Vale?

—Te conseguiré uno —dijo, y resultó tener acento francés.

—Te lo haré saber —contestó, e intentó alejarse.

No quería tener nada que ver con la fiesta. Estaba cansada de sentirse como si no encajase, pero tampoco quería ir a casa, pues también estaba cansada de estar sola y, además, estaba un poco borracha.

—Me llamo Guy —se presentó—. Y tengo una galería en la 79.

—Claro, cómo no —dijo con un suspiro.

—Quizá hayas oído hablar de ella…

—Mira, Guy…

—Dime —la apremió.

—¿Te gusta viajar?

Guy sonrió astuto. Se acercó a ella. Le colocó una mano en el hombro.

—Pues claro.

—Entonces haz las maletas y vete a joder a otra parte.

—Venga, por favor —dijo, y Miranda se preguntó si de verdad era así de idiota o si lo parecía por ser francés. La cogió de la mano y comenzó a tirar de ella hacia las escaleras; se dejó llevar porque supuso que alguien capaz de mantener el tipo después de haber sido insultado no podía ser malo. Terminaron en el dormitorio del viejo ricachón, cuya cama estaba cubierta con una colcha de seda roja, y ese personaje de Guy sacó algo de cocaína. Después, por alguna razón, comenzaron a besarse. Mientras, la gente no dejaba de entrar y salir de la sala.

Y, también por alguna razón, se metieron en el vestidor. Paneles de pino antiguo, colgadores repletos de chaquetas y pantalones, estanterías para jerséis de cachemir y zapatos. Miranda revisó las marcas: Savile Row... Aburrido. Después se dio la vuelta y ahí estaba Guy. Hubo toqueteo. Las mallas cayeron al suelo. Y salió el tío de la calva.

—¿Cómo era de grande? —preguntó Carrie por teléfono.

—Grande. Y francés —respondió Miranda. (¿Cómo podía?).

—Oye, cariño, será mejor que no se lo digas a mi novia —dijo él al terminar, antes de meterle la lengua en la boca una última vez.

Todo salió a la luz: vivía con una amiga desde hacía dos años y estaba comprometido (o algo así), pero no estaba seguro de querer casarse, aunque ella vivía con él. ¿Qué podía hacer?

Y ahí quedó Glenn Close sin conejo.

Al día siguiente, Guy consiguió el número de Miranda y la llamó porque quería volver a verla.

—Y esto es lo que tenemos para elegir —dijo Miranda.

NEWBERT SE PREOCUPA

A mediodía, Newbert, el esposo de Belle, llamó a Carrie para preguntarle si había visto a su mujer.

—Me habría enterado si hubiese muerto —respondió Carrie.

UNA PATINADORA INGENUA

Y también estaba Sarah, quien, según Miranda, fue a patinar debajo de su casa a las cuatro de la mañana. Borracha. A sus treinta y ocho años. Una mujer adulta aferrada al papel de ingenua. ¿Hay algo menos atractivo? No creo.

Por otro lado, ¿qué se supone que debería hacer? Tiene treinta y ocho años, no se ha casado y quisiera estar con alguien. Y los hombres, como saben los lectores de esta columna, se sienten atraídos por la juventud. Incluso las mujeres de la fiesta de regalos, todas mayores que Sarah, eran más jóvenes que ella cuando se casaron. Quizá el matrimonio ya no era una opción. Así que patinó con un chico de veinticinco años debajo de su casa. En vez de tener sexo con él. Él quiere; ella teme que piense que su cuerpo es demasiado viejo.

—Ay, hooola —saluda cuando Carrie la llama por la tarde. Está tumbada en el sofá, en su pequeño pero perfecto apartamento de un dormitorio situado en un edificio al oeste de la Segunda Avenida—. Bueno, estoy bieeen. ¿Te imaginas? —Su voz sonaba con una alegría impostada—. Es solo una fracturilla de tobillo. Me han atendido los médicos más guapos de la sala. Y Luke estuvo conmigo todo el tiempo.

—¿Luke?

—Bueno, Lucas. El más mono de los chicos. Mi amiguito. —Soltó una risita tonta. Un sonido aterrador.

—¿De dónde sacaste los patines?

—Ah, los llevó él a la fiesta. ¿No es genial?

Le quitaron la escayola seis semanas después. Mientras, Sarah tuvo que renquear por ahí, dirigiendo su empresa de relaciones públicas lo mejor que pudo. No tiene un seguro de invalidez. El negocio pende de un hilo.

¿Eso es mejor o peor que estar casada y vivir en las afueras? ¿Mejor? ¿Peor?

Quién sabe.

BELLE EN EL CARLYLE

Belle llama desde el Carlyle. Dice algo de un receptor externo de los Miami Dolphins. En Frederick's. Comenta algo de su esposo, Newbert, y de una salsa para espaguetis.

—Hago una salsa de espaguetis buenísima —dice—. Soy una buena esposa.

Carrie está de acuerdo.

Bueno, el caso es que, al llegar a casa tras la fiesta de regalos, Newbert y ella riñeron. Belle se largó, fue a Frederick's, la discoteca. Allí estaba el receptor externo. No hacía más que decirle que su esposo no la amaba lo suficiente.

—Sí me ama. No lo entiendes —dijo ella.

—Yo te querría más —afirmó él.

Soltó una carcajada y volvió a largarse, en esta ocasión para coger una habitación en el Carlyle.

—Ahora mismo se están sirviendo los cócteles —dice.

Cree, según dice, que Newbert quizá esté molesto porque acaba de enviar su novela. Que Newbert quizá esté molesto porque ella no quiere tener hijos. No hasta que él venda su novela. Cuando se quede embarazada, todo habrá acabado. Así que mejor pasarlo bien ahora.

TODOS LOS CAMINOS LLEVAN AL BABY DOLL

Carrie fue al Bowery después de la fiesta de regalos, y después de hablar por teléfono con su nuevo novio, Mr. Big. Allí estaba Samantha Jones, la productora cinematográfica cuarentona. La mejor amiga de Carrie. A veces.

Barkley, el prometedor artista de veinticinco años y perseguidor de modelos, se había colado en la mesa de Samantha.

—Me encantaría que alguna vez pasases por mi *loft* —dijo, apartándose de los ojos su cabello rubio.

Samantha fumaba un puro habano. Le dio una calada y le lanzó una espesa nube de humo a la cara.

—Apuesto a que sí. ¿Pero qué te hace pensar que me gustarían esas pinturillas tuyas?

—Bueno, no tienen por qué gustarte —respondió—. Basta con que te guste yo.

Samantha sonrió malvada.

—No pierdo el tiempo con hombres menores de treinta y cinco años. No tienen la experiencia suficiente para mis gustos.

—Ponme a prueba —replicó Barkley—. Si no, al menos invítame a una copa.

—Nos vamos. Tenemos que encontrar un sitio nuevo para salir.

Encontraron uno. El Baby Doll Lounge. Un bar de estriptis en TriBeCa.[25] No se pudieron quitar a Barkley de encima, así que lo dejaron ir con ellas. Puede resultar conveniente estar acompañada por un chico en un local de ese tipo. Además, tenía hierba. Fumaron en el taxi; al llegar al Baby Doll Lounge, Sam agarró a Carrie del brazo (ella casi nunca hacía cosas así).

—Quiero conocer a Mr. Big, en serio. No estoy segura de que sea el hombre adecuado para ti —dijo.

Carrie tuvo que reflexionar acerca de si quería contestar o no, pues siempre sucedía lo mismo entre Sam y ella. En cuanto se encontraba bien con un hombre, Sam se metía en medio con sus dudas, como una palanca entre dos piezas de madera.

—No sé. Creo que estoy loca por él.

—¿De verdad sabe lo genial que eres? ¿Lo genial que creo que eres?

«Algún día nos acostaremos juntas con el mismo hombre —pensó Carrie—, pero esta noche no».

La camarera se acercó.

---

25   Barrio del Downtown, muy bohemio y caro. N. del T.

—Es agradable volver a ver mujeres por aquí —comentó, y comenzó a servirles copas gratis. Eso siempre era un problema. Por su parte, Barkley intentaba iniciar una conversación acerca de que lo que de verdad quería era ser director y de que, en cualquier caso, eso era lo que todos los artistas hacían, ¿por qué no podía saltarse la aburrida fase de ser artista y comenzar a dirigir?

Dos chicas bailaban en el escenario. Parecían mujeres naturales, pues no tenían un aspecto tan perfecto con sus pechos pequeños y caídos y sus grandes traseros.

—¡Pero si soy mejor que David Salle! ¡Soy un puto genio! —gritaba entonces Barkley.

—¿Ah, sí? ¿Y quién lo dice? —voceó Sam.

—Todos somos unos putos genios —comentó Carrie. Y se fue al servicio.

Hay que pasar por un estrecho espacio abierto entre los dos escenarios y después bajar unas escaleras. El servicio tenía una puerta de madera gris, que no cerraba bien, y azulejos rotos. Pensó en Greenwich. Matrimonio. Hijos.

«No estoy preparada», concluyó.

Subió las escaleras, se quitó la ropa, entró en el escenario y comenzó a bailar. Samantha no le quitaba los ojos de encima, riendo, pero dejó de reír cuando la camarera se acercó y con muy buenas maneras le pidió que bajase.

Mr. Big llamó a las ocho de la mañana siguiente. Iba a jugar al golf. Su voz sonaba tensa.

—¿A qué hora llegaste a casa? —preguntó—. ¿Qué hiciste?

—Nada especial —contestó—. Fui al Bowery. Y después a otro sito. Al Baby Doll Lounge.

—¿Ah, sí? ¿Y allí hiciste algo especial?

—Beber demasiado —rio.

—¿No hay nada que quieras contarme?

—Pues no, la verdad —dijo con la voz de niña pequeña que ponía cuando quería calmarlo—. ¿Y tú?

—Acabo de recibir una llamada. Alguien dice haberte visto bailando despechugada en el Baby Doll Lounge.

—Ah, ¿en serio? ¿Cómo sabían que era yo?

—Lo sabían.

—¿Estás cabreado?

—¿Por qué no me lo dijiste?

—¿Estás cabreado?

—Me cabrea que no me lo hayas dicho. ¿Cómo crees poder mantener una relación si no eres honesta?

—¿Cómo sé que puedo confiar en ti? —replicó.

—Créeme, soy alguien en quien puedes confiar.

Y colgó.

Carrie cogió todas las fotos de las vacaciones en Jamaica (qué felices fueron descubriéndose) y cortó aquellas en las que salía Mr. Big fumando su puro. Pensó en cómo era dormir con él, en cómo dormía acurrucada contra su espalda.

Quería coger los trozos, pegarlos en una hoja de cartulina y escribir arriba «Retrato de Mr. Big y su puro», y abajo un «Te echo de menos» subrayado con un montón de besos.

Se quedó un buen rato observando las fotos. Y luego no hizo nada.

CAPÍTULO 12

SKIPPER Y EL SEÑOR PERFECTO BUSCAN SEXO TÓRRIDO EN SOUTHAMPTON HEDGES

Quizá sea el hecho indiscutible de que casi todo el mundo se ve más atractivo con un bronceado. O quizá sea la prueba de que el impulso sexual es más poderoso que la ambición, incluso en los neoyorquinos. En cualquier caso, hay algo en los Hamptons que lleva a mantener relaciones sexuales intrascendentes, el tipo de breve y vergonzante emparejamiento que la mayoría de la gente no quiere reconocer llegada la mañana.

Llámalo una combinación de piel (mujeres despechugadas en Media Beach), geografía (lleva muuucho tiempo ir en coche desde Southampton a East Hampton, sobre todo a las cuatro de la mañana) y topografía (todos esos altos setos donde las parejas pueden ocultarse).

Pero averiguar cómo lograr que todos estos elementos trabajen a tu favor, sobre todo si eres un hombre, puede requerir cierta sutileza. Y ser joven no es necesariamente una ventaja.

Debes conocer el patrón para desenvolverte con cierta gracia. De otro modo, acabarás con algo, pero quizá no con lo esperado.

A continuación, narraré la aleccionadora historia de tres esperanzados solteros en los Hamptons durante el fin de semana del 4 de julio.

Pero antes presentemos a nuestros participantes.

Soltero número 1: Skipper Johnson, veinticinco años. Pijo. Abogado en la industria del entretenimiento. Niño prodigio. Tiene pensado llegar a dirigir algún día uno de los grandes estudios que, según dice, estarán en Nueva York. Caprichos: un pequeño Mercedes, ropa de Brook Brothers («tengo un cuerpo Brook Brothers») y su teléfono móvil, que emplea constantemente. No hace mucho, sus amigos se quejaron porque Skipper pasó dos horas enfrascado en su teléfono, cerrando un trato en el aparcamiento de la playa.

—Ir a la playa es una absoluta pérdida de tiempo —asevera—. Además, no me gusta llenarme de arena. —Está preocupado por su reciente falta de éxito en el sexo—. ¿Acaso las mujeres creen que soy homosexual? —pregunta inquieto.

Soltero número 2: El señor Perfecto, sesenta y cinco años, aunque dice tener sesenta. Mandíbula cuadrada, cabello plateado, brillantes ojos azules, atlético... Todos sus miembros están a punto. Cinco veces casado (y divorciado). Una docena de hijos; se lleva muy bien con las esposas dos, tres y cuatro. Sus amigos se preguntan cuál es su secreto. Caprichos: ninguno. Pero puede hablar acerca de un ático en Park Avenue, una casa en Bedford y un apartamento en Palm Beach. Pasa el fin de semana en Further Lane, East Hampton, acompañado por amigos. Se plantea adquirir una propiedad en la zona.

Soltero número 3: Stanford Blatch, treinta y siete años. Guionista. El próximo Joe Eszterhas.[26] Es homosexual, pero prefiere

---

26 Antiguo editor de la revista *Rolling Stone* y guionista de películas como *Instinto básico*. N. del T.

a los heteros. Tiene el cabello largo, oscuro y ondulado; se niega a cortarlo o recogerlo en una coleta. Probablemente algún día se casará y tendrá hijos. Vive en casa de su abuela, en Halsey Neck Lane, Southampton; pero Abuelita vive en Palm Beach. Caprichos: no conduce, así que convence al conductor de la familia para que salga los fines de semana y lo lleve por ahí. Mejor baza: desde niño conoce a todos los personajes dignos de ser conocidos, así que no tiene que demostrar nada.

LA DUCHA FRÍA DE SKIPPER

Viernes por la noche. Skipper Johnson va en coche a Southampton, donde ha quedado con unos amigos en Basilico: cuatro mujeres próximas a la treintena, empleadas en Ralph Lauren e indistinguibles entre sí a primera vista. A Skipper le parece reconfortante su insulsa belleza, además del hecho de que conformen un pequeño rebaño. Eso significa que no ha de afrontar la carga de tener a una entretenida toda la velada.

Beben *pine hamptons* en el bar. Paga Skipper. A las once se van a M-80. Fuera se agolpa una multitud, pero él conoce al portero. Beben cócteles en copas de plástico. Skipper se encuentra con algunos amigos, los *moderiegos* George y Charlie.

—Este fin de semana tengo a doce chavalas en casa —alardea George frente a Skipper.

George sabe que Skipper se muere por ir, así que no lo invita a propósito. Dos de las modelos empiezan a arrojarse cócteles entre risas.

A las dos de la mañana una de las chicas vomita en los matorrales. Skipper se ofrece a llevarlas a casa en coche; es un edificio de un solo piso situado poco antes del comienzo de la parte buena de Southampton. En el frigorífico tienen una caja de cervezas y nada más. Skipper entra en un dormitorio, se sienta en la cama con una de las chicas y le da unos tragos a una cerveza. Se tumba y cierra los ojos mientras pasa un brazo alrededor de la cintura de la chica.

—Estoy demasiado borracho para conducir hasta mi casa —dice con la quejumbrosa voz de un cachorrillo.

—Me voy a dormir —dice la chica.

—Venga, vamos, déjame quedarme. Solo dormiremos. Te lo prometo.

—Vale. Pero tendrás que dormir sobre la colcha. Y vestido.

Skipper acepta. Cae dormido y comienza a roncar. En plena noche, a una hora indeterminada, la chica lo manda al sofá a patadas.

Sábado por la mañana. Skipper va en coche hasta su casa en East Hampton y decide detenerse en Bridgehampton para visitar a sus amigos Carrie y Mr. Big. Mr. Big se encuentra en el jardín posterior, sin camisa, fumando un puro y regando las plantas alrededor de la piscina.

—Estoy de vacaciones —dice.

—¿Pero qué haces? ¿Es que no tienes jardinero? —pregunta Skipper.

—Él es el jardinero. Y también lava coches —contesta Carrie, fumando un cigarrillo mientras lee el *New York Post*.

Skipper se desnuda hasta quedarse solo con su bóxer y se lanza al agua como si fuese un dibujo animado, con las rodillas dobladas en ángulo recto pegadas a los costados.

—Ya sé por qué no follas —le dijo Mr. Big en cuanto emergió para respirar.

—¿Y qué se supone que tengo que hacer? —preguntó.

—Fumar un puro.

EL SEÑOR BLATCH ENAMORADO

Sábado en Halsey Neck Lane. Stanford Blatch está sentado junto a la piscina hablando por teléfono y observa cómo la novia de su hermano, a la que odia, intenta leer su número del *New York Observer.* Habla con una voz especialmente fuerte con la esperanza de que la chica se vaya.

—Pero es que tienes que salir —dice al teléfono—. Esto es ridículo. ¿Qué vas a hacer? ¿Quedarte sentado en la ciudad y pasar el fin de semana trabajando? Sube al hidroavión. Pago yo.

»Vale, trae los manuscritos. Los agentes trabajáis demasiado, joder. Pues claro que hay habitaciones de sobra. Todo el piso de arriba está vacío.

Cuelga. Se acerca a la novia de su hermano.

—¿Conoces a Robert Morriskin? —Como la chica lo mira inexpresiva, añade—: Ya me parecía que no. Es el más guapo y prometedor agente literario. Es un sol.

—¿Es escritor? —pregunta.

SKIPPER LA PIFIA

Sábado por la noche. Skipper va a una barbacoa en casa de sus amigos, los Rappaports, una joven pareja que siempre parece estar al borde del divorcio. Vuelve a emborracharse y de nuevo intenta el truco de «beber cerveza y tumbarse en la cama» con una chica llamada Cindy. La cosa parece funcionar hasta que dice que Jim Carrey le parece un genio.

—Mira, tengo novio —dice ella.

Domingo. El señor Perfecto llama a sus amigos, les dice que está harto de Bedford y va a salir en su Ferrari.

Stanford Blatch está sentado al borde de la piscina con un traje Armani de cachemir estampado al estilo cabaña. Chaqueta de manga corta y traje de baño ajustado. De nuevo habla con Robert Morriskin.

—¿Por qué no vienes esta noche? Habrá una fiesta tremenda. Y por aquí ya no las dan así, ¿sabes? Ah, ¿traes a una chica? Claro, tráela si quieres. No me importa.

SUCEDE ALGO ASOMBROSO

Domingo por la noche. Fiesta de presentación del libro de Coerte Felske en casa de Ted Fields. Skipper no ha sido invitado, y eso lo cabrea. Sin embargo, consigue ir a la fiesta al ofrecerse a llevar en coche a Stanford Blatch, a quien invitan a todos los eventos y conoce de vista.

La fiesta se celebra en el exterior. Skipper advierte que una joven llamada Margaret le está prestando mucha atención. Es bajita, tiene el cabello oscuro y un pecho generoso; una mujer bonita..., pero no es su tipo. Trabaja como relaciones públicas. Skipper y Margaret deciden ir al servicio, lo cual implica recorrer un sendero, iluminado por linternas, serpenteando tras los arbustos hasta los retretes portátiles. Se dirigen hacia unos setos. Comienzan a besarse. Y entonces sucede algo asombroso.

—Estoy deseando hacer una cosa —dice Margaret mientras se arrodillaba y le baja la cremallera del pantalón. Skipper se queda pasmado. El acto dura menos de dos minutos.

—Me llevarás a casa en coche, ¿verdad? —le pregunta, dándole un codazo.

—No puedo. Le prometí a Stanford que lo llevaría y tú vives en la dirección opuesta.

¡AY, SEÑOR PERFECTO!

Further Lane. El señor Perfecto llega desde Bedford justo a tiempo para cenar. Su anfitrión, Charlie, lleva cinco años divorciado. Ha invitado a un grupo de hombres y algunas mujeres de entre treinta y poco más de cuarenta años. El señor Perfecto se sienta junto a una tal Sabrina: treinta y dos años, un pecho que rebosa por el escote de una camiseta negra sin mangas de Donna Karan. El señor Perfecto le consigue copas, es compasivo cuando le habla de su exmarido. A las once, Sabrina dice que deberían ir a Stephen's Talk House, en Amagansett, para encontrarse con unos amigos. El señor Perfecto se ofrece para conducir el coche de ella, pues quizá esté un poco borracha. Acaban en casa de Sabrina a las tres de la mañana.

—Si tienes alguna idea rara en la cabeza, ya la puedes ir olvidando —le dice su amiga apenas entran.

Y, a continuación, se tumba en el sofá y apaga la luz.

Luego, a eso de las cinco de la mañana, el señor Perfecto comienza a sentir claustrofobia. La casa de Sabrina es pequeña. Puede oírla roncar tirada en el sofá situado al otro lado de la puerta del dormitorio.

«Voy a volverme loco», piensa.

Lunes. El señor Perfecto llama a Sabrina, a la que acaba de dejar una hora antes. Salta el contestador.

—¿Quieres ir a la playa?

Va a Media Beach y se encuentra con Carrie y Mr. Big. Entonces ve a una atractiva rubia con un *cocker spaniel*. Se acerca a ella y comienza a jugar con el perro. Entablan una conversación. Él cree que está progresando cuando llega el novio. Un tipo grande y musculoso, con pecho de barril y piernas cortas. El señor Perfecto vuelve a su toalla. Allí está Samantha Jones, sentada con Carrie y Mr. Big.

La chica y su novio pasean por la playa. La rubia se vuelve y saluda con la mano al pasar cerca del señor Perfecto.

—¿Lo veis? Le gusto, os lo dije. Le gusto de verdad —dice el señor Perfecto.

—¿Tú? —pregunta Samantha. Y ríe malévola.

MÓVIL AVERIADO

Skipper estaba jugando al tenis cuando oyó el tono de llamada en su móvil.

—Hola, cielo —saluda Margaret—. Me preguntaba qué estarías haciendo.

—Estoy en medio de un partido de tenis —responde Skipper.

—¿Vienes después? Me encantaría prepararte algo para cenar.

—Esto… No puedo.

—¿Qué quieres decir con que no puedes?

—Quiero decir que aún no sé lo que voy a hacer. Le he dicho a otra gente que iría a su casa a cenar.

—Pues vayamos juntos.

—No creo que pueda llevarte —dijo, bajando la voz—. Más bien es un asunto de negocios, ¿lo entiendes?

—Mi pequeño magnate.

Al final, Robert Morriskin llega en hidroavión. Stanford está un poco molesto porque no ha llegado un día antes, así que no envía al conductor a recogerlo con el Mercedes, sino con la vieja ranchera Ford.

El señor Perfecto regresa de la playa. Tenía una llamada de Sabrina. Se la devuelve de inmediato, pero salta el contestador.

«¿ES ELLE?»

Lunes al atardecer. Carrie, Mr. Big y el señor Perfecto van de camino a una fiesta de copas. El señor Perfecto conduce su Mercedes recorriendo Mecox Lane a poca velocidad, durante el trayecto pasan por varias haciendas de caballos. El sol comienza a descender y la hierba muestra un tono verde especialmente relajante. Hay un altozano y, cuando el coche llega a la cima, se encuentran con una mujer patinando desgarbada. Viste una ajustada camiseta blanca y unos minúsculos pantalones negros. Lleva su largo cabello oscuro recogido en una coleta, pero son sus piernas las que llaman la atención.

—Me he enamorado —dice el señor Perfecto.

Cuando ella toma una carretera secundaria, él continúa recto, pero entonces para y coloca las manos sobre el volante.

—Voy a dar la vuelta.

Carrie intenta lanzarle una mirada matadora a Mr. Big, pero este no le hizo caso. Se reía, siguiendo la corriente a la situación.

El señor Perfecto acelera por la carretera tras la chica.

—Miradla. Ni siquiera sabe patinar. Va a hacerse daño.

Adelantaron a la chica.

—¿Es Elle? Se parece a Elle —dice Mr. Big.

Carrie, sentada en la parte trasera, fuma un cigarrillo.

—Muy joven para ser Elle —señala.

El señor Perfecto baja la ventanilla.

—Hola —saluda.

La chica se acerca al coche.

—Hola —responde sonriente, y luego, con expresión confusa, pregunta—: ¿Te conozco?

—No lo sé —responde, inclinándose hacia la ventana—. Soy el señor Perfecto.

—Yo soy Audrey —dice la chica. Mira a Mr. Big—. Te pareces a alguien conocido.

El señor Perfecto sale del coche.

—¿Sabes cómo frenar? Tienes que saber hacerlo. Patinar puede ser peligroso.

La chica se ríe.

—Tienes que hacer así —explica el señor Perfecto, poniéndose en cuclillas con un pie al frente y los brazos extendidos.

—Gracias —dice, y comienza a alejarse patinando.

—¿Eres modelo? —pregunta el señor Perfecto.

—No, estudiante.

El señor Perfecto regresa al coche.

—Lleva una alianza. ¿Cómo es que su marido la deja salir a patinar sola por ahí? Le habría propuesto matrimonio. Qué bonita era. ¿La habéis visto? ¿Cómo se llamaba? Audrey. Se llamaba Audrey. Un poco pasado el nombre, ¿no?

EL CHICO VESTIDO DE CRETONA AZUL

Stanford ha preparado una cena para Robert en Della Femina's. Después van a su casa en Halsey Peck y fuman hierba. A las dos de la mañana, Robert se excusó diciendo que tenía que trabajar en un montón de manuscritos a primera hora. Stanford lo llevó a su habitación, decorada con la tradicional cretona de Southampton.

—Siempre he adorado esta habitación —dice Stanford—. Uno ya no puede conseguir esta cretona azul. Espero que no pases mucho calor. Yo creo que en verano es mejor dormir sin ropa de cama. Solíamos hacerlo cuando éramos pequeños. Antes de que mi abuela descubriera el aire acondicionado.

Stanford se sienta en una butaca mientras Robert se desnuda. A Robert no parece importarle y Stanford mantiene una charla intrascendente. Su amigo se mete en la cama y cierra los ojos.

—¿Cansado? —pregunta Stanford.

Se acerca a la cama y mira a Robert, que tiene los ojos cerrados.

—¿Duermes?

EL DÍA DE LA INDEPENDENCIA

Martes, 4 de julio. Suena el teléfono móvil: es Margaret.

—Hola, cielo. Todo el mundo regresa temprano y yo no tengo ganas. ¿Cuándo vuelves? ¿Me puedes llevar?

—No regreso hasta mañana por la mañana.

—Ah, bueno... También puedo volver mañana por la mañana. Avisaré a la oficina.

—Claro —acepta Skipper con muy poco entusiasmo.

—¿No te encanta cuando termina el fin de semana y se va todo el mundo, pero tú te quedas? ¡Vamos a cenar!

—No creo que pueda. Le he prometido a unos amigos...

—Sin problema —dice Margaret jovial—. Ya nos veremos el próximo fin de semana. Podemos planearlo mañana, en el coche.

Martes a media tarde. El señor Perfecto se mete con su Mercedes por la carretera donde vio a Audrey por última vez. Sale, abre el maletero y, con un poco de esfuerzo, logra ponerse unos patines. Sube y baja por la carretera un par de veces. Después se apoya en el coche y espera.

CAPÍTULO 13
CUENTOS DE CHICAS GUAPAS

Cierta tarde, no hace mucho, cuatro mujeres se reunieron en un restaurante del Upper East Side para discutir cómo es ser una joven extremadamente hermosa en la ciudad de Nueva York. Acerca de qué se siente al ser buscada, invitada, molestada, envidiada, incomprendida y, simple y llanamente, preciosa… Y todo eso antes de los veinticinco.

Camilla fue la primera en llegar. Con sus ciento setenta y ocho centímetros de altura, piel muy blanca, labios grandes, pómulos redondeados, nariz pequeña y veinticinco años, dice «sentirse vieja». Comenzó a trabajar como modelo a los dieciséis. Cuando la conocí, hace unos meses, en el centro, estaba cumpliendo con su misión como acompañante de un célebre productor televisivo, tarea consistente en sonreír y contestar cuando alguien le preguntaba algo. Aparte de eso, apenas tuvo que hacer otra cosa más allá de encender sus propios cigarrillos.

Las mujeres como Camilla no necesitan esforzarse, sobre todo con los hombres. Muchas hubiesen matado por tener una cita con Scotty, el productor televisivo, pero Camille me dijo que se había aburrido.

—No es mi tipo —afirmó.

Demasiado mayor (cuarenta y pocos), no era lo bastante atractivo ni tenía el dinero suficiente. Cuenta que hace poco regresó de un viaje a St. Moritz con un joven noble europeo... Esa, según ella, es su idea de pasarlo bien. El hecho de que Scotty sea indiscutiblemente uno de los más codiciados solteros de Nueva York no significa nada para Camilla. El trofeo era ella, no Scotty.

Las otras tres llegaban tarde, así que Camilla continuó hablando.

—No soy una pécora —dijo, recorriendo el restaurante con la mirada—, pero la mayoría de las chicas neoyorquinas son idiotas, y punto. Unas cabezas huecas. Ni siquiera son capaces de mantener una conversación. No saben qué tenedor emplear, llegado el caso. Ni qué propina darle a la criada de servicio en la casa de campo donde están invitadas.

En Nueva York hay un puñado de mujeres como Camilla. Forman parte de una especie de sociedad secreta, unida por cierta sororidad urbana, con solo unos pocos requisitos de ingreso: belleza extrema, juventud (entre diecisiete y veinticinco años o, al menos, no admitir tener más de veinticinco), cerebro y capacidad para permanecer sentadas en los nuevos restaurantes durante horas.

De todos modos, eso del cerebro parece un asunto relativo. Como dice Alexis, una amiga de Camilla: «Soy culta. Leo. Puedo sentarme y leer una revista entera, de principio a fin».

Sí, estas son las preciosas chicas que destrozan el equilibrio hombre-mujer en Nueva York, pues se llevan mucho más de lo que les corresponde. Hablo de atención, invitaciones, regalos, vestidos, dinero, viajes en aviones privados y cenas en yates con amarres registrados en puertos del sur de Francia. Esas son las mujeres que acompañan a los solteros, cuyos nombres se escriben en negrita, a fiestas y eventos dedicados a la beneficencia. Se lo piden a ellas, no a ti. Tienen acceso. Nueva York debería ser suyo. ¿Pero lo es?

«HABLEMOS DE ESCORIA»

Llegó el resto. Además de Camilla, que se describía a sí misma como un joven vástago de una familia de Park Avenue, «básicamente soltera, pero trabajando en ello», estaba Kitty, una aspirante a actriz de veinticinco años que de momento vivía con Hubert, un actor de cincuenta y cinco años todavía con cierta fama, aunque sin empleo; Shiloh, una modelo de diecisiete años que hace tres meses sufrió alguna clase de crisis nerviosa y ahora apenas sale, y Teesie, una modelo de veintidós años recién instalada en Nueva York a quien la agencia le ha indicado que debe decirle a todo el mundo que tiene diecinueve.

Todas eran *amigas*, de vez en cuando se encontraban por la noche, de fiesta, y algunas incluso se habían visto con «la misma escoria», según dijo Kitty.

—Hablemos de escoria —propuso alguien.

—¿Alguien conoce a ese que se hace llamar S. P.? —preguntó Kitty. Tenía los ojos verdes, una larga melena castaña cuidadosamente despeinada y voz de niña pequeña—. Un viejo con el pelo blanco y cara de calabaza que anda por todos lados. Bien. Pues una vez se acerca a mí en el Bowery y me dice: «Eres demasiado joven para darte cuenta de que quieres acostarte conmigo, pero cuando tengas edad para saberlo, serás demasiado mayor para que quiera yo».

—Los hombres siempre intentan comprarte —comentó Camilla—. Una vez me dijo un tipo: «Ven a pasar el fin de semana conmigo a San Bartolomé, por favor. No nos acostaremos juntos, te lo prometo. Solo quiero estar contigo. Eso es todo». Después, al regresar, me preguntó: «¿Por qué no viniste?

Te dije que no nos acostaríamos». Yo le contesté: «¿Es que no ves que si voy de viaje con un hombre es porque quiero acostarme con él?».

—Alguien de mi antigua agencia intentó venderme a un ricachón —intervino Teesie. Tenía facciones delicadas y un cuello largo como el de un cisne—. El tipo era amigo de una de las agentes, y esa le prometió que podría *tenerme*. —Parecía airada, y en ese momento le hizo una rápida señal al camarero—. Perdone, mi vaso está manchado.

Shiloh, quizá sintiendo un impulso competitivo, soltó de sopetón:

—Algunos tíos me han ofrecido billetes de avión y otros me han invitado a volar en sus aviones privados. Nada, me limité a sonreír y a no volver a hablarles.

—Una vez, uno me ofreció una operación de pechos y un apartamento —dijo Kitty, inclinándose hacia delante—. Me dijo que cuidaba de sus chicas incluso después de haber roto con ellas. Era un australiano, flaco y calvo.

DASH EN EL HOTEL MARK

—¿Por qué todos los tipos carentes de atractivo tienen esas ideas acerca de lo que pueden hacer por ti? —preguntó Teesie.

—La mayoría de los hombres con los que me cruzo son muy arrogantes —comentó Shiloh. Tiene la piel del color de las almendras tostadas, una melena negra, larga y lisa, y grandes ojos azabache. Lleva una camiseta sin mangas y una larga falda de vuelo—. Ya estoy harta. Por fin encontré a un tipo que no lo era, pero ahora está en la India. Con él no me sentía intimidada. No intentó tocarme ni meterme mano.

—Hay dos clases de tíos —dijo Camilla—. O son unos canallas que solo quieren follar o se enamoran de ti al instante. Es patético.

—¿Qué clase de tío se enamora así? —se preguntó Kitty.

—Ah, pues ya sabes —respondió Camilla—. Scotty. Capote Duncan. Dash Peters...

Capote Duncan era un escritor sureño de treinta y tantos años que siempre salía con chicas jóvenes y guapas. Dash Peters, también en la treintena, era un célebre agente hollywoodiense que frecuentaba Nueva York y, además, acompañaba a las P. Y. T.[27] Asimismo, ambos habían salido y roto los corazones de unas cuantas treintañeras hábiles en algo más que parecer bonitas.

—Yo también salí con Dash Peters —dijo Teesie. Se tocó la parte posterior de su corto y oscuro cabello—. No hacía más que intentar llevarme a pasar una noche con él en el Mark. Me envió una canasta llena de flores, todas blancas. Me rogaba que fuese con él a tomar una sauna. Después quiso que lo acompañase a no sé qué absurda fiesta en los Hamptons, pero no fui.

—Me lo encontré en el sur de Francia —comentó Camilla. En esta ocasión habló con el impostado acento europeo que empleaba de vez en cuando y sonaba un poco raro.

—¿Te compró algo? —preguntó Teesie, intentando parecer despreocupada.

—Pues la verdad es que no —contestó. Luego se volvió hacia el camarero—. ¿Podría traerme otra margarita helada, por favor? —pidió—. Esta no está lo bastante fría. —Y devolvió la mirada a Teesie—. Solo algo de Chanel.

—¿Ropa o accesorios?

—Ropa. Ya tengo demasiados bolsos de Chanel. Me aburren.

Hubo un momento de silencio.

—Yo apenas salgo —saltó Shiloh—. Ya no lo soporto. Me he vuelto muy espiritual.

---

27 Como la canción *Pretty Young Thing*, en referencia a las modelos más jóvenes. N. del T.

De su cuello colgaba un fino cordón de cuero crudo retorcido alrededor de un pequeño cristal. La remató un encuentro con un famoso actor cinematográfico de treinta y pocos años que había visto una foto suya en una revista y contactó con ella a través de su agencia. Le pasaron su número y la chica, como lo acababa de ver en una película y le parecía mono, lo llamó. Él la invitó a pasar un par de semanas en su casa de Los Ángeles. Después se desplazó a Nueva York y comenzó a mostrar un comportamiento extraño. No quería salir, a no ser a locales de estriptis, donde intentaba que las chicas le hiciesen algo especial gratis.

—Porque era famoso —añadió Shiloh.

Kitty apoyó los codos en la mesa.

—Hace un par de años me dije que ya me habían jodido bastante, así que decidí desvirgar a un tío y abandonarlo después. Fui mala, pero, por otro lado, él tenía veintiún años, probablemente demasiada edad para ser virgen, así que quizá se lo mereciese. Fui tan dulce como pude y después no volví a dirigirle la palabra. No importa lo guapa que seas. Puedes conseguir a cualquier tío si eres capaz de crear el personaje que él quiere que seas.

—Si un tío me dice que le gustan las medias de red y los pintalabios rojos, me lo tomo como una elección de accesorios —dijo Teesie.

—Si Hubert fuese una chica, sería la más rastrera del mundo —prosiguió Kitty—. Le dije: «Sí, me pondré minifaldas, pero pienso llevar ropa interior debajo». Una vez tuve que pararle los pies. No hacía más que acosarme y perseguirme para llevarme a la cama con él y otra mujer. Al final, recurrí a ese amigo mío homosexual. ¿Cómo se llamaba? George, creo. Bueno, pues nos besamos unas cuantas veces, ¿no es infantil? Y entonces anuncié: «Cielo, George vendrá a pasar la noche con nosotros». Hubert me dijo algo como: «¿Y dónde va a dormir?». Y salto yo: «Ah, pensaba que dormiría con nosotros. Y que tú harías de pasivo». Enloqueció. Y después le dije: «Cariño, si de verdad me quieres, harás esto por mí, pues eso es lo que quiero». Bueno —añadió, pidiendo otra margarita—, tenía que hacerse y se hizo. Ahora ya estamos al mismo nivel.

«HOLA, KITTY»

—Los tíos mayores son asquerosos —dijo Camilla—. No pienso volver a salir con ninguno. Hace un par de años me planteé por qué salir con esos ricachones viejos y feos cuando puedo salir con jóvenes guapos y ricos. Además, los viejos no llegan a entenderte. No importa que ellos piensen lo contrario. Pertenecen a otra generación.

—A mí no me parecen tan malos los tíos mayores —terció Kitty—. Claro que la primera vez que me llamó Hubert y dijo que quería salir conmigo, me pregunté cuántos años tendría y cuánto pelo le quedaría en la cabeza. La verdad es que tuvo que cortejarme. La primera vez que fue a recogerme, salí con el pelo sucio y sin maquillaje. Yo estaba en plan «si tanto me quieres, mira cómo soy de verdad». Y luego, después de pasar la primera noche con él, me desperté por la mañana y vi que había dejado un ramo de mis flores preferidas en cada habitación. Averiguó quién era mi autor favorito y me trajo todos sus libros. Y en el espejo escribió con espuma de afeitar: «Hola, Kitty».

Las mujeres chillaron.

—Ay, es adorable —comentó Teesie—. Me encantan los hombres.

—También a mí, pero necesito alejarme de ellos de vez en cuando —manifestó Shiloh.

—A Hubert le gusta cuando organizo un desastre —prosiguió Kitty—. Le encanta cuando me da por comprar demasiada ropa y luego no puedo pagar la cuenta. Le chifla intervenir y hacerse cargo de todo.

»Los hombres son unos necesitados y nosotras las diosas proveedoras —afirmó con tono triunfante. Estaba dando buena cuenta de su segundo margarita—. Por otro lado, los hombres son... más grandes. Inmensos. Son la comodidad.

—Te dan algo que no puede darte ninguna mujer —dijo Shiloh con un asentimiento—. Un hombre debería mantener a su novia.

—Hubert me hace sentir a salvo. Me permite disfrutar de la infancia que nunca tuve —aseveró Kitty—. No me trago eso del feminismo. Los hombres necesitan ser dominantes... Déjalos que lo sean. Acepta tu feminidad.

—Creo que los hombres pueden ser complicados, pero sé que, si no funciona, habrá otro —apuntó Teesie—. Los hombres no necesitan un mantenimiento elevado.

—Las otras mujeres son el verdadero problema —señaló Camilla.

—Y, a riesgo de ser un poco odiosa, debo decir que ser guapa supone un gran poder, porque puedes conseguir todo lo que quieras —confesó Kitty—. Las otras lo saben y no te aceptan, sobre todo las mayores. Creen que invades su territorio.

—Muchas mujeres comienzan a ser conscientes de su edad al llegar a los treinta —aseguró Camilla—. Los hombres nos han puesto ese estigma. Por supuesto, las que se parezcan a Christie Brinkley no van a tener problema.

—Ya, pero se vuelven malvadas —dijo Kitty—. Hablan por ahí. Asumen que soy idiota. Que no sé nada. Que soy imbécil. Que estoy con Hubert por su dinero. Y una se hace rencorosa y empieza a ponerse faldas más cortas y más maquillaje.

—Nadie se molesta en preguntar. Simplemente lo asumen —acepta Teesie.

—En general, las mujeres son muy envidiosas —aseveró Shiloh—. No tiene nada que ver con la edad. Y es asqueroso.

Ven a una chica atractiva y ya muestran una mala disposición. Es triste y ofensivo. Dice mucho acerca del momento de su vida en el que se encuentran. Se sienten inseguras e infelices por estar donde están y no soportan si parece que a otra le va mejor.

»Por eso la mayoría de mis amigos son hombres.

Las otras tres se miraron y asintieron.

¿Y qué hay del sexo? Preguntó alguien.

—Yo le digo a todos que tienen el trasto más grande que he visto —comenta Kitty. Las otras ríen nerviosas. Kitty sorbe el resto de su margarita con una pajita—. Es una técnica de supervivencia.

CAPÍTULO 14

RETRATO DE UN PROTUBERANTE MODELO DE ROPA INTERIOR: HUESO SALE DE SU GIGANTESCO CARTEL

Se abre una puerta en el pico de las escaleras y la silueta de Hueso, modelo de ropa interior y actor en ciernes, aparece en la entrada de su apartamento. Tiene un brazo alzado y se apoya contra el marco de la puerta, su cabello castaño le cae sobre la frente y se ríe al verte trastabillar subiendo las escaleras sin aliento.

—Tú no paras —dice, como si todo lo que él quisiera fuese pasar el día remoloneando en la cama. Y recuerdas lo que su amigo Stanford Blatch, el guionista, repite una y otra vez: «Parece como si Hueso viajase con su propio director de iluminación». Y de pronto hay demasiada: tienes que mirar a otro lado.

—Hueso es el equivalente humano a un abrigo de marta cibelina —dice Stanford.

Últimamente ha dado mucho la lata con Hueso. Suena el teléfono, contestas y es Stanford.

—¿Quién es más sexy, Hueso o Keanu Reeves?

Suspiras.

—Hueso —respondes, aunque en realidad no sabes quién es el tal Hueso ni te importa.

Quizá se deba en parte a cierto sentimiento de culpa. Sabes que deberías conocerlo: es ese tipo que tiene su imagen (musculosa y casi desnuda) plasmada en un gigantesco cartel de Times Square, además de en una buena cantidad de autobuses. Pero como nunca vas a Times Square y no prestas atención a los autobuses a no ser que estén a punto de atropellarte...

No obstante, Stanford sigue dándote la paliza.

—El otro día Hueso y yo pasamos junto a su cartel —dice—, y quiso coger un trozo, su nariz o algo así, para llevarlo a su apartamento. Pero le dije que debería llevarse la protuberancia de sus pantalones. Así, cuando las mujeres le preguntasen cómo la tiene de grande, podría decir que le mide unos cuatro metros y veinticinco centímetros.

»Hoy hizo algo hermoso. Intentó sacarme a cenar. Me dijo: «Stanford, has hecho mucho por mí y ahora quiero hacer algo por ti». Le dije que no fuese tonto, pero... ¿Sabes una cosa? Es la única persona que me ha invitado a salir a cenar en toda mi vida. ¿Te puedes creer que alguien así de guapo sea tan simpático?

Y aceptas conocer a Hueso.

«VAS A SER UNA ESTRELLA»

La primera vez que te encuentras con Hueso, en el Bowery y con Stanford a su lado, quieres odiarlo. Tiene veintidós años.

146

Es modelo. Etcétera. La verdad es que sientes como si él también quisiera odiarte. ¿De verdad va a ser un imbécil? Además, no crees que esos *sex symbols* sean atractivos en persona. El último que conociste te recordó a un gusano. Literalmente.

Pero este no. No es exactamente lo que aparenta ser.

—Tengo personalidades diferentes con personas diferentes —dice.

Después lo pierdes entre la multitud.

Vuelves a encontrarlo pasados dos meses, en la fiesta de cumpleaños de una modelo celebrada en el Barocco. Está al otro lado de la sala, de pie, apoyado en la barra, y te sonríe. Te saluda con la mano. Te acercas. Te da un buen abrazo y los fotógrafos no paran de sacaros fotos. Luego, como por arte de magia, acabas sentada en una mesa frente a él. Tu amiga y tú estáis manteniendo esa enorme, interminable y acalorada discusión.

Hueso se inclina hacia delante y no deja de preguntar si estás bien. Le dices que sí, pensando que no comprenderá que tu amiga y tú siempre os habláis así.

Stanford, al conocer a todo el mundo en Hollywood, envía a Hueso a Los Ángeles con el fin de presentarse en audiciones para pequeños papeles en varias películas. Le deja un mensaje a su mentor: «Aquí todos hablan de ti —le dice—. Eres un tío grande. Vas a ser una estrella. ¿Acaso no te lo he repetido lo suficiente? Eres una estrella, eres una estrella, eres una estrella».

Stanford se ríe.

—Me está imitando —dice.

Hueso y tú os emborracháis en el Bowery.

UN SOBRESALIENTE FÁCIL

Hueso vive en un pequeño estudio donde todo es blanco: cortinas blancas, sábanas blancas, edredón blanco, diván blanco. Cuando vas al servicio buscas para ver si emplea algún cosmético especial. No.

Hueso creció en Des Moines, Iowa. Su padre era maestro. Su madre era la enfermera de la escuela. En el instituto no salía con los chicos molones. Solía sacar sobresalientes y enseñaba a los pequeños después de clase. Lo admiraban.

Nunca pensó en ser modelo, pero al llegar al octavo grado[28] fue elegido como el chico más guapo. Su anhelo secreto era hacer algo emocionante. Ser detective, por ejemplo. Pero fue a la Universidad de Iowa y estudió dos años de Literatura. Era lo que su padre quería. Uno de sus profesores, joven y guapo, concertó una reunión con Hueso, se sentó a su lado y le colocó una mano en la pierna. Deslizó la mano hasta la protuberancia en sus pantalones.

—Podrías sacar sobresaliente sin dificultad —le dijo.

Hueso no volvió a su clase. Tres meses después, dejó la universidad.

Últimamente alguien lo ha estado llamando a su apartamento para dejar mensajes consistentes en música. Al principio escuchaba las canciones, pues estaba convencido de que la música pararía en algún momento y uno de sus amigos comenzaría a hablar. Ahora las escuchaba en busca de alguna pista.

—Creo que es un hombre —dice.

---

[28]   Equivalente a 2.º de ESO. N. del T.

UNA NIÑEZ EN IOWA

Estás en la cama con Hueso, como si tuvieseis doce años (tumbados boca abajo con las piernas colgando a un lado).

—Cuéntame una historia —pides.

—Pues la historia en la que más pienso últimamente es en la de mi ex…, mi exnovia.

Era verano de 1986 y Hueso tenía catorce años. Era uno de esos días estivales de Iowa, cuando el cielo está despejado y los campos de maíz muestran un profundo color verde. A lo largo del verano, cuando andas por ahí en coche con tus amigos, ves al cereal crecer.

Hueso y su familia fueron a la feria del Estado. Caminaba entre el ganado expuesto con su amigo cuando la vio. Cepillaba a una ternera.

—¡Esa va a ser mi mujer! —dijo Hueso, cogiendo a su amigo del brazo.

Pasó todo un año sin verla. Entonces, una tarde en la que estaba en uno de esos bailes para jóvenes que hacen en las ciudades pequeñas para que los chicos no se metan en líos, la vio; allí estaba la chica. Tonteó con ella en Nochebuena.

—Y me rechazó de plano —dice—. A su manera, a su extraña manera, me dolió bastante.

Un año y medio después, cuando ella decidió que lo quería, él no aceptó.

—Aunque me moría por estar con esa chica —señala—. Pero un día me rendí.

Hueso salió con ella, dejándolo y volviendo durante unos cuantos años. Es programadora informática en Iowa City. Pero aún mantienen el contacto. ¿Algún día se casará con ella? Él sonríe, y al hacerlo se frunce la parte alta de su nariz.

—Puede ser. En mis pensamientos siempre me ha parecido una historia bonita. Me flipa.

—Hueso siempre dice que estaría dispuesto a regresar a Iowa, tener hijos y trabajar de poli —dice Stanford.

—Una idea adorable, siempre que no la lleve a cabo —dices, y después te sientes una cínica por haberlo dicho.

«SÉ QUE SOY UN NEURÓTICO»

Hueso y tú tenéis hambre, así que vais a Bagels-R-Us un domingo a las seis de la tarde. Dos mujeres policías fuman sentadas en una esquina. La gente viste ropa de deporte sucia. Hueso se come la mitad de tu bocadillo de jamón y queso.

—Podría comerme cuatro de estos—dice—, pero no lo haré. Me siento culpable después de comer una hamburguesa.

A Hueso le preocupa su imagen.

—Puedo llegar a cambiarme unas cinco veces al día —comenta—. ¿Quién no se mira cien veces al espejo antes de salir? En mi apartamento tengo dos espejos y voy de uno a otro como si fuese a verme diferente. Sí, es como si pensase que en uno me veo bien y fuese a confirmarlo en el otro. ¿No lo hace todo el mundo?

»A veces me distraigo demasiado. Los pensamientos fluyen sin orden en mi cabeza. Son como un barullo sin sentido.

—¿Y qué te distrae ahora? —preguntas.

—Tu nariz.

—Gracias. Odio mi nariz.

—También yo la mía —confiesa—. Demasiado grande. Pero creo que depende del corte de pelo. El otro día, va Stanford y me dice: «Oye, me gusta cómo tienes el pelo. Abundante. Te hace la nariz más pequeña». —Os desternilláis de risa.

Luego, de nuevo en la calle, Hueso te da un codazo.

—«Cachorros» está mal escrito —señala.

Miras y ves a un hombre vestido con un mono de pie junto a un gigantesco mastín gris; sostiene un letrero de cartón donde se lee: SE VENDEN *CACHOROS*.

—¿Qué? —dice el individuo. A su espalda hay aparcada una sucia camioneta blanca y roja.

—Cachorros. Lo tiene mal escrito —indica Hueso.

El hombre mira al cartel y muestra una amplia sonrisa.

—Ah, calle arriba venden unos cachorros iguales por doscientos dólares en vez de dos mil —le dice, y el hombre ríe.

Más tarde te encuentras sentada al borde de la cama con la cabeza entre las manos mirando a Hueso, tumbado con una mano en la cintura de sus vaqueros.

—Tan pronto voy por la calle sintiéndome genial como deprimido —dice—. Sé que soy un neurótico. Lo veo. Lo siento. Me analizo, soy muy crítico y consciente de mí. Diría que me doy cuenta de todo.

»Antes de decir algo —añade poco después—, primero lo digo para mis adentros para que no me salga mal.

—¿Eso no parece algo así como una pérdida de tiempo? —preguntas.

—Es un segundo.

Hace una pausa.

—Si voy por ahí y algún desconocido se acerca y me pregunta si soy modelo, le digo que soy estudiante.

—¿Y?

Ríe.

—Pierden interés —contesta, mirándote como si no pudiese creer que no lo sepas.

Stanford te llama.

—Hueso me ha dejado un mensaje precioso —dice. Y le da al contestador—: «Stannie, ¿te has muerto? ¿Has fallecido? Eso debe de ser, porque no respondes al teléfono. (Risas). Llámame».

«¿EL MAYORDOMO DE IVANA TRUMP?»

Te gusta estar en el apartamento de Hueso. Te recuerda a cuando tenías dieciséis años, vivías en tu pequeña ciudad de Connecticut, solías salir con aquel chico guapo de verdad, fumabas hierba y tus padres creían que estabas practicando equitación. Jamás supieron la verdad.

Miras por la ventana y ves ajados ladrillos de arenisca bañados por la luz del sol.

—He querido tener hijos desde que era pequeño —dice Hueso—. Es mi sueño.

Pero eso era antes. Antes de todo lo que le pasó. Antes de ahora.

Hace un par de semanas, Hueso recibió la oferta de interpretar el papel coprotagonista en una película donde participaban todos los jóvenes actores de moda en Hollywood. Acudió a una fiesta y, por accidente, acabó yendo a casa con la novia de uno de los otros actores, una nueva supermodelo. El actor amenazó con matarlos a los dos y ellos abandonaron la ciudad por un tiempo. Solo Stanford sabe dónde están. Stanford llama y dice haber mantenido un continuo contacto telefónico con él. *Hard Copy*, el tabloide televisivo, le ofreció dinero a Hueso para que se presentase, pero Stanford les dijo: «¿Quién creéis que es? ¿El mayordomo de Ivana Trump?».

—Yo, sencillamente, no me creo todas esas payasadas —dice Hueso—. Sigo siendo yo. No he cambiado. La gente no hace otra cosa sino decirme que no cambie. ¿En qué iba a convertirme? ¿En unególatra? ¿Un capullo? ¿Un gilipuertas? Me conozco muy bien. ¿En qué iba a querer convertirme?

»¿De qué te ríes?

—No me río, lloro —dices.

—¿Te has fijado en que Hueso nunca huele a nada? —pregunta Stanford.

CAPÍTULO 15

AMA A SU RATONCITA, PERO NO LA PIENSA LLEVAR A CASA DE SU MADRE

Esta es la historia de un incómodo secretillo relativo al mundo de las citas. De una u otra manera casi todo el mundo ha pasado por ello.

Dos hombres se encuentran tomando copas en el Princeton Club. Llegaba el atardecer. Apenas habían comenzado la treintena y antes fueron dos preciosos niños pijos. Pero estaban perdiendo su encanto, ambos tenían media docena de kilos alrededor de la cintura que no lograban quitar. Fueron juntos a la universidad y se mudaron a Nueva York tras obtener sus títulos. Eran buenos amigos y tenían esa clase de amistad que no suele ser habitual entre hombres. Podían hablar de cosas. Como dietas que no funcionan. Y de mujeres.

Walden acababa de ser aceptado como socio en un bufete dedicado al sector inmobiliario y recientemente se había comprometido con una dermatóloga. Stephen tenía una relación desde hacía tres años. Era productor de un programa de variedades.

La prometida de Walden se encontraba fuera de la ciudad, en una convención para profesionales del sector. Walden siempre se sentía solo al quedarse solo. Le recordaba a cierta ocasión en la que de verdad estuvo solo, durante meses, tantos que le parecieron años. Y eso siempre le traía el mismo recuerdo, el de la mujer que le había hecho sentirse mejor y lo que él le había hecho a ella.

Walden la conoció en una fiesta repleta de gente guapa. Siendo en Manhattan, ella iba muy elegante con un corto vestido negro que sugería unos pechos más bien grandes. Pero tenía un rostro corriente. Aunque también tenía una larga y hermosa melena negra. Y tirabuzones.

—Siempre tienen un rasgo llamativo —dijo Walden, y le dio un sorbo a su martini.

Algo pasaba con aquella chica, Libby. Estaba sentada en un sofá, sola, y no parecía incómoda. Otra chica, una niña mona, se acercó para inclinarse sobre ella y susurrarle algo al oído; Libby rio. Pero no se levantó. Walden estaba junto al sofá bebiendo cerveza a morro. Pensaba a cuál de aquellas preciosidades iba a acercarse, buscaba oportunidades. Libby llamó su atención y sonrió. Parecía alguien cordial. Se sentó imaginando encontrarse en una especie de oasis temporal.

Seguía pensando en levantarse y acercarse a alguna de las bellezas, pero no lo hizo. Libby había estudiado en Columbia y obtenido una maestría en Harvard. Ella le habló de leyes. De su infancia y de cómo había crecido con sus cuatro hermanas en Carolina del Norte. Tenía veinticuatro años y una subvención para hacer un documental. Entonces se inclinó hacia delante y le quitó un pelo del jersey.

—Es mío —dijo, y rio. Hablaron durante un buen rato y él bebió una segunda cerveza.

—¿Quieres venir a mi casa? —preguntó ella.

Él aceptó. Se imaginaba qué iba a pasar. Pasarían una noche de sexo, por la mañana volvería a su casa y se olvidaría del asunto. Se hizo de inmediato una idea acerca de la mujer, cosa habitual en la mayoría de los neoyorquinos. Había que colocarla en una categoría... Rollo de una noche, posible amiga o tórrida aventura de dos semanas. Por entonces se acostaba con un montón de mujeres, unas veces había lacrimosas escenas en su apartamento y otras era peor.

Sin duda, Libby era un rollete de una noche. No era lo bastante bonita para salir con ella, para que lo viesen en público en su compañía.

—Vamos a ver, ¿qué quiere decir eso exactamente? —interrumpió Stephen.

—Pues nada, me parecía más fea que yo —contestó Walden.

En cuanto llegaron al apartamento, una vivienda sencilla de dos dormitorios en un bloque de la Tercera Avenida que compartía con su prima, Libby abrió el frigorífico y sacó una cerveza. Cuando se inclinó bajo la luz de la nevera, observó que estaba un poco gordita. Ella se volvió, abrió la botella y se la tendió.

—Quiero que sepas que sí, que quiero acostarme contigo —le dijo.

«Una chica mona no hubiese dicho eso», pensó mientras dejaba su cerveza y comenzaba a desnudarla. Le mordisqueó el cuello y le bajó el sujetador sin desabrochárselo. Le quitó los pantis. No llevaba ropa interior. Entraron en el dormitorio.

—Me sentí desinhibido porque no era bonita —dijo Walden—. Sus expectativas eran menores y la emoción mayor. No había presión, pues sabía que no podría salir con ella.

Se durmió rodeándola con sus brazos.

—Por la mañana, me sentí tranquilo al despertar —continuó—. Relajado. Llevaba un tiempo sintiéndome atormentado y, de pronto, con Libby sentía paz. Fue la primera conexión emocional honesta que había tenido en mucho tiempo. Así que entré en pánico y me tuve que marchar.

Se fue a casa con las manos en los bolsillos. Era invierno y se había olvidado los guantes en casa de ella.

—Esas cosas siempre pasan en invierno —señaló Stephen.

«VERDADEROS AMIGOS»

Walden no volvió a verla hasta pasados unos meses. Regresó a su tormento. Habría salido con ella de haber sido más guapa. Pero en vez de eso, esperó un par de meses y la llamó para comer juntos. Había fantaseado con ella. Comieron, la tarde pasó volando, fueron a casa de ella y se acostaron. Comenzaron a verse un par de veces a la semana. Vivían en el mismo vecindario; iban a locales cercanos o cocinaba ella.

—Me parecía increíblemente fácil hablar de mis sentimientos —dijo Walden—. Podía llorar frente a ella. Le conté mis más íntimas fantasías sexuales y las cumplimos. Hablamos de hacer un trío con una de sus amigas.

»Me habló de sus fantasías, que eran tremendamente elaboradas —prosiguió—. Me pedía que le diese azotes. Tenía secretos, pero era increíblemente práctica. Desde entonces me pregunto si había construido esa complicada vida interior porque no era apta para salir en serio con alguien. Ya sabes, si no perteneces al olimpo de la hermosura, siempre te puedes convertir en una persona muy interesante.

Por entonces había alguien tras ella; «algún coñazo de tío», según palabras de Walden. No se sintió amenazado.

Conoció a todos sus amigos, pero él no le presentó a ninguno de los suyos. Nunca pasó un fin de semana entero con ella… Ni siquiera una jornada completa. Nunca asistieron juntos a una fiesta.

—No quería que se hiciese una idea equivocada.

Sin embargo, ella nunca protestó ni exigió nada. Una vez le preguntó si la mantenía oculta porque no era lo bastante bonita.

—Le mentí y dije que no —confesó—. Ya sabes, si cerraba los ojos me satisfacía absolutamente en todo.

Walden pidió otra copa.

—Solía hacer que me preguntase si me sentía feo por dentro, y ese era el vínculo.

—Bueno, todos los hombres odian a las guapas en secreto porque los rechazaron en el instituto —dijo Stephen. Él tenía una historia parecida.

El abuelo de Ellen era un conocido personaje televisivo. Un tipo importante de verdad. Stephen la conoció en una fiesta del trabajo. Salieron al balcón a fumar un cigarrillo y comenzaron a hablar. Era divertida. Bromista y ocurrente. Salía con alguien. Pasada esa ocasión, Stephen y ella solo se encontraron en eventos laborales.

—Nos hicimos verdaderos amigos —dijo Stephen—, lo cual es raro que me pase con las mujeres. No sentía atracción sexual hacia ella. Podía salir con ella y hablarle como si fuese un tío. Sabía de películas, de televisión, conocía a Letterman… Y eso que la mayoría de las mujeres no entienden la tele. Intenta hablar de televisión con una de esas monadas y verás cómo se le ponen los ojos vidriosos.

Fueron al cine, pero «solo como amigos». Quizá intentase pescarlo con mucha discreción; pero si era el caso, Stephen nunca lo advirtió. Hablaron de sus relaciones. De sus disgustos. Stephen se estaba viendo con alguien que se había ido tres meses a Europa, a quien escribía cartas forzadas y carentes de entusiasmo.

Una tarde, mientras comían, Ellen comenzó a describir una reciente relación sexual mantenida con su novio. Lo había masturbado empleando vaselina. De pronto, Stephen tuvo una erección.

—Comencé a contemplarla como a un ser sexual —dijo—. Lo que pasa con esas que no son un bellezón... es que hablan abiertamente de sexo. No andan con sutilezas.

Ellen rompió con su novio y Stephen comenzó a salir con un montón de mujeres. Podía hablar de ellas con Ellen. Una noche, cenando en un restaurante, Ellen se inclinó hacia él y le dio un beso con lengua en la oreja que lo hizo patalear.

Fueron a casa de ella y se acostaron.

—Fue genial —dijo Stephen—. Mi actuación, desde un punto de vista objetivo, fue mejor que con otras mujeres. Le di un segundo y un tercero. Le estaba echando el polvo de los cuarenta y cinco minutos.

La *relación* progresó a partir de ahí. Veían la televisión en la cama y tenían sexo con el aparato funcionando.

—Una mujer bonita jamás te dejaría tener puesta la televisión durante el sexo —señaló Stephen—. Pero, por alguna razón, tenerla encendida durante el acto es relajante. No eres el foco de atención. Las mujeres como Ellen te permiten ser tú mismo.

Stephen admitió que su relación probablemente no fuese tan buena desde el punto de vista de Ellen.

—Salimos seis meses, aunque, bueno, quizá podríamos haber ido más al cine cuando éramos amigos. Nuestras citas pasaron a ser encuentros del peor tipo... Comida para llevar y cintas de vídeo. Me sentía terriblemente culpable. Superficial. Ella no estaba por la labor de meterse en el asunto de la apariencia, y yo me sentía frívolo por pensar en su aspecto. Era una tía genial.

Y ENTONCES ELLA ROMPIÓ

Ellen comenzó a presionar.

—«¿Cuándo vas a conocer a mi abuelo?», me preguntaba una y otra vez. «Está deseando conocerte».

»Yo quería conocerlo —continuó Stephen—. Era un tipo importante. Pero no podía. Si conoces a los abuelos de alguien, es que la relación es verdadera.

Para resolver su problema, Stephen comenzó a chulear a Ellen intentando liarla con otros tíos. Hablaban de tipos con los que podría salir. Una noche, Elle acudió a una fiesta donde se suponía que iba a conocer a uno de los amigos de Stephen. Pero él no estaba interesado en ella y ella se molestó. Fue a casa de Stephen y se acostaron juntos.

Un par de semanas después, él conoció a otra, una nena, a altas horas de la mañana en una fiesta celebrada en un mugriento *loft* de TriBeCa. Se la presentó a sus padres casi de inmediato, aunque con ella no mantenía el tipo de conversaciones que tenía con Ellen. Se acostaba con las dos y aprovechaba lo aprendido con Ellen para aplicarlo con la nueva. Ellen quiso saberlo todo. Qué hacían. Cómo era esa nueva chica en la cama, cómo le hacía sentir y de qué hablaban.

Entonces ella rompió. Un domingo por la tarde fue al apartamento de Stephen. Riñeron a voces. Lo golpeó.

—Me llovían los puñetazos, literalmente —dijo Stephen.

Ella se fue de la casa, pero llamó dos semanas después.

—Nos reconciliamos por teléfono y fui a su casa para lo de siempre. Pero me sacó a patadas de la cama en el momento crucial. No me enfadé con ella porque estaba muy molesto conmigo mismo y, además, también la respetaba. «Bien por ti», pensé.

Walden apoyó una rodilla contra la barra.

—Unos seis meses después dejé de ver a Libby, se había comprometido. Me llamó y dijo que iba a casarse.

—Pues yo estaba enamorado de Ellen, pero nunca se lo dije —admitió Stephen.

—Yo también lo estaba —confesó Walden—. Estaba enamorado del modo más mundano posible.

CAPÍTULO 16

DESPISTADA EN MANHATTAN

Hay algo peor que ser una neoyorquina soltera de treinta y cinco años. Por ejemplo, ser una neoyorquina soltera de veinticinco.

Es un rito de paso que pocas querrán repetir. Se trata de acostarse con los tipos equivocados, vestir la ropa inadecuada, tener un fastidio de compañera de piso, decir cosas inconvenientes, ser ignorada, despedida, no tomada en serio y, en general, tratada como una mierda. Pero es necesario. Así que, si alguna vez te has preguntado cómo una neoyorquina soltera de treinta y cinco años llega a ser una neoyorquina soltera de treinta y cinco años, sigue leyendo.

Hace un par de semanas, Carrie se encontró con Cici, de veinticinco años y ayudante del diseñador floral de la fiesta de Louis Vuitton. Carrie intentaba saludar a cinco personas a la vez cuando Cici se materializó entre la penumbra.

—¡Hooolaaa! —saludó, y cuando Carrie le echa una mirada, repitió—: ¡Hooolaaa!

Y se quedó mirándola.

Carrie tuvo que apartarse del editor con el que hablaba.

—¿Qué pasa, Cici? —preguntó—. ¿Qué es lo que pasa?

—Pues no sé. ¿Cómo estás?

—Bien. Fantástico.

—¿Qué has estado haciendo?

—Pues lo de siempre. —El editor estaba a punto de entablar conversación con otra persona—. Mira, Cici, yo...

—No te he visto desde hace mucho. Te echo de menos. Ya sabes que soy tu seguidora número uno. Hay quien dice que eres una elementa, pero yo les digo que no, que eres una de mis mejores amigas y que no eres así. Te defiendo.

—Gracias.

Cici se quedó ahí, sin apartar la vista de ella.

—¿Y cómo estás tú? —preguntó Carrie.

—Genial —respondió—. Cada noche me arreglo para salir, pero como nadie se fija en mí, vuelvo a casa y me echo a llorar.

—Ay, Cici —se apiada Carrie. Y después le dice—: No te preocupes. Es una fase. Oye, tengo...

—Lo sé. No tienes tiempo para mí. No pasa nada. Ya hablaremos luego.

Y se fue.

Cici York y su mejor amiga, Carolyne Everhardt, son dos chicas de veinticinco años que vinieron a Nueva York para hacer carrera, como la mayoría de las mujeres que hoy tienen treinta y cinco.

Carolyne Everhardt escribe acerca de la vida nocturna para una publicación del centro. Llegó de Texas hace tres años. Es una de esas chicas de rostro hermoso y un poco de sobrepeso, cosa que no le preocupa... Al menos no lo suficiente como para dejarte creer que sí.

Cici es el caso opuesto. Es rubia, flaca y con una de esas caras de extraña elegancia que la mayoría de la gente no advierte por la sencilla razón de que ella no está convencida de ser bella. Cici trabaja como ayudante de Yorgi, el aclamado, y a la vez huraño, diseñador floral.

Cici llegó a Nueva York hace un año y medio desde Filadelfia.

—Entonces era como una pequeña Mary Tyler Moore —dice—. Llevaba unos guantes blancos metidos en el bolso, en serio. No salí durante los seis primeros meses. Estaba aterrada por si no podía mantener mi empleo.

¿Y ahora?

—No somos chicas simpáticas. La simpatía no es la palabra adecuada para nosotras —afirma Cici con esa forma de arrastrar las palabras tan propia de la costa este que suena sexy y, al mismo tiempo, apático.

—Nos pasamos el día mortificando a la gente —señala Carolyne.

—Sus berrinches son famosos —afirma Cici.

—Y Cici no le habla a la gente. Se limita a mirarla mal.

LAS MIL Y UNA NOCHES

Carolyne y Cici se hicieron muy amigas siguiendo el habitual protocolo de amistad entre las neoyorquinas: por culpa de algún zoquete.

Carolyne conoció a Sam, banquero de inversiones de cuarenta y dos años, antes que a Cici. Se lo encontraba cada vez que salía. Sam tenía novia, una suiza que intentaba entrar en el mundo de la comunicación. Cierta noche, Sam y Cici se vieron en el Spy, se emborracharon juntos y comenzaron a liarse. Se encontraban otra noche, fueron a casa de Sam y se acostaron. Eso sucedió un par de veces más. Entonces deportaron a su novia.

No obstante, la *relación* se mantuvo en la misma línea. Cada vez que se encontraban, terminaban acostándose. Una noche lo vio en System y le hizo una paja en una esquina. Después salieron y tuvieron sexo tras un contenedor del callejón. Luego, Sam se subió la cremallera y le dio un beso en la mejilla.

—Bueno, muchas gracias. Nos vemos.

Carolyne comenzó a lanzarle basura.

—¡No pienso seguir contigo, Samuel!

Un par de semanas más tarde, Cici estaba en Casa La Femme y allí vio a un par de conocidos. Con ellos estaba un tercero. Era moreno, vestía una fina camisa blanca de botones y pantalones caqui; Cici advirtió que tenía un cuerpo magnífico. Parecía tímido y comenzó a flirtear con él. Ella acababa de salir de la peluquería, tenía un nuevo corte de pelo y no dejaba de apartarse el flequillo de los ojos y mirar hacia arriba mientras daba sorbos a una copa de champán. Ellos iban a la fiesta de cumpleaños de una chica celebrada en un *loft* del Soho y le preguntaron si los quería acompañar. Caminan. Cici se reía como una tonta y tropezaba una y otra vez, a propósito, con el chico hasta que él le pasó un brazo alrededor.

—¿Cuántos años tienes? —le preguntó.

—Veinticuatro.

—La edad perfecta.

—¿Perfecta para qué? —preguntó Cici.

—Para mí.

—¿Y cuántos años tienes tú?

—Treinta y seis —respondió. Mintiendo.

La fiesta estaba atestada. Cerveza de barril, vodka con ginebra en vasos de plástico. Cici acababa de apartarse de la barra y estaba a punto de darle un trago a su cerveza cuando advirtió una aparición dirigiéndose a toda prisa hacia ella desde el otro lado del *loft*. Una chica grande, de larga melena oscura, pintalabios rojo y un largo y casi indescriptible vestido («si es que se le puede llamar así», pensó Cici) que parecía confeccionado con pañuelos de gasa estampada. Las mil y una noches.

Él se volvió justo cuando ella estaba a punto de atropellarlos.

—¡Carolyne! —dijo—. Me encanta tu vestido.

—Gracias, Sam —respondió la chica.

—¿Es de ese nuevo diseñador del que me hablabas? —preguntó—. Sí, ese que iba a hacerte unos cuantos gratis si escribías sobre él —añadió con una sonrisa de satisfacción.

—¡¿Piensas callarte?! —gritó Carolyne. Luego se dirigió a Cici—. ¿Quién eres y qué estás haciendo en mi fiesta de cumpleaños?

—Me invitó él —contestó.

—Ah, entonces aceptas invitaciones de los novios de otras, ¿no?

—Carolyne, no soy tu novio —intervino Sam.

—Ah, sí. Solo te has acostado conmigo unas veinte veces. ¿Qué tal la última vez? ¿Y esa paja en System?

—¿Le hiciste una paja a un tío en una discoteca? —preguntó Cici.

—Carolyne, tengo novia —dijo Sam.

—La deportaron. Y ahora no eres capaz de quitarme de encima tus golosas manitas.

—Ha vuelto. Y vive en mi apartamento.

—¿Tienes novia? —preguntó Cici.

—Me avergüenzas —le dijo Carolyne a Sam—. Sal de aquí y llévate a tu putita barata.

—¿Tienes novia? —volvió a preguntar Cici. Y continuó repitiendo la pregunta mientras bajaban las escaleras hasta llegar a la calle.

Dos semanas después, Carolyne se encontró a Cici en el baño de una discoteca.

—Solo quiero decirte que vi a Sam —anunció Carolyne mientras repasaba sus labios—. Se puso a cuatro patas rogándome que volviese con él. Le dije que yo ya estaba más allá.

—¿Más allá de qué? —preguntó Cici, simulando comprobar su rímel frente al espejo.

—¿Andas tonteando con él? —espetó. Y cerró el pintalabios con un golpe.

—No. Yo no tonteo con nadie.

Se hicieron muy buenas amigas, por supuesto.

«ODIO MIAMI»

Carrie conoció a Cici el año pasado en Bowery, más o menos por estas fechas. Carrie estaba sentada en uno de los reservados, era algo tarde y estaba un poco jodida cuando la chica esa apareció saltando y diciéndole cosas como «eres mi ídolo», «eres guapísima» y «¡ay! ¿Dónde has comprado esos zapatos? Me encantan». Se sintió halagada.

—Quiero ser amiga tuya, tu mejor amiga —le dijo con una voz que la acarició frotándose contra ella como un gato—. ¿Puedo ser tu mejor amiga? Di que sí, por favor.

—Oye, mira una cosa, ¿te llamas?...

—Cici.

—Cici —repitió Carrie un poco seria—. La cosa no funciona así.

—¿Por qué no?

—Porque ya llevo quince años en Nueva York. Quince años y...

—Ah —dijo Cici con cierta desilusión—. Bueno, ¿puedo llamarte? Te llamaré.

Y a continuación se fue brincando a otra mesa, se sentó, se volvió hacia ella y la saludó con la mano.

Un par de semanas después la llamó.

—Tienes que venir a Miami con nosotras.

—Odio Miami. Jamás pondré un pie allí —respondió Carrie—. Si vuelves a llamarme y pronuncias la palabra Miami, te colgaré.

—Ay, eres muy maja.

En Miami, Cici y Carolyne se alojaron con unos acaudalados amigos de esta, a los que conocía de la Universidad de Texas.

El viernes por la noche salieron, se emborracharon y Cici lo hizo con Dexter, uno de los tejanos. Pero a la noche siguiente se enojó con él cuando se dedicó a seguirla intentando rodearla con un brazo y besarla... como si fueran pareja o algo así.

—Vamos al piso de arriba a tontear un poco —le susurraba al oído una y otra vez.

Cici no quería, así que comenzó a hacer como si no lo viese y Dexter acabó saliendo de la casa hecho una furia. Regresó un par de horas después con una chica.

—Hola a *toos* —dijo, dedicándole un saludo con la mano a Cici al cruzar la sala de estar para ir al piso de arriba con la chica. La muchacha le hizo una mamada. Después bajaron y Dexter apuntó el teléfono de ella haciendo todo un espectáculo del asunto.

Cici salió de la casa corriendo, chillando y llorando justo cuando Carolyne maniobraba con su coche de alquiler para entrar por la puerta del garaje. También ella chillaba y lloraba. Se había encontrado con Sam, que por alguna razón también estaba en Miami, y este le propuso hacer un trío con una bailarina exótica, un bomboncito rubio, pero cuando ella le contestó con un «que te den», él la derribó de un empujón en la arena de South Beach y le espetó:

—La única razón por la que he ido contigo a alguna parte es porque siempre nos sacan fotos en las fiestas.

¡PAGE SIX!

Dos semanas después, Carolyne terminó en *Page Six*, la sección del *New York Post* dedicada al cotilleo. Asistió a una fiesta en el Tunnel y como el portero no la dejó entrar, comenzó a gritarle; el hombre intentó acompañarla hasta un taxi, ella le dio un puñetazo, él la neutralizó en el suelo y al día siguiente Carolyne hizo que el editor de la publicación del centro en la que trabajaba llamase al Tunnel para pedir que despidiesen al portero; después ella llamó a *Page Six*. Cuando el asunto salió a la luz, compró veinte ejemplares del periódico.

Por entonces, Cici tuvo que abandonar su apartamento, pues la había expulsado la abogada de Filadelfia con quien compartía piso, hermana mayor de una amiga del instituto.

—Cici, has cambiado —le dijo—. La verdad es que me preocupas. Ya no eres la simpática chica que eras y no sé qué hacer.

Ella comenzó a chillar diciéndole que estaba celosa y se mudó al sofá de Carolyne.

Más o menos por entonces se publicó un asunto no muy agradable acerca de Carrie en una de las columnas de cotilleo. Estaba intentando obviar el caso cuando Cici la llamó entusiasmada.

—Ay, Dios, pero si eres famosa —dijo—. Sales en los periódicos. ¿Lo has leído?

Y comenzó a leer el artículo, era horroroso y Carrie comenzó a gritarle.

—Mira, deja que te explique algo. Si quieres sobrevivir en esta ciudad, nunca, jamás llames a una persona y le leas algo terrible sobre ella publicado en los periódicos. Simplemente haz como si no lo hubieses visto, ¿estamos? Y si alguien te pregunta, vas tú, mientes y le dices «no, no leo la basura esa», aunque la leas. ¿Lo entiendes? Caramba, Cici, ¿de parte de quién estás?

Cici comenzó a llorar y Carrie colgó, pero después se sintió culpable.

DON RESIDUO

—Voy a presentarte a un tío y sé que te vas a enamorar, pero no lo hagas —le dijo Carolyne a Cici. Y así lo hizo.

Ben tenía cuarenta años, ocasional restaurador y promotor de fiestas dos veces casado (de hecho, aún lo estaba, pero su esposa había regresado a Florida) que había entrado y salido una docena de veces de distintos centros de rehabilitación. En Nueva York lo conocía todo el mundo y, cuando alguien lo nombraba, la gente ponía los ojos en blanco y cambiaba de tema. A pesar de haber bebido tanto, y esnifado tanta coca, aún le quedaba cierto residuo de lo que había sido (encantador, entretenido, atractivo) y Cici se enamoró del residuo. Pasaron dos semanas magníficas, aunque en realidad no llegaron a acostarse juntos. Luego, en una fiesta, él desapareció y ella lo sorprendió frotándose contra una modelo de dieciséis años recién llegada a la ciudad.

—¡Eres asqueroso! —chilló.

—Venga, vamos —replicó—. Tienes que dejarme vivir mis fantasías. Una de ellas es la de estar con una de dieciséis.

Mostró una amplia sonrisa en la que se podían ver unos dientes necesitados de arreglo.

A la mañana siguiente Cici se presentó en su apartamento sin ser invitada. Don Residuo recibía la visita de su hija de tres años.

—Te he traído un regalo —dijo Cici como si no hubiese pasado nada. El regalo era una cría de conejo. La colocó sobre el sofá y el animal se hizo pis unas cuantas veces.

Mientras, Carolyn se había ido a vivir con Sam, o algo así. Mantuvo su apartamento, pero no pasaba las noches en él y siempre dejaba algo en el otro (zapatos, perfume, pendientes, blusas de la tintorería, seis o siete tipos de crema facial). Eso duró tres meses. Él estalló la noche anterior al Día de San Valentín.

—¡Quiero que te vayas! —bramó—. ¡Vete!

Gritaba mucho y respiraba con dificultad.

—No entiendo —dijo Carolyne.

—¡No hay nada que entender! Quiero que te vayas, nada más, quiero que cojas tus cosas y te marches, ¡ahora!

Abrió la ventana y comenzó a tirar sus cosas por la ventana.

—Te la has ganado, tío.

Y le propinó un buen pescozón.

—Me has pegado —se quejó, volviéndose.

—Sam…

—No doy crédito… Me has pegado. —Comenzó a retroceder—. No te acerques a mí —dijo. Se inclinó con cautela y recogió su gato.

—Sam —repitió, acercándose a él.

—¡Retrocede! —espetó. Sujetaba a la mascota por las axilas, de modo que las patas del animal se estiraban hacia Carolyne. Lo blandía como un arma—. He dicho que retrocedas.

—Sam… Sam —dijo, negando con la cabeza—. Esto es patético.

—No para mí —respondió. Corrió al dormitorio, se sentó en la cama y acunó al gato en su regazo—. Es una bruja, ¿a que sí, Puffy? —le preguntó a la mascota—. Una auténtica bruja.

Carolyne avanzó unos pasos hasta la cama.

—No quería…

—Me has pegado —dijo Sam con un extraño deje infantil en la voz—. No vuelvas a pegarme. No vuelvas a pegar a Sam.

—De acuerdo… —aceptó Carolyne con precaución.

El gato se zafó de Sam. Atravesó la sala corriendo.

—Ven, gatito —llamó Carolyne—. Ven, gatín. ¿Quieres leche?

Oyó que se encendía la tele.

«ESTABA TAN AVERGONZADO»

Carrie siempre les prometía a Carolyne y a Cici quedar con ellas para cenar, así que por fin un día lo hizo. Una noche de domingo. Su única noche libre. Cici y Carolyne se recostaban en los asientos, con las piernas cruzadas, agitando sus copas y dando una imagen muy elegante. Carolyne hablaba por un teléfono móvil.

—Todas las noches tengo que salir por razones laborales —dijo Cici con voz aburrida—. No sabes lo harta que estoy de hacer siempre lo mismo.

Carolyne cerró la tapa del teléfono y miró a Carrie.

—Hoy tenemos que ir a la fiesta esa. En el Downtown. Repleta de modelos. Deberías venir. —El tono de su voz indicaba que mejor no lo hiciese.

—Bueno, ¿y cómo va todo? —preguntó—. Pues eso, lo de Sam y...

—Todo bien —contestó Carolyne.

Cici encendió un cigarrillo y miró a otro lado.

—Sam anda por ahí diciendo que Carolyne y él nunca se han acostado, a pesar de que cientos de personas los hayan visto liados, así que lo avergonzamos.

—Supimos que había estado viéndose con esa que tiene enfermedades, así que lo llamé y le dije: «Sam, por favor, te lo pido como amiga, prométeme que no te vas a acostar con ella» —dijo Carolyne.

—Y entonces vimos a la parejita en el sitio ese de los *brunches*.

—Íbamos de punta en blanco. Ellos con pantalón de chándal. Nos acercamos y nos pidieron un cigarrillo, pero dijimos: «¿Un cigarro? Venga, por favor. Pídele uno al camarero».

—Nos sentamos junto a ellos. A posta. No hacían más que intentar conversar con nosotras, pero Carolyne se dedicaba a llamar con el móvil. Entonces se me ocurrió preguntarle por esa chica con la que lo había visto la semana pasada.

—Estaba muy avergonzado. Le enviamos notas... Herpes simple 19.

—¿Existe un herpes simple 19? —preguntó Carrie.

—No —respondió Cici—. ¿No lo pillas?

—Ah, claro. —Estuvo un minuto sin pronunciar una palabra mientras se tomaba su tiempo para encender un cigarrillo. Luego preguntó—: ¿Y a ti qué te pasa?

—Nada —dijo Cici—. Solo me ocupo de mi carrera. Como tú. Eres mi ídolo.

En ese momento, las dos consultaron sus relojes e intercambiaron una mirada.

—Lo sentimos —se disculpó Cici—. Pero tenemos que ir a la fiesta esa.

CAPÍTULO 17

¡LA CIUDAD ARDE! EL PÁNICO SEXUAL ATACA A MR. BIG

LA MARCA BLANCA DE MANHATTAN PARA EL AGOBIO VERANIEGO TE PROPORCIONA FANTASÍAS URBANAS, JIGAS DE BORRACHOS, CRISIS DE DORMITORIOS Y PESADILLAS DE AIRE ACONDICIONADO.

Nueva York es una ciudad completamente distinta en agosto. Es como vivir en un país sudamericano en manos de un dictador corrupto y alcohólico, una inflación monstruosa, carteles de droga, carreteras polvorientas, cañerías atascadas... Un lugar donde nada mejora y el alivio no acaba a llegar.

La psique de la mayoría de los neoyorquinos se desmorona con el calor. Malos pensamientos e igualmente malos sentimientos salen hirviendo a la superficie. Son causa de una especie de mala conducta, la especialidad de los neoyorquinos. Es sigilosa. Es malvada. Se rompen las relaciones. Se une gente que no debería unirse.

La ciudad arde. Se encadenan días y días con temperaturas superiores a los 35 °C. La gente está de mal humor.

Con este calor no te puedes fiar de nadie, sobre todo de ti misma.

Son las ocho de la mañana y Carrie está acostada en la cama de Mr. Big. Cree que no va a estar bien. De hecho, está convencida de que ni de guasa va a estar bien. Llora histérica sobre la almohada.

—Carrie. Cálmate. Tranquila—ordena Mr. Big. Ella se vuelve rodando sobre sí misma, su rostro es una máscara sucia y grotesca—. Mira, tengo que ir a trabajar. Ahora. Y me lo estás impidiendo.

—¿Puedes ayudarme?

—No —contestó mientras pasaba sus gemelos de oro por los ojales abiertos en los almidonados puños de su camisa—. Tienes que ayudarte a ti misma. Adivina cómo.

Carrie metió la cabeza bajo la almohada, aún llorando.

—Llámame dentro de un par de horas —añadió, saliendo de la habitación—. Adiós.

Regresó dos minutos después.

—He olvidado la purera —dijo sin dejar de mirarla mientras cruzaba el dormitorio. Está quieta y callada—. Adiós —se despide—. Adiós. Adiós.

Ya es el décimo día de un calor y humedad sofocantes.

MR. BIG Y SU RITUAL CONTRA EL CALOR

Carrie ha pasado demasiado tiempo con Mr. Big. Él tiene aire acondicionado. Ella también, pero no funciona. Desarrollaron un pequeño ritual. Un ritual contra el calor. Mr. Big la llama a las once todas las noches que no salen.

—¿Cómo está el apartamento? —pregunta.

—Ardiendo.

—Vaya. ¿Y qué haces?

—Sudar.

—¿Quieres venir a dormir? —propone él, con cierta timidez.

—Claro, ¿por qué no? —responde. Y bosteza.

A continuación recorre el apartamento como una exhalación, sale a toda velocidad (rebasa al portero que siempre la mira mal) y salta a un taxi.

—Hombre, hooola —saluda Mr. Big abriendo la puerta, desnudo. Lo dice medio dormido, como si se sorprendiese de verla.

Se meten en la cama. Letterman o Leno. Mr. Big tenía un par de gafas. Se turnaron.

—¿Se te ha ocurrido pensar en cambiar el aire acondicionado? —le pregunta.

—Sí —responde Carrie.

—Puedes conseguir uno nuevo por unos ciento cincuenta dólares.

—Lo sé. Me lo has dicho.

—Bueno, es que no puedes pasar aquí todas las noches.

—No te preocupes por eso —dice Carrie—. El calor no me molesta.

—No quiero que te ases en tu apartamento.

—Si me pides que venga porque sientes lástima de mí, te ruego que no lo hagas. Solo quiero venir si de verdad me echas de menos. Si no, puedes dormir sin mí.

—Ah, si te echo de menos. Por supuesto. Pues claro que te echo de menos —replica Mr. Big. Y tras unos segundos añade—: ¿Andas bien de dinero?

Carrie lo mira.

—Tengo de sobra.

LANGOSTA NEWBERT

Esta ola de calor produce algo más. Y ese algo es la relajación. Casi sientes como si hubieses bebido más de la cuenta, a pesar de no haberlo hecho. Mientras, en el Upper East Side las hormonas de Newbert se ponen en pie de guerra. Quiere tener un hijo. Esta primavera Belle, su mujer, le dijo que jamás estaría embarazada en verano, pues no quería que la viesen en traje de baño con ese aspecto. Pero ahora dice que no puede quedar embarazada en verano porque no quiere sufrir mareos matutinos con semejante calor. Newbert le recordó que ella, como banquera de inversiones, se pasaba el día tras los verdes ventanales de una torre de oficinas provista de aire acondicionado. Y no le sacaba provecho.

Mientras, Newbert mata el tiempo dando vueltas por el apartamento ataviado con unos raídos bóxeres a la espera de la llamada de su agente para recibir noticias de la novela. Ve tertulias en televisión. Se arregla las cutículas con objetos romos. Llama a Belle veinte veces al día. Ella siempre contesta con dulzura.

—Hola, cielito —saluda.

—¿Qué te parecen las pinzas Revlon de acero inoxidable con los extremos aislados? —pregunta él.

—Eso suena genial —dice ella.

Una noche, durante la ola de calor, Belle acudió a una cena de negocios con unos clientes. Japoneses. Tras muchas reverencias acompañadas con apretones de manos, Belle y cinco hombres ataviados con trajes oscuros van al City Crab. Y entonces, a mitad de la cena, Newbert se presenta de improviso. Ya está bastante borracho. Va vestido como si fuese de acampada. Y decide mostrar su versión de la danza Morris.[29] Coge servi-

---

29   Danza tradicional inglesa. N. del T.

lletas de tela y se las mete en los bolsillos de sus pantalones de senderismo color caqui. Luego, mientras agita unas servilletas en ambas manos, avanza unos pasos, lanza una patada frontal, retrocede unos pasos y lanza una patada hacia atrás. Además, añade unas patadas laterales que, técnicamente, no forman parte de la danza Morris.

—Ah, no pasa nada, es mi esposo —informa Belle a sus clientes, como si cosas así pasasen continuamente—. Le encanta pasarlo bien.

Newbert saca una pequeña cámara y comienza a sacar fotos de los clientes.

—Decid cigarras —les pide.

ANTROPÓFAGAS EN LE ZOO

Carrie está en ese nuevo restaurante, Le Zoo, cenando con un grupo de personas a las que apenas conoce, entre ellas Ra, el nuevo chico *especial*. El restaurante tiene unas tres mesas y exceso de reservas, así que todo el mundo espera en la acera. Alguien se dedica a sacar continuamente botellas de vino blanco. La fiesta no tardó en trasladarse a la calle. Comienza la ola de calor y la gente es maja.

—Ay, me moría por verte.

—Tenemos que trabajar juntos.

—Deberíamos quedar más.

Carrie habla con todos sin odiar a nadie. No siente, para variar, que todo el mundo la odia.

Ya en el restaurante, se sienta entre Ra y su representante, una mujer. Alguien del *New York Times* no deja de sacarles fotos a todos. Ra no habla mucho. Mira, se acaricia la perilla y asiente. Después de cenar, Carrie va a casa de la representante de Ra, con Ra, para fumar. En ese momento, en verano y con ese calor, parecía lo adecuado. La fumada es fuerte. Es tarde. La acompañan a coger un taxi.

—A este lugar le llamamos «la zona» —dice la representante. Mira fijamente a Carrie.

Carrie cree que sabe de qué le habla, qué «zona» era esa y por qué de pronto están todos en ella.

—¿Por qué no te mudas a la zona para vivir con nosotros? —pregunta Ra.

—Me gustaría —responde con sinceridad, pero también pensando en que debe ir a casa.

Va hasta Uptown, pero antes de llegar a su destino le pide al taxista que pare. Quiere salir y caminar. «Tengo que ir a casa», piensa. Hace calor. Se siente poderosa. Como un depredador. Una mujer va por su misma acera, un poco por delante. Viste una camisa blanca y suelta que a Carrie le recuerda a la vela de un barco y la está volviendo loca. De pronto se siente como un tiburón oliendo sangre. Fantasea acerca de asesinar a la mujer y devorarla. Es aterrador pensar en cómo disfruta de la fantasía.

La mujer no tiene idea de que la están acechando. Camina contoneándose por la acera, despreocupada. Carrie se imagina despedazando con los dientes la carne suave y blanca de esa mujer. Es culpa suya, debería haber perdido peso o algo así. Carrie se detiene y gira hacia su edificio.

—Buenas noches, señorita Carrie —saluda el portero.

—Buenas noches, Carlos —responde.

—¿Todo bien?

—Ah, sí, todo bien.

—Bien, pues que tenga una buena noche —desea Carlos, asomando la cabeza en la entrada al ascensor. Sonríe.

—Buenas noches, Carlos.

Le devuelve la sonrisa enseñándole todos los dientes.

EL BLUE ANGEL

Es malo salir con este calor. Pero es peor quedarse en casa, sola.

Kitty pasa el tiempo en el espacioso apartamento de la Quinta Avenida donde vive con Hubert, su novio actor de cincuenta y cinco años. Hubert está de vuelta. Se encuentra grabando una película en Italia con un joven y prometedor director estadounidense y después irá a Los Ángeles para el capítulo piloto de una serie televisiva. Dentro de dos días, Kitty se reunirá con él en Italia y después lo acompañará a Los Ángeles. «Solo tengo veinticinco años —piensa—. Soy demasiado joven para esto».

Por fin, a las cinco de la tarde, suena el teléfono.

—Hola, Kitty —dice una voz masculina.

—Diiiga...

—¿Está Hubert por ahí?

—Nooo.

—Ah, bueno... Soy Dash.

—Dash —dice Kitty un poco confusa. Dash es el representante de Hubert—. Hubert está en Italia.

—Lo sé —afirma Dash—. Me dijo que te llamara y te sacase si estaba en la ciudad. Cree que quizá te sientas sola.

—Ya, claro —responde. Sabe que probablemente esté mintiendo y eso la hace sentir entusiasmada.

Se encuentran en el Bowery a las diez. Al final también se presenta Stanford Blatch. Es amigo de Dash, pero, bueno, Stanford es amigo de todo el mundo.

—Stanford —saluda Dash. Se recuesta en su asiento—. ¿Algún sitio nuevo para ir? Quiero asegurarme de que la señorita bajo mi tutela lo pase fantásticamente bien esta noche. Creo que se aburre.

Ambos hombres intercambiaron una mirada.

—Me gusta el Blue Angel —contesta Stanford—. Pero, claro, mis gustos son algo particulares.

—Pues al Blue Angel —acepta Dash.

El local está en algún lugar del Soho. Entran, es un tugurio de mala muerte con plataformas de contrachapado para las bailarinas.

—Los antros están de moda este verano —anuncia Stanford.

—Venga, llevo años visitando garitos —replica Dash.

—Ya, ya lo sé. Eres la clase de tío capaz de estar en el coche hablando por el móvil y decir que te pillan en Palisades Parkway, en plena mamada y a punto de correrte.

—Eso solo en Sunset Boulevard —concreta.

Se sientan frente a una plataforma. Al poco rato llega una mujer. Lleva un ramo de margaritas que parecen arrancadas de una fisura en la acera. Está completamente desnuda. Además, es flaca y tiene celulitis.

—Si ves a una chica flaca y con celulitis, puede estar seguro de que algo va muy mal —susurra Kitty al oído de Dash.

Dash la mira y sonríe con indulgencia. «Bien, puedo manejar esto», piensa ella.

La mujer coge una boa y comienza a bailar. Se tumba y rueda sobre la sucia plataforma, al levantarse tiene el cuerpo lleno de plumas de pollo, pétalos arrancados y tierra. Entonces separa las piernas y se lanza hacia el rostro de Kitty. La chica está segura de haber olido a la mujer. Pero piensa que está bien, que ha sobrevivido a eso.

Luego sale una pareja de bolleras. Actúan. La más pequeña gime. La más corpulenta comienza a ahogarla. Kitty puede ver las venas sobresaliendo en el cuello de la pequeña. La está estrangulando de verdad. «¡Estoy en un local *snuff*!», piensa. Stanford pide otra copa de vino blanco.

La grande agarra a la pequeña por el cabello y tira. Kitty se preguntaría si intentaría hacer algo de encontrarse en esa situación. El cabello de la mujer se separa, es una peluca y bajo ella lleva el cabello teñido de fucsia y cortado al estilo militar.

—Se acabó el espectáculo —dijo Dash—. Vamos a casa.

Fuera aún hace calor.

—¿De qué coño iba eso? —pregunta Kitty.

—¿Qué otra cosa esperabas? —replica Dash.

—Adiós, Kitty —dice Stanford con soberbia.

EL COLAPSO

Décimo día de ola de calor y Carrie se encuentra total y absolutamente pegada a Mr. Big. Demasiado. Esa noche sufrió un colapso. Todo comenzó bien: Mr. Big salió solo a una cena de negocios. De entrada, ningún problema. Ella, por su parte, fue a casa de su amiga Miranda. Iban a sentarse con el aire acondicionado puesto y ver trozos grabados de *Absolutamente fabulosas*. Pero hete aquí que empezaron a beber. Y luego Miranda llamó a su camello. Ahí empezó todo. Carrie llevaba una temporada sin quedar con ella porque había estado muy ocupada con Mr. Big, así que Miranda comenzó.

—Me gustaría conocerlo, ¿sabes? No sé por qué no lo he conocido. Ni por qué no te he visto.

Y a continuación soltó la bomba. Miranda dijo conocer a cierta chica que se veía con Mr. Big durante el primer mes que salió con Carrie.

—Creía que solo la había visto una vez.

—Ah, no. Quedaron unas cuantas veces. U-nas cuan-tas. Por eso tardé un mes en llamarte. No sabía si decírtelo o no.

—Creo que esto no mola —dijo Carrie.

A la mañana siguiente, después de flipar y aún tumbada en la cama de Mr. Big, intenta pensar en qué deseaba de verdad. Le parecía que su vida había cambiado, ¿era así? Piensa en que no está casada ni tiene hijos. ¿Llegaría a suceder? ¿Cuándo?

«Es la zona o Mr. Big», piensa. La zona o Mr. Big.

Él le envía flores esa misma tarde. En la tarjeta se lee: TODO
SALDRÁ BIEN. TE QUIERO. MR. BIG.

—¿Por qué me enviaste flores? —le pregunta más tarde—.
Fue bonito.

—Quería que supieses que alguien te ama —dice Mr. Big.

Un par de días después, durante el fin de semana, Carrie y
Mr. Big fueron a su casa en Westchester, así él podría jugar al
golf. La deja por la mañana temprano. Carrie se levanta tarde,
hace café. Sale y pasea por el jardín. Camina hasta el final de la
calle. Regresa. Vuelve al interior de la casa y se sienta.

«¿Y qué hago yo ahora?», se pregunta, e intenta imaginar
a Mr. Big en el campo de golf, enviando pelotas a distancias
imposibles.

CAPÍTULO 18
COMO CASARSE EN MANHATTAN... A MI MANERA

Hace un par de meses, en el *New York Times* se publicó el anuncio de que Cindy Ryan (no es su verdadero nombre) se había casado. La reseña no contenía nada de interés o inaudito, a no ser para los que conocían a Cindy y habían perdido el contacto con ella, como yo, para quienes suponía una asombrosa noticia. ¡Cindy se había casado! ¡A los cuarenta! Simple y llanamente inspirador.

Verás, Cindy era una de esas neoyorquinas que llevan años intentando casarse. Todas las conocemos. Llevamos unos diez años leyendo acerca de ellas, son atractivas (no necesariamente hermosas) y parecen capaces de conseguirlo todo..., excepto casarse. Cindy vendía publicidad para una revista de automovilismo. Sabía de equipos estéreo. Era corpulenta como un hombre. Era aficionada al tiro y a viajar (en cierta ocasión, de camino al aeropuerto, neutralizó de un puñetazo a un taxista borracho, lo colocó en el asiento trasero y condujo hasta la terminal). No era exactamente la más femenina de las mujeres, aunque siempre andaba con hombres.

Pero envejecía con el paso de los años y, al encontrármela en una fiesta de copas organizada por un viejo amigo, me obsequió, a mí y a todos los presentes, con historias del pez gordo que se escapó. Del tipo que tenía un yate. Del famoso artista que no podía conseguir una erección si no tenía un pincel metido en el culo. Del directivo que fue a la cama con unas pantuflas con forma de ratón.

Y es que no puedes evitarlo. La miras y sientes una mezcla de admiración y rechazo. Te alejas pensando que nunca se casará. Y si lo hace, será con un aburrido director de una sucursal bancaria domiciliado en Nueva Jersey. Además, es demasiado mayor.

Después te vas a casa, te tumbas en la cama y todo el asunto regresa para martirizarte, hasta hacerte llamar a todas tus amigas y, como un pequeño monstruito, decirles:

—Cariño, si acabo como ella, te doy permiso para pegarme un tiro, ¿vale?

Bueno, pues, ¿sabes una cosa? Te equivocas. Cindy se casó. No con el tipo de chico con el que pensaba acabar, pero nunca en su vida se había sentido más feliz.

Ya es hora. Ya basta de quejarse por no encontrar hombres buenos. Ha llegado el momento de dejar de llamar al contestador cada media hora para comprobar si tienes un mensaje de algún tío. Hay que dejar de identificarse con la horrorosa vida amorosa de Martha Stewart, a pesar de que sea portada de la revista *People*.

Sí, por fin había llegado el momento de casarse en Manhattan, y lo mejor de todo es que se puede lograr. Así que relájate. Tienes tiempo de sobra. Martha, presta atención.

TRES JERSÉIS DE CACHEMIR

Es un lluvioso fin de semana otoñal. Carrie y Mr. Big están en el restaurante al que van en Bridgehampton. Está abarrotado, lo cual resulta molesto, y no está el metre que siempre les consigue una mesa. Así que comen en la barra, con las cabezas juntas. En primer lugar, van a probar ese nuevo plato que ya comieron en el cumpleaños de Mr. Big... Piden cuatro entrantes, como si fuese comida china.

Pero Mr. Big quiere comer exactamente lo mismo que Carrie, así que sus cenas acaban siendo idénticas.

—¿Te importa? —pregunta él.

—En absoluto —responde Carrie con la ridícula voz de bebé que ahora parecen emplear continuamente al hablar entre ellos—. Estoy muy cansada para que me importe.

—También yo estoy cansado —admite Mr. Big con su voz de bebé. Su codo se roza contra ella. Después lo emplea para golpearla—. Pi pi...

—¡Eh! La línea está aquí. No la cruces.

—Sálvese quien pueda —gruñe, inclinándose hacia delante para cogerle pasta con su tenedor.

—Ya te voy a dar yo salvación.

—Vamos, pégame —dice él, y ella le da un puñetazo en el brazo que le hace reír.

—Así que aquí estáis.

Se vuelven y ven a Samantha Jones de pie frente a ellos con lo que parecen tres jerséis de cachemir alrededor del cuello.

—Supuse que andaríais por aquí —añade.

—Vaya —dice Mr. Big.

Samantha y él no se llevan muy bien. Una vez, cuando Samantha preguntó por qué, Carrie le dijo que siempre le estaba malmetiendo y que a Mr. Big no le gustaba eso.

—Creo que puedes cuidarte sola —replicó Samantha con un bufido.

Samantha comenzó a hablar de películas y Carrie, sin otra opción, también comenzó a hablar de cine. A Mr. Big no le gustaba comentar películas. Carrie comenzó a desear que Samantha se fuese y los dejase hablar de su nuevo tema preferido... Mudarse algún día a Colorado. No le gustaba desear que Samantha se largase, pero a veces así son las cosas cuando estás con un hombre, y no se pueden evitar.

SABIONDOS, EMPOLLONES Y PERDEDORES

—Lo hizo David P. —dijo Trudie.

Trudie es la directora de una revista para chicas adolescentes. Tiene cuarenta y un años, pero en ocasiones parece una encantadora jovencita de dieciséis con grandes ojos azules y cabello negro.

Se arrellanó en su silla y señaló a una estantería repleta de fotografías.

—Lo llamo «Trudie y...» —explicó—. Son fotos mías con todos los perdedores con los que he salido. Me gusta catalogar cosas.

»Mi especialidad eran las relaciones de dos años. Hacía lo imposible para que funcionasen. Terapia de pareja. Charlar durante horas de problemas comprometidos. Luchaba. ¿Y sabes de qué me di cuenta entonces? Pues de que no voy a lograr que un misógino de cuarenta años cambie de opinión. No... es... problema... mío.

»Me puse una fecha límite. Me dije que a los cuarenta tenía que estar casada. Salía con David P. Tenía cincuenta y era un tipo deshonesto. Le dije que quería casarme. Y él continuaba poniendo excusas. Tentándome. «Vamos de viaje a China, ya veremos al regreso», dijo una vez. Y en otra ocasión, alojados en el palacio Gritti de Venecia, en una de esas habitaciones con contraventanas de madera y vistas al Gran Canal, me dice:

«Afrontémoslo. Jamás encontrarás a alguien en Manhattan deseoso de casarse. Así que no veo por qué no quedarnos así para siempre». Y ahí fue cuando lo abandoné para siempre.

Al regresar a Nueva York, revisó sus agendas y llamó a todos los hombres que conocía en Manhattan.

—Sí, a todos y cada uno de ellos: todos de los que había pasado por considerarlos unos sabiondos, empollones, perdedores o carentes de la suficiente cantidad de pelo.

»El nombre de mi esposo estaba en esa lista… Era el último —prosiguió—. Recuerdo pensar que no sabría qué sería de mí si ese me fallaba.

(Por supuesto, esa es la típica muestra de modestia de las neoyorquinas, pues ellas siempre saben qué hacer). La verdad es que Trudie cenó tres veces con su futuro esposo (aunque entonces ella aún no lo sabía) y él se fue dos meses a Rusia. Comenzaba el verano y Trudie se fue a los Hamptons para olvidarse completamente de él. De hecho, comenzó a salir con un par de tíos.

Trudie sonrió examinándose las uñas.

—Vale, llamó a finales de verano y comenzamos a vernos de nuevo. Pero la cosa consiste en que debes de estar dispuesta a irte en cualquier momento. Has de pisar fuerte. No pueden pensar que eres esa pobre mujercita doliente incapaz de vivir sin ellos. Porque no es cierto. Puedes.

Cuando llega el momento de casarse con un hombre de Manhattan, se deben aplicar dos reglas.

—Tienes que ser dulce —dijo Lisa, de treinta y ocho años y corresponsal en un programa de noticias. Pero al mismo tiempo, según Britta, una fotorreportera, «no puedes dejar que se vayan con nada».

Para esas mujeres, la edad es una ventaja. Si una ha sobrevivido soltera en Nueva York hasta mediada, o casi concluida, la treintena, existen muchas posibilidades de que sepa un par de cosas acerca de cómo lograr lo que quiere. Así, cuando una de esas neoyorquinas localiza a un potencial marido, hay muy poco que él pueda hacer para librarse.

—Debes comenzar el entrenamiento desde el primer día —señala Britta—. Al principio no sabía que quería casarme con mi esposo. Solo sabía que lo quería y que haría todo lo posible por conseguirlo. Y que iba a conseguirlo.

»No puedes ser como esas idiotas que solo quieren casarse con tipos ricos. Has de ser un poco calculadora. Siempre debes esperar más de lo que tienes. Mira a Barry (su esposo). No quería a una chica que le permitiera hacer lo que le diese la gana, por mucho que odiase admitirlo. Si alguna lo caza ahora, será afortunada. Es inteligente, dulce, cocina y limpia. ¿Y sabéis una cosa? Odió cada fase del entrenamiento.

Antes de encontrar a Barry, Britta era esa clase de mujer capaz de enviar a su pareja al guardarropa para traerle un paquete de tabaco y salir corriendo por la puerta trasera con otro mientras el primero estaba ocupado.

—Una vez llamé a Barry desde el pico de una montaña en Aspen y lo puteé durante diez minutos porque había quedado con otra para Nochevieja. Bueno, solo había pasado un mes desde que nos conocimos, pero da igual.

Después de eso, Barry se mantuvo bastante cerca, a no ser por un par de problemas ligeramente impertinentes. Le gustaba mirar a otras mujeres y, a veces, se quejaba por no tener su espacio, sobre todo cuando ella se mudó a su casa.

—Bien, en primer lugar, siempre hay que asegurarse de tener mucha diversión —indica Britta—. Yo cocinaba. Ganamos algo más de una docena de kilos. Nos emborrachábamos juntos. Mirábamos cómo se emborrachaba el otro. Nos cuidábamos al vomitar.

»Tienes que hacer cosas inesperadas. Como aquella vez que llegó a casa y la encontró llena de velas; le serví la cena frente al televisor. Además, a veces le hacía ponerse alguno de mis trapos. Pero a estos no hay que dejar de vigilarlos. Siento decirlo, pero pasan un ochenta por ciento de su tiempo lejos de ti. Te prestan atención cuando están contigo. ¿Por qué habrían de mirar a otra tía mientras comen contigo? Una vez Barry se dedicó a pasear la mirada por ahí y le arreé en la cabeza tan fuerte que casi se cayó de la silla. Le dije que metiese la lengua en la boca, el rabo entre las patas y acabase la cena.

Pero mantenerlo es otra cosa.

—A las mujeres de esta ciudad no les importa si un tipo está casado o comprometido —prosiguió—. Van tras él igual. Tienes que mantenerte en la cima todo el tiempo.

A veces Mr. Big se retrae y de él solo queda su imagen. Amistoso con todo el mundo. Quizá el adjetivo adecuado sea afable. Siempre perfectamente vestido. Puños blancos. Gemelos de oro. Tirantes a juego (aunque casi nunca se quita la chaqueta). No es fácil cuando se pone de ese humor. A Carrie no siempre se le daba bien la gente que consideraba demasiado conservadora. No estaba acostumbrada. Estaba habituada a que todo el mundo se emborrachase y consumiese drogas (o las rechazase de plano). Mr. Big se cabreaba cuando ella decía cosas escandalosas como «no llevo ropa interior», aunque en realidad la llevase. Además, le parecía demasiado cordial con otras mujeres, sobre todo con las modelos. Podían estar por ahí y en cualquier momento se acercaba un fotógrafo y les pedía permiso antes de indicarle a Mr. Big que posase con alguna modelo, y eso resultaba insultante. En cierta ocasión una modelo se sentó en su regazo.

—Vale, me voy —anunció Carrie con una expresión de verdadero enfado plasmada en el rostro.

—Eh, vamos —dijo Mr. Big.

Carrie miró a la modelo.

—Perdona, estás sentada en el regazo de mi novio.

—Estoy posada. Solo posada —señaló la modelo—. Hay una gran diferencia.

—Tienes que aprender a manejar estas cosas —indicó Mr. Big.

COMPARACIÓN DE COMPRAS

Rebeca, una periodista de treinta y nueve años casada el año pasado, recuerda el momento en el que encontró el número de otra mujer mezclado entre las tarjetas de visita profesionales de su novio banquero.

—Llamé y le pregunté directamente a la elementa qué estaba pasando —dijo Rebeca.

Pero, claro, la mujer reveló que el novio de Rebeca le había propuesto salir a cenar.

—Me subía por las paredes. No le grité, pero me convertí en algo parecido a una de esas pesadillas que salen en las series. En realidad, le dije que se alejase y no volviese a llamarlo. Me contestó que había pillado a uno bueno de verdad y que debería ser maja con él. Y yo le repliqué: «Vale, si es tan bueno, ¿por qué te llama a ti cuando está viviendo conmigo?».

»Después lo llamé a él. Tuvo la cara de ponerse hecho una furia conmigo por «interferir en sus asuntos privados». Se lo puse bien claro, le dije: «Mira, nene, a ver si lo entiendes. No hay asuntos privados que valgan cuando sales conmigo». A pesar de todo, durante un par de días pensé que habíamos terminado. Pero lo superamos y unos tres meses después me propuso matrimonio.

Existen otros métodos. Después de que Lisa y su futuro esposo, Robert, hubiesen salido un par de meses, él comenzó a hacerse el escurridizo.

—¿Qué te parece si salgo con otra gente? —preguntó él.

—Creo que deberías comparar las compras —respondió Lisa muy tranquila—. ¿De qué otro modo podrías apreciar mi valía? No soy una carcelera.

Eso le hizo flipar.

—Es una cuestión de autoestima —continuó—. Los hombres tienen que sentir la presencia de ciertos límites y que no vas a tragar con nada.

Un problema bien conocido es vivir con uno antes de estar casada y que luego él no se preocupe lo más mínimo por proponerte matrimonio. Esa situación se puede manejar con un aviso.

—Hace poco oí una historia —comenta Trudie—. La de la chica que llevaba un año viviendo con un tío. Una mañana, ella se despierta y le pregunta si se van a casar. Él responde que no. Y ella le dice que ya se está largando de allí... Ese mismo fin de semana le pidió que se casase con él.

—Uno de los grandes errores que cometen las mujeres es no discutir el asunto del matrimonio desde el principio —indica Lisa.

DEBERÍA IRME

Carrie se despierta una mañana pensando en que no puede aceptarlo. Se queda tumbada mirando a Mr. Big hasta que abre los ojos. Él, en vez de besarla, se levanta y va al baño. «Ya basta», se dice.

—Mira, he estado pensando —anuncia en cuanto él regresa a la cama.

—Dime.

—Si no estás totalmente enamorado y loco por mí, y si no crees que soy la más bonita de todas las que has visto en tu vida, creo que debería irme.

—Ay, Dios —dice Mr. Big.

—De verdad, no hay problema.

—Vale —contesta con cierta cautela.

—Entooonces... ¿Es eso lo que quieres?

—¿Es eso lo que quieres tú?

—No, la verdad es que no. Pero lo que sí quiero es estar con alguien que esté enamorado de mí.

—A ver, ahora mismo no puedo ofrecer ninguna garantía. Pero si estuviera en tu lugar, me quedaría por aquí. Para ver qué pasa.

Carrie se recuesta sobre las almohadas. Es domingo. Sería un poco rollo marcharse. ¿Qué haría el resto de la jornada?

—Vale —acepta—, pero solo de momento. Yo no estaré aquí para siempre, ¿sabes? Es probable que vaya a morirme pronto. En cosa de unos quince años.

Enciende un cigarrillo.

—Muy bien —dice Mr. Big—. Oye, mientras tanto, ¿podrías prepararme algo de café…, por favor?

Naomi, casada el pasado año a la edad de treinta y siete años, es presidenta de una agencia publicitaria y un caso típico entre buena parte de las neoyorquinas.

—Salí con toda clase de hombres…, de todas formas y tamaños. Y de pronto el tipo adecuado entra por la puerta; era la antítesis de todo lo que siempre creí querer.

En otras palabras, no era el proverbial chico malo.

Naomi, entonces tenía treinta y cinco años, esperaba a un taxi en la avenida Madison vestida con traje y tacón de aguja cuando un tío de pelo largo pasó a su lado zumbando en una motocicleta y no la miró.

—De pronto, la atracción por el artista torturado y famélico desapareció —dijo—. Siempre les estaba pagando sus putas cenas.

Carrie asiste a la fiesta de presentación de un libro en un museo y lleva a Sam. Ha pasado una temporada sin verla. Lleva un tiempo sin ver a ninguna de sus amigas porque parece pasar todo el tiempo con Mr. Big. Ambas visten mallas y botas de charol negro y llegan a las escaleras cuando Z. M., el magnate de los medios, baja para entrar en su coche.

Ríe.

—Me preguntaba quiénes eran esas dos mujeres taconeando por la acera.

—No taconeamos —replica Sam—, caminamos.

El conductor mantenía abierta la puerta de su limusina.

—Llámame cuando quieras, ¿vale? —propuso él.

—Sí, llámame —contesta Sam, y entonces sabes que ninguno de los dos lo hará. Sam suspira—. A ver, ¿qué hay de Mr. Big?

Carrie comienza a balbucear y farfullar metiéndose en la rutinaria respuesta de no-lo-sé, planean ir a Aspen y él habla de coger una casa a medias el verano que viene, pero ella no está segura de él y...

—Venga, vamos —dice Sam—. Ojalá tuviese yo novio. Ojalá encontrase alguien con quien me gustase pasar un fin de semana, por el amor de Dios.

En Nueva York existe una gran diferencia entre las que se casan y las que no.

—Básicamente se trata de superarse a una misma —dijo Rebecca—. Superar la idea de que deberías casarte con Mort Zuckerman.

—Lo he reducido todo a tres cualidades —comentó Trudie—. Inteligente, exitoso y dulce.

Tampoco dejaron de creer en que se casarían.

—Siempre pensé que tardaría lo que necesitase tardar, pero que iba a suceder —añade Trudie—. Sería horrible si no. ¿Por qué no habría de casarme?

Pero Manhattan sigue siendo Manhattan.

—Lo que tienes que entender es que, en términos de socialización masculina, Nueva York es un lugar horrible para prepararlos para el matrimonio —afirmó Lisa—. Los solteros no tienden a salir con parejas. No están habituados a la idea de comodidad y familia. Así que tienes que llevarlos ahí mentalmente.

SUSCITAR COMODIDAD

Carrie y Mr. Big asisten a un evento benéfico celebrado en un viejo teatro y tienen una bonita velada. Carrie se ha arreglado el pelo. Parece como si ahora siempre fuese a tener el cabello perfecto todo el tiempo, y cuando le dice al estilista que no se lo puede permitir, este le contesta que no se puede permitir no hacerlo.

A la hora de la cena, Mr. Big se abate sobre la mesa, puro en mano, y con un «me da igual» mueve sus tarjetas de asignación para así poder sentarse juntos.

Pasan la velada cogidos de la mano y uno de los columnistas, al acercarse, les dice:

—Inseparables, como siempre.

Después del evento pasan una semana agradable, y entonces algo inquieta el cerebro de Carrie. Quizá se debiese a la cena en casa de unos amigos, donde había gente con hijos. Carrie jugó con los niños conduciendo pequeños coches de plástico por la calle, pero uno de ellos no hacía más que caer del vehículo. Los padres salieron y les gritaron a los chicos para que entrasen en la casa. No parecía justo, pues en realidad ninguno se había lastimado.

Decidió torturar de nuevo a Mr. Big.

—¿Crees que estamos unidos? —le preguntó justo antes de echarse a dormir.

—A veces —contesta.

—Eso de «a veces» no es suficiente para mí —dice. Y continúa fastidiándolo hasta que le ruega que lo deje dormir. Pero al despertarse por la mañana, Carrie descubre que el fastidio aún está vivo.

—¿Por qué lo haces? —pregunta Mr. Big—. ¿Por qué no puedes pensar en cosas buenas como lo bien que estuvimos la semana pasada?

Camina junto a la cama.

—Oooh, pero mira esa triste carita —dice, y a ella le dan ganas de matarlo.

»Te prometo que hablaré de esto contigo más tarde.

—No sé si habrá un «más tarde» —indica Carrie.

Lisa se encontraba en una concurrida fiesta dada por una importante publicista (la llamaremos Sandy) en una mansión de la East 50. El esposo de Lisa, un hombre atractivo dedicado a los negocios, asistía como acompañante. Ella se explicaba entre sorbo y sorbo de margarita rosa.

—Cuando por fin decidí buscar a alguien, pensé en todos los lugares donde podría conocer a un hombre. No solo en el Bowery, sino también en casas donde se celebraban fiestas. Así extendí mucho la red. Fui a todas las fiestas dadas en casas particulares.

»Al conocer a un tío, tengo la norma de nada de grandes fiestas durante las primeras citas. Es un suicidio. No te arregles. No parlotees. No te dediques a la relación, dedícate a la habitación. Los hombres quieren sentir comodidad. Debes suscitar comodidad. Hablar de las personas que son, pues la imagen que la mayoría de los hombres tienen de sí mismos corresponde a los catorce años.

Trudie, en su despacho, señaló con un asentimiento a una gran foto colocada sobre su escritorio; en ella se veía a un hombre de cabello rizado recostado en una duna de playa.

—Menudo hallazgo fue mi esposo. Él sí me entiende. Es muy fácil cuando conoces a la persona adecuada. Hay gente que tiene muchas riñas y dramas… Bueno, eso es señal de que algo no va bien ahí. Mi esposo no me da razones para reñir. La verdad es que no discutimos en serio por nada. Él cede el noventa y nueve por ciento de las veces, y en las pocas ocasiones en las que defiende su posición, cedo yo.

Y de pronto, todo está bien, por raro que parezca.

Mr. Big llama.

—¿Qué haces?

—Ah, bueno, ya sabes, eso que hago de vez en cuando —responde Carrie—. Escribo una historia.

—¿Acerca de qué?

—¿Recuerdas cuando dijimos que algún día nos mudaríamos a Colorado para criar caballos y esas cosas? Pues sobre eso escribo.

—Ah, bonita historia —admite Mr. Big.

CAPÍTULO 19

LAS MADRES PSICÓPATAS DE MANHATTAN BABEAN COMO BOBAS CON LOS BALBUCEOS DE BEBÉ

Mr. Big llama desde China un poco cabreado. Había enviado su equipaje por una empresa de entrega urgente, pero lo perdieron y ahora se encontraba sentado en la habitación de su hotel con unos vaqueros, una camisa y sin ropa interior limpia.

—Si esto me pasa hace cinco años, alguien acaba despedido —dice—. Pero he cambiado. Soy una persona nueva. Si no pueden negociar conmigo porque lleve unos vaqueros sucios, que les den por saco.

—¿Sabes una cosa? —pregunta Carrie—. Llamó tu amigo Derrick. Dice que Laura quiere quedarse embarazada, pero como él no quiere, cada noche simula terminar y no lo hace; después se va al baño y se casca una paja. Y ella, también cada noche, ve vídeos del tipo «Tu bebé y tú».

—Menuda nenaza.

—Y dice que no puede hacerlo porque no ha llegado lo bastante lejos en su carrera para permitirse tener un hijo.

—¿Y cómo estás tú? —pregunta Mr. Big con su estilo cantarín.

—Ah, bien —contesta con voz oscura—. Creo que puedo estar embarazada.

—Un bebé. Vamos a tener un bebé.

Carrie no sabe qué pensar.

Verás, a la gente le pasan cosas cuando tienen hijos en Nueva York. Algunos padres continúan siendo normales. Pero otros no, desde luego. Se vuelven un poco locos. Imagina coger toda esa energía y agresión, las preocupaciones y los problemas sin resolver que van con cada cual y aplicárselos a un niño. Cuando tienen hijos, personas que antes fueron neoyorquinas neuróticas normales y corrientes se vuelven locas de remate.

Eso se demostró de inmediato cuando Carrie fue a un *brunch* ofrecido en el *loft* que sus amigos Packard y Amanda Deale tenían en el Soho. Packard y Amanda (normales) son padres de Chester, que desfilaba por el piso golpeando un paraguas contra el suelo. Una madre (no tan normal) no pudo evitar señalar que el niño estaba «jugando en paralelo y no compartía, pero tampoco pasaba nada, pues es hijo único y nadie espera que comparta sus juguetes… Todavía».

Como la mayoría de las parejas que de pronto tienen hijos, la familia Deale ha ingresado misteriosamente en un grupo de nuevos amigos, también con hijos. ¿Cómo sucede? ¿Los conocen en alguna reunión previa a la admisión para aprender cosas de enfermería? ¿O eran amigos de siempre que, al tener hijos, los habían mantenido en reserva hasta que Amanda y Packard se pusieron al día? Entre las recientes amistades se encuentra Jodi, quien insiste en que solo le den ropa de bebé blanca, pues cree que el tinte textil causa reacciones alérgicas en la piel del pequeño; Suzanne, quien no permite a las niñeras emplear perfume, pues no quiere llegar a casa y encontrarse con que su bebé huele a la colonia (barata) de otra; y Maryanne, quien no hizo más que despedir niñeras (en realidad a propósito) hasta terminar dejando su empleo para cuidar del pequeño.

Este tipo de comportamiento no se limita a las madres. Después de todo, ¿no hay también un poco de chifladura en esos padres e hijos que visten chaquetas Patagonia idénticas con cascos de patinaje a juego? O en el padre que besa una y otra vez la cabeza de su hijo mientras sujeta sus manitas con la suya y danza alrededor del carrito (si es posible que un niño de dos años ponga expresión de bochorno, lo hace).

—Todo lo que debes hacer es tener uno de estos y después tomarte tres o cuatro años libres —explica.

Por supuesto, existe una ligera diferencia entre estar loca por tu hijo y estar mal de la cabeza. Llevado al extremo, solo hay una palabra para cierto tipo de crianza neoyorquina: psicopatía. No sabes cuándo golpeará ni qué forma presentará; como dice Packard, «no se trata de amor o preocupación; se trata de obsesión».

«¡ALEXANDRA!»

Carrie estaba sentada en el sofá del *loft* hablando con una mujer de aspecto bastante corriente. Becca tenía el cabello rubio y liso y ese tipo de nariz larga y fina que te hace pensar que podría absorber martinis directamente del vaso. Acababa de mudarse a un apartamento nuevo de la 70 Este y estaba explicando los pros y los contras de contratar a un decorador («un amigo no logró que el decorador dejase de comprar cosas, es horroroso») cuando de pronto la interrumpió una niña de cinco años ataviada con un vestido con volantes y un lazo negro en el pelo.

—Mamá, quiero teta —exigió.

—¡Alexandra! —contesta Becca con una especie de susurro (¿por qué ahora casi todos se llaman Alexander o Alexandra?)—. Ahora no. Vete a ver vídeos.

—Mira, ese bebe leche de teta —dice la pequeña, señalando a una mujer que amamantaba a su pequeño en una esquina.

—Es un bebé. Un bebé chiquitín. Tú puedes beber zumo.

—No quiero zumo —rechaza Alexandra. La verdad es que lo hace con los brazos en jarras.

Becca puso los ojos en blanco. Se levantó y subió a su hija hasta el regazo. La niña comenzó de inmediato a revolver la blusa de su madre.

—¿Todavía... le das el pecho? —pregunta Carrie con sus mejores modales.

—A veces —responde Becca—. Mi marido quería tener otro hijo poco después, pero yo no. Tener un hijo en Nueva York da mucho trabajo. ¿Verdad, monstruita?

Bajó la mirada hacia su hija, entonces chupándose el pulgar con la vista fija en su madre a la espera de que se desabotonase. La niña se volvió hacia Carrie y le dedicó una mirada torva.

—Leche de teta. Leche de teta —dijo.

—Venga, Alexandra, vamos al baño. Tenemos la intención de acabar con estas cosas, ¿verdad?

La niña asintió.

Becca no era la única madre de la fiesta con problemas para tener una relación adecuada con sus hijos. En el dormitorio está Julie, bajita, morena y encargada de un restaurante, sentada junto a Barry, su hijo de seis años. Barry es una criatura adorable, con un indiscutible parecido a su madre gracias a sus rizos oscuros. Pero no tenía aspecto feliz. Se aferraba a Julie con ferocidad; si alguien intentaba hablar con ella, él se encaramaba a su madre.

—Ay, quítate de encima. Menudo martirio —le dice a Barry, aunque en realidad no hace nada por evitar la situación. El niño no piensa jugar con los otros y tampoco piensa dejar a su madre hablar con los adultos. Más tarde Carrie se enteró de que siempre funcionan así… Van a fiestas, a veces de adultos, y solo hablan entre ellos. También se enteró de que Julie guarda un colchón en el cuarto de Barry; la mayoría de las noches duerme en él. Su esposo duerme en la otra habitación. Están pensando en divorciarse.

—Bueno, eso es bastante habitual —afirma Janice, abogada del sector inmobiliario y una de las pocas madres psicópatas sin problemas para admitirlo—. Amo a mi hijo. Andy tiene once meses. Es un dios, se lo repito cada día. Hace poco lo encontré en su cuna diciendo «yo, yo, yo».

»Sentía el impulso de tener un hijo desde los treinta —continúa—. Así que cuando al final lo tuve (ahora tiene treinta y seis) fue como comprender que esa era mi meta en la vida. Soy madre. No pensaba volver a trabajar, pero, francamente, tres meses después supe que debía hacerlo. Paso mucho tiempo delante de él. Me paso el día en el parque saltando frente a él… Las niñeras creen que estoy mal de la cabeza. Lo beso mil veces al día. Estoy impaciente por volver a casa y bañarlo. Su cuerpo me vuelve loca. Nunca sentí algo así por un hombre.

Janice continuó diciendo que si veía a Andy mirando al juguete de otro niño, salía a comprárselo. Una vez creyó verlo mirar a algo llamado *exersaucer*.[30] Al final lo encontró en la calle 14 y recorrió esa misma calle con el paquete en la cabeza, pues no podía coger un taxi y se moría de ganas por llevárselo a casa.

—La gente me señalaba por la calle, en serio —dijo—. Debían de creer que estaba algo desequilibrada. Llegué a casa, se lo di y comenzó a llorar.

¿Por qué Janice es así?

—Es cosa de Nueva York —asevera. Se encoge de hombros—. Es una ciudad competitiva. Quiero que mi hijo tenga

---

30 Pequeño juguete estacionario con forma de mesa que a su vez contiene otros juguetes. N. del T.

todo lo que cualquiera pueda tener y más. Por otro lado, siempre quise tener un niño. Los hijos siempre cuidan de sus madres.

LA CÁMARA DE SEGURIDAD PARA NIÑERAS

En otras palabras, después de años con hombres que no se comprometen y de los que no se puede depender, un hijo se convierte en un sustituto de ellos.

—Pues claro, no puedes confiar en los hombres —dijo Janice—. No puedes confiar en nadie que no sea tu pariente directo.

»La verdad es que mi marido es un ciudadano de segunda —continúa—. Solía estar loquita por él, pero entonces llegó el bebé. Ahora, cuando me pide que le dé una Coca- Cola *light*, lo mando al cuerno.

Mientras, en medio del *loft* se ha reunido una pequeña y cautelosa multitud. En el centro, bamboleándose un poco, estaba una niña diminuta ataviada con tutú y zapatillas de danza clásica.

—Brooke se empeñó hoy en ponerse su ropa de *ballet*. ¿No es adorable? —dijo una mujer alta con una radiante sonrisa—. Intenté ponerle pantalones y se echó a llorar. Ella lo sabía. Sabía que hoy debía llevar la ropa de *ballet* para poder actuar, ¿verdad, cielo? ¿Verdad, corazón?

La mujer se levantó con las manos entrelazadas a la altura del pecho, la cabeza inclinada y el rostro paralizado con una falsa y enorme sonrisa a pocos centímetros de la cara de la niña. Después comenzó a hacer extraños aspavientos.

—Lanza un beso. Lanza un beso —dijo. La pequeña, con una inalterable sonrisa, se llevó una mano a la boca y sopló entre los dedos. La madre se puso a gritar como una loca.

—También hace reverencias —le dijo Amanda a Carrie con tono burlón—. Hace trucos. Su madre logró que saliese en la portada de una de esas revistas de bebés; desde entonces está chiflada. Cada vez que la llamamos está apurada llevando a Brooke a que «la vean». Está en una agencia de modelos. Mira, es mona, pero...

Justo en ese momento otra madre pasa junto a ellas llevando de la mano a un niño de dos años.

—Mira, Garrick, una mesa. Una mesa, Garrick. ¿Sabes decir mesa? ¿Qué hacemos en la mesa? Comer, Garrick. Comemos en la mesa. ¿Sabes deletrear mesa? M-e-s-a. Garrick, alfombra. A-l-f-o-m-b-r-a, Garrick, alfombra...

Amanda comenzó a hacer salsa de cebolla para untar.

—Perdona —dijo Georgia, una mujer vestida con un traje de cuadros—. ¿Eso es de cebolla? Procura mantenerla apartada de los niños. La sal y la grasa los vuelven locos.

No obstante, esa precaución no le impidió meter un dedo en el infame mejunje y llevárselo a la boca.

—A ver, gente, ¿alguien ha ido al gimnasio Sutton? —preguntó Georgia—. Es fabuloso. Tienes que llevar a Chester al Sutton. Es como un gimnasio David Barton para niños.[31] ¿Ya ha comenzado a hablar? Si es así, quizá podáis concertar un encuentro de juegos. Rosie casi tiene un año, pero quiero llevarla a encuentros de juegos educativos.

»También os recomiendo las clases de masajes para bebés en la calle 92. Muy bueno para reforzar vínculos. Ya no les das el pecho, ¿verdad? Ya me parecía. —Extrajo otro emplasto de cebolla—. Dime, ¿qué tal tu niñera?

—Bien —respondió Amanda, mirando a Packard.

—Es jamaicana. Tenemos suerte con ella —dijo él.

—Ya, ¿pero estáis seguros de que cuida bien al pequeño Chester? —preguntó Georgia.

---

31 Célebre gimnasio de diseño. N. del T.

—El chico parece estar bien —contestó Packard.

—Sí, pero me refiero a los cuidados adecuados —concretó ella, lanzándole a Amanda una mirada llena de significado, momento en el que Packard se escabulló.

—Nunca se es lo suficientemente precavida con las niñeras esas —afirmó Georgia, inclinándose hacia ella—. Y tuve once. Al final puse una cámara espía.

—¿Una cámara espía? —preguntó Carrie.

Georgia la miró como si la viese por primera vez.

—No tienes hijos, ¿verdad? Bueno, en cualquier caso, pensé que me costaría una fortuna, pero no. La vio un amigo en *Oprah*.[32] Un tipo la instala en tu casa. Con ella puedes vigilar a la niñera durante cinco horas. Yo llamaba a la mía para preguntarle qué había hecho durante la jornada y ella me contestaba cosas como que llevó a Jones al parque y luego jugaron. Todo mentira. ¡Ni siquiera salió de casa! No hizo más que ver la tele y hablar por teléfono. Apenas hizo caso a Jones en todo el día. He hecho que la instalen todas mis amigas. ¡Una de ellas vio a la niñera intentando desmontar la cámara!

—Coño —dijo Amanda.

«Me estoy poniendo enferma», pensó Carrie.

«SEXO MARITAL»

Carrie fue al baño de la habitación de Amanda y Packard. Julie aún estaba en el dormitorio con Barry. El niño yacía en la cama con la cabeza reposada sobre el regazo de su madre. Allí también se encontraban Becca y Janice. Hablaban de sus esposos.

—Voy a decirte una cosa acerca del sexo marital —dijo Becca—. ¿Para qué?

---

32 Célebre programa de entrevistas presentado por Oprah Winfrey. N. del T.

—¿Para qué tener marido? —preguntó Julie—. Quiero decir, ¿quién quiere tener dos bebés?

—Completamente de acuerdo. Solo que ahora quiero otro hijo. Estaba pensando en deshacerme de mi esposo, pero ahora no estoy tan segura de querer... todavía.

Julie se inclinó sobre su hijo.

—¿Y tú cuando vas a crecer, chiquirritín?

Carrie regresó a la sala de estar. Se acercó a la ventana en busca de aire fresco. De alguna manera, Garrick se había separado de su madre y se encontraba en un rincón, como perdido.

Carrie se acercó. Sacó algo del bolso.

—¡Chist! Eh, chico —dijo haciendo un gesto—. Acércate.

Y Garrick, curioso, se acercó. Carrie le mostró un pequeño paquete de plástico.

—Condón, Garrick —susurró—. ¿Sabes decir condón? C-o-n-d-ó-n. Si tus padres hubiesen empleado uno, no estarías aquí.

Garrick estiró una mano para cogerlo.

—Condón —dijo.

Dos días después, Amanda llamó a Carrie.

—Acabo de tener el peor día de mi vida —afirmó—. Mi niñera tiene un hijo tres meses mayor que Chester. El chico se ha puesto enfermo y he tenido que quedarme en casa.

»Primero probé con llevarlo al parque. Ni siquiera sabía dónde se encontraba la entrada a la zona de juego y me sentí terriblemente avergonzada, pues allí dentro estaban todas las niñeras y yo no era capaz de averiguar por dónde entrar. Me miraban como preguntándose quién era yo. Después Chester quiso subirse al tobogán. Lo hizo como unas veinte veces. Y yo no dejaba de mirar a ese enorme reloj de la Quinta Avenida. Habían pasado cinco minutos. Impulsé a Chester en el columpio. Otros cinco minutos. Dejé que jugase en el arenero. Después más tobogán. Pasaron quince minutos. Le pregunté si no había tenido suficiente. Lo metí en el carrito entre gritos y pataleos. Dije que teníamos que hacer unos recados.

»Pobre Chester. Yo iba a toda prisa por la acera mientras él rebotaba en el carrito sin saber qué estaba pasando. Intenté hacer unas compras, pero no pude meter el cochecito en el probador. Después fuimos al banco y el cacharro se atascó en la puerta giratoria. Vamos a ver, ¿cómo iba a saber que no se debe meter un carro de bebé en una puerta giratoria? Quedamos atrapados. Un hombre tuvo que empujarnos centímetro a centímetro.

»Al final nos dieron las once y media. Lo llevé a casa y le preparé la comida. Un huevo.

Más tarde, por la noche, Carrie llamó a Mr. Big. Se había olvidado de la diferencia horaria... Estaba durmiendo.

—Solo quería decirte que me ha bajado la regla.

—Ah. Entonces... No hay bebé.

Colgaron, pero él llamó dos minutos después.

—Acabo de recordar la historia que estaba soñando —le dijo—. Teníamos un bebé.

—¿Un bebé? —repitió Carrie—. ¿Qué clase de bebé?

—Uno pequeñín. Ya sabes. Un recién nacido. Tumbado en la cama con nosotros.

CAPÍTULO 20

CUANDO MR. BIG NO ESTÁ, LA CHICA BAILA

Carrie conoció a la Chica en el servicio de una discoteca. No tenía intención de conocerla.

Alguien llamaba a la puerta. Carrie estaba de buen humor, pasando el rato con Cici, así que en vez de decirle a quien fuese que llamase que se fuera al cuerno, abrió un poco la puerta. Allí estaba la Chica. Tenía el cabello oscuro y se le podría llamar guapa.

—¿Puedo entrar? —preguntó.

—Claro, cómo no —contestó Carrie.

—Perdona, ¿nos conocemos de algo? —dijo Cici.

—No, no la conocemos —apuntó Carrie.

—¿Qué tenéis? —preguntó la Chica.

—¿Qué quieres? —replicó Carrie.

—Tengo una hierba que flipas.

—Bien.

La Chica lio un porro y se lo tendió.

—La mejor maría que habéis fumado en vuestra vida.

—Lo dudo —dijo Carrie, dando una profunda calada.

La discoteca estaba abarrotada y resultaba agradable andar por el servicio. La Chica se apoyó en la pared y le dio al porro. Decía tener veintisiete años, Carrie no lo creía, pero tampoco pasaba nada. Solo era, en principio, una chica que había conocido en el baño. Una circunstancia más que habitual.

—Y bien, ¿tú a qué te dedicas? —preguntó Cici.

—Pues a desarrollar mi propia empresa de cuidado de piel.

—¡Ah! —exclamó Carrie.

—Se basa en la ciencia. Me encantaría cuidar de vuestras pieles.

—¿Ah, sí? —dijo Carrie. Encendió un cigarrillo. La gente ya comenzaba a golpear la puerta.

—Deberíamos salir de aquí —apuntó Cici.

—Me gustaría que alguien cuidase de mi piel —afirmó Carrie—. No creo que esté tan bien como debería.

—Dejadme salir —insistió Cici.

—Puedo ponerla mejor —aseguró la Chica.

Era más bien bajita, pero tenía presencia. Un rostro agradable que podría llamarse hermoso, solo que debías observarlo un rato para asegurarte. Vestía pantalones de cuero y botas. Ropa cara. Hablaba en voz baja.

—Ahí fuera hay gente que me conoce —intervino Cici, moviéndose nerviosa.

—Relaja —replicó Carrie.

—Quiero que vengas conmigo —dijo la Chica—. Quiero que estés toda la noche conmigo. ¿Sabes una cosa? Me pareces preciosa.

—Ah, claro —respondió Carrie. Pero se sintió sorprendida.

¿QUÉ PASA CONMIGO?

Carrie conoció a Charlotte Netts en octavo grado. Charlotte era una de las famosas, es decir, experimentaba un desarrollo precoz. Acostumbraba a invitar a otras chicas para pasar la noche con ella. Y también a enviarles notas. Jackie, una amiga de Carrie, fue a dormir a casa de Charlotte y al día siguiente se supo que había llamado a su padre en plena noche para que fuese a buscarla. Según dijo Jackie, Charlotte la había «atacado». Intentó besarla y tocarle los pechos, y quería que Jackie le hiciese lo mismo. Dijo que era «practicar para los chicos». Después de eso dejaron de ser amigas.

Era una historia inquietante; Carrie tardó años en poder compartir una cama con otras chicas o desnudarse frente a ellas, aunque en teoría debería hacerlo sin problema, pues todas eran mujeres. Muy a menudo se preguntaba qué pasaba con ella, por qué no podía ser como todo el mundo y no ponerse tan nerviosa. Aunque, en cualquier caso, hubiese sido muy desagradable tener que decir no a las proposiciones sexuales de tu amiga.

Unos años antes, dos amigas suyas se emborracharon y terminaron pasando la noche juntas. Al día siguiente, llamaron a Carrie para quejarse, en privado, de que la otra había intentado mantener relaciones sexuales con ella y aconsejarle andar con cuidado. Carrie no supo a quién creer. Ellas, por su parte, dejaron de ser amigas.

DURA PERSUASIÓN

Mr. Big estuvo fuera todo el mes de octubre y las cosas se apagaron un poco. La gente paseaba con ropa otoñal por las calles del Upper East Side, aunque el tiempo aún era demasiado cálido y soleado. Al principio, Carrie pasó las noches en casa, sin beber y leyendo *Persuasión*, de Jane Austen, en vez de ver la película. Ya la había leído dos veces, pero en esta ocasión la novela le resultó aburrida, los personajes se enredaban en largos discursos y ella comenzaba a sentirse deprimida por la falta de alcohol y fiestas. Después probó a salir, pero nadie había cambiado o hacía algo nuevo.

Una noche, Stanford Blatch se presentó tarde en Wax, el nuevo local del Soho, con un pañuelo de hombre atado alrededor del cuello.

—¿Qué ha pasado? —preguntó Carrie.

—Ah, te refieres a esto. Es culpa del Ganso.

El tal Ganso era un hombre al que le gustaba tener el cuello apretado durante el sexo.

—Lo cual estuvo muy bien hasta que intentó hacérmelo a mí —prosiguió—. De todos modos, probablemente volveré a verme con él. Así de enfermo estoy.

A la noche siguiente cenó con Rock McQuire, un actor televisivo.

—Lo que de verdad quiero es tener novio —dijo—. Creo que por fin estoy preparado para mantener una relación.

—Eres un tío genial —afirmó Carrie—. Inteligente, guapo y todo un triunfador. No deberías tener problema.

—Pues no es tan fácil. No quiero salir con un guaperas de veintidós años. Pero si salgo con alguien que esté en la treintena, también tendrá que ser un triunfador. ¿Cuántos de esos andan por aquí? Así que al final acabo yendo a un *sex club*, tengo un encuentro y me voy a casa. Al menos no es, ya sabes, tan complicado desde un punto de vista emocional.

A la mañana siguiente llamó Miranda.

—No vas a creer lo que he hecho.

—¿Y qué has hecho, cielo? —preguntó Carrie cerrando el puño derecho, gesto que repetía mucho últimamente.

—¿Tienes un segundo? Te va a encantar.

—No, ando apurada, pero me muero por oírlo.

—Fui a una fiesta con mi amiga Josephine. Conoces a Josephine, ¿no?

—No, aunque…

—Os presenté. Fue en aquella fiesta de mi amiga Sallie. A Sallie sí la recuerdas, ¿verdad? Sallie la Moto.

—Sallie la Moto.

—Eso es. Por allí había un montón de jugadores de béisbol. ¿Y sabes qué? Me lie con uno y después fui al dormitorio con otro y lo hicimos, allí, en la fiesta.

—Increíble. ¿Estuvo bien?

—Maravilloso.

«Cuando menos te lo esperas», pensó Carrie.

TRAS EL MURO

—Vamos a recorrer locales —propuso la Chica.

Estaban sentados en un banco, Carrie, la Chica y los amigos de la Chica, que resultaron ser unos veinteañeros poco atractivos, con el cabello corto y encrespado.

—No has conocido a nadie más rico que ellos —había susurrado antes la Chica, aunque Carrie los consideraba total y absolutamente olvidables.

La Chica le tiró del brazo haciendo que se levantase. Le dio una patada al chico más próximo a ella.

—Vamos, zoquete, queremos ir a dar una vuelta.

—Me voy a una fiesta en la torre Trump —dijo él con un impostado acento europeo.

—Una mierda vas a ir —espetó ella. Luego, se dirigió a Carrie con un susurro—: Vamos, cielo. Ven con nosotros.

Carrie y la Chica se apretujaron en el asiento frontal del coche del chico, un Range Rover, y partieron hacia Uptown.

—¡Para el coche, gilipuertas! —chilló la chica de repente.

Se inclinó, abrió la puerta y sacó a Carrie con un empujón.

—Nos vamos.

Y allí quedaron las dos bajando a la carrera por las calles abiertas al oeste de la Octava Avenida.

Encontraron un local y entraron. Recorrieron el sitio cogidas de la mano; ella conocía a alguna gente, Carrie a nadie y eso le gustaba. Los hombres las miraban al pasar, pero no les dedicaban un segundo vistazo. No era como si fuesen dos chicas saliendo con la intención de pasarlo bien; había un muro. Al otro lado del muro había libertad y poder. Era una sensación agradable. «Así voy a ser a partir de ahora», pensó Carrie. No sintió miedo.

Recordaba una fiesta reciente en la que una mujer llamada Alex le contó una historia acerca de cierta amiga suya bisexual. Salía con hombres y mujeres. Podía estar con un hombre que le gustase, encontrar a una chica y dejarlo a él por ella.

—A ver, nunca he estado con una mujer —dijo Alex—. Quizá sea la única... ¿Pero quién no ha dicho alguna vez «ojalá fuese lesbiana para no tratar con hombres»? Sin embargo, lo curioso es que mi amiga dijo que estar con otra fue muy intenso, pues son dos mujeres en la relación. ¿Ves que las mujeres siempre quieren hablarlo todo? Pues bien, imagina eso multiplicado por dos. Una conversación continua. Hablarlo todo y de todo, hasta las cuatro de la mañana. Un tiempo después tuvo que dejarlo y regresar a los hombres; ya no soportaba tanta charla.

—¿Has estado alguna vez con una mujer? —le preguntó la Chica a Carrie—. Te gustaría.

—Vale —respondió Carrie. «Ya estoy preparada para eso—pensó—. Ha llegado el momento. Quizá haya sido lesbiana toda mi vida sin saberlo». Imaginó los besos. La Chica sería más suave y mullida que un hombre. Pero no importaba.

Carrie fue a casa de la Chica. Vivía en un apartamento de dos dormitorios en un edificio caro del Upper East Side. La decoración se basaba en muebles daneses y tejidos afganos. Había gatitos de porcelana en las consolas. Fueron a la cocina y la Chica prendió la *chusta* de un porro. Tenía un cuenco de loza, pequeño, lleno de *chustas*. Había una botella de vino abierta, mediada. Sirvió un par de copas y le ofreció una a Carrie.

—Aún me acuesto con hombres de vez en cuando —dijo la Chica—. Pero es que me vuelven loca.

—Ajá.

Pensaba en cuándo y cómo la Chica plantearía su avance.

—Me acuesto con hombres y mujeres, pero las prefiero a ellas.

—¿Y por qué te acuestas con hombres? —preguntó Carrie.

La muchacha se encogió de hombros.

—Son buenos para algunas cosas.

—Es decir, la vieja historia de siempre. —Le echó un vistazo al apartamento. Encendió un cigarrillo y se recostó en la encimera—. Bien. ¿De qué trata el asunto? No, de verdad. Debes de tener una pasta para permitirte este apartamento, eso o hay otra cosa.

La Chica dio un sorbo de vino.

—Bailo.

—Ah, mira tú. ¿Dónde?

—En Stringfellows. Soy buena. Puedo ganar mil dólares en una noche.

—Entonces se trata de eso —preguntó Carrie.

—¿Me das un cigarro? —le pidió.

—Las bailarinas exóticas se acuestan unas con otras porque odian a los hombres.

—Sí, bueno —dijo ella—, todos los hombres son unos fracasados.

—Los que conoces. Los que van a ese local.

—¿Acaso los hay de otro tipo? —La piel de la Chica no parecía tan buena bajo la luz de la cocina, Carrie advirtió marcas como de viruela bajo una gruesa capa de base—. Estoy cansada. Acostémonos.

—Vamos —aceptó Carrie.

Fueron al dormitorio. Carrie se sentó al borde de la cama e intentó mantener un hilo de conversación.

—Voy a ponerme más cómoda —dijo la Chica. Se acercó al armario. Se quitó sus modernos pantalones de cuero y se puso un amplio pantalón de chándal gris. Se quitó la camiseta. Al desabrocharse el sujetador, se dio la vuelta. Sin su ropa se veía baja y algo gordita.

Se tumbaron en la cama. El efecto de la hierba comenzaba a debilitarse.

—¿Tienes novio? —preguntó la Chica.

—Sí —respondió Carrie—. Tengo novio y estoy loca por él.

Permanecieron tumbadas unos minutos. La añoranza de Mr. Big le causó dolor de estómago.

—Mira —dijo—, tengo que irme a casa. Pero ha sido genial conocerte.

—Ha sido genial conocerte —repitió la Chica. Volvió la cabeza hacia la pared y cerró los ojos—. Asegúrate de cerrar la puerta al salir, ¿vale? Te llamaré.

Dos días después sonó el teléfono y era la Chica. «¿Por qué tuve que darle el teléfono?», pensó Carrie.

—Hola. ¿Carrie? Soy yo. ¿Cómo estás?

—Bien —respondió Carrie. Hubo una pausa—. Escucha. ¿Puedo llamarte en un rato? Dame tu número.

Lo apuntó, aunque ya lo tenía. No le devolvió la llamada hasta pasadas dos horas, al salir, pero no respondió. Dejó que saltase el contestador.

PASARELA

Unos días después, Carrie asistió al desfile de moda de Ralph Lauren en Bryant Park. Las chicas, altas y delgadas, salían de una en una con sus largas melenas rubias flotando sobre los hombros. Por un momento, el mundo se convirtió en un lugar hermoso; las modelos intercambiaban miradas y sonrisas discretas al cruzarse.

CAPÍTULO 21

LAS MUJERES QUE CORRÍAN CON LOS LOBOS: ¿ETERNOS SOLTEROS? YA NOS VEMOS

Durante las pasadas semanas tuvieron lugar una serie de acontecimientos en apariencia inconexos pero similares.

Simon Piperstock, dueño de una compañía de programación informática, estaba guardando cama en su lujoso apartamento de dos dormitorios, cuidándose una gripe, cuando sonó el teléfono.

—Eres un mierda —dijo una voz de mujer.

—¿Cómo? —preguntó Simon—. ¿Quién es?

—Soy yo.

—Ah, M. K., iba a llamarte, pero tengo gripe. Tremenda fiesta la de la otra noche.

—Me alegro de que la disfrutases —dijo M. K.—. Porque fuiste el único.

—¿De verdad? —Se incorporó en la cama.

—Por tu culpa, Simon. Tu comportamiento es deplorable. Es asqueroso.

—¿Qué hice?

—Llevar a ese bomboncito. Siempre llevas uno. Ya nadie lo soporta.

—Oye. Espera un momento —replicó—. Teesie no es un bomboncito. Es una chica muy inteligente.

—Exacto, Simon. ¿Por qué no te dedicas a algo bueno? ¿Por qué no te casas?

Y colgó el teléfono.

Harry Samson, un marchante de arte de cuarenta y seis años, además de un muy conocido y codiciado soltero, estaba pasando una de sus noches de copas en Frederick's cuando le presentaron a una mujer muy atractiva de unos veinticinco años. Acababa de mudarse a Nueva York para trabajar como ayudante de un artista que trabajaba con Harry.

—Hola. Soy Harry Samson —saludó con su deje de la costa este, quizá causado por el hecho de tener un cigarrillo colgando de la comisura de sus labios.

—Sé quién eres —le dijo la chica.

—¿Una copa? —ofreció Harry.

Ella le lanzó una mirada a una amiga que la acompañaba.

—Eres el tipo ese, ¿verdad? No, gracias. Tu fama te precede.

—El sitio este está insoportable esta noche —dijo él sin dirigirse a nadie en concreto.

Hay algo podrido en la sociedad neoyorquina y es el personaje antes conocido como soltero «codiciado». No es tu imaginación. Esos hombres de cuarenta o cincuenta años que nunca se han casado y no han tenido una novia formal, al menos desde hace años, acaban desprendiendo un tufillo inconfundible. Las pruebas están por todos lados.

216

Miranda Hobbes se encontró con Packard y Amanda Deale en una fiesta navideña; había conocido a la pareja a través de Sam, el banquero de inversiones con el que salió tres meses durante el verano.

—¿Dónde te has metido? —preguntó Amanda—. Te hemos llamado para invitarte a un par de nuestras fiestas, pero no supimos de ti.

—No pude —dijo Miranda—. Sé que sois amigos de Sam, lo siento, pero, a decir verdad, no lo soporto. No puedo estar en la misma habitación que él. Ese hombre está enfermo. Creo que odia a las mujeres. Te da esperanzas, dice que quiere casarse contigo y después ni te llama. Mientras, pasa el rato intentando conseguir veinteañeras.

Packard se aproximó.

—Ya no somos amigos suyos. Amanda no lo aguanta y yo tampoco. Ha entablado amistad con ese tío llamado Barry y se dedican a ir cada noche a esos restaurantes del Soho para intentar conseguir alguna mujer.

—¡Si son unos cuarentones! —exclamó Amanda—. Es asqueroso.

—¿Cuándo van a madurar? —preguntó Miranda.

—O a salir del armario —apuntó Packard.

QUE NO VIENE EL LOBO

Una tarde gris a finales de noviembre, un hombre al que llamaremos Chollie Wentworth no dejaba de hablar de uno de sus temas preferidos… La sociedad neoyorquina.

—¿Y esos eternos solteros? —preguntó, desgranando los nombres de algunos de los bien conocidos fichajes que habían protagonizado parte de la escena durante años—. Francamente, querida, son un aburrimiento.

Chollie se dispuso a tomar su segundo escocés.

—Hay muchas razones por las que un hombre no se casaría —dijo—. Algunos no ven más allá del sexo y opinan que el matrimonio lo arruina. Después está la difícil elección entre una treintañera capaz de cuidar a tus hijos o una como Carol Petrie, que puede organizarte la vida.

»Las madres también pueden ser un problema. Tal es el caso de X —afirmó, citando el nombre de un financiero multimillonario a punto de cumplir los sesenta que aún no había sentado la cabeza—. Sufre una *bomboncitis* crónica. Pero, mira, si fueses X, ¿a quién ibas a llevar a casa? ¿Vas a desafiar a tu madre con una mujer hecha y derecha capaz de perturbar a la familia?

»Y aun así —prosiguió Chollie, inclinándose hacia delante—, mucha gente está harta de los problemas de esos tipos para comprometerse. Si fuese una mujer soltera, me plantearía por qué molestarme con uno de esos cuando hay 296 millones de divertidos homosexuales por ahí para ocupar su puesto. Para salir, buscaría a un homosexual interesante que me pudiese entretener con cien temas. ¿Por qué perder el tiempo con X? ¿Quién quiere quedarse ahí sentada escuchándolo hablar sin parar de sus negocios? ¿Andar adulándolo? Es viejo. Es demasiado viejo para cambiar. No merece la pena esforzarse con un hombre como X. Esos han gritado que no viene el lobo demasiadas veces.

»Después de todo, es la mujer quien decide si un hombre es deseable o no. Y si él no piensa hacer el esfuerzo de casarse, de contribuir... Bueno, pues me parece que las mujeres están hartas. Y con razón.

JACK Y LA CENA DE ACCIÓN DE GRACIAS

—Lo que pasa es esto, mira —dijo Norman, un fotógrafo—. Piensa en Jack. Conoces a Jack, ¿no?... Todo el mundo conoce a

Jack. Llevo tres años casado. A él lo conozco desde hace diez. El otro día estuve pensando en que no ha conservado a una novia más de seis semanas desde que lo conozco. Bueno, el caso es que fuimos a celebrar la cena de Acción de Gracias a casa de unos amigos. Todos nos conocíamos desde hacía años. Vale, no todos estaban casados, pero al menos los solteros tenían una relación seria. Y va Jack y se presenta, cómo no, con un bomboncito. Veintipico. Rubia. Y resulta, por supuesto, que es una camarera a la que había conocido una semana antes. Así que, para empezar, es una desconocida; para seguir, no encaja; y, para terminar, cambia el ambiente de la cena. Además, él es inútil, pues solo piensa en echar un polvo. Cualquiera que se encuentre con Jack lo ve siempre en esa misma situación. ¿Para qué invertir tiempo en él? Después de Acción de Gracias, las mujeres del grupo decidieron que Jack estaba fuera. Lo echamos.

Samantha Jones cenaba con Magda, la novelista, en el Kiosk. Hablaban de solteros... En concreto de Jack y Harry.

—Alguien dijo que Jack aún habla de las que se ha tirado —dijo Magda—. La misma charla de hace quince años. Los hombres creen que una mala reputación es algo que solo las mujeres pueden entender. Se equivocan. ¿No comprenden que nosotras, al ver a esos bomboncitos con quienes quieren estar, dejamos de querer estar con alguien que quiere estar con eso?

—Mira a Harry —apuntó Samantha—. Puedo llegar a comprender a Jack, más o menos..., está absolutamente concentrado en su carrera y ganando una pasta. Pero no es lo que quiere Harry. Dice no importarle ni el poder ni el dinero. Por otro lado, tampoco se preocupa del amor y las relaciones. ¿De qué va exactamente? ¿Cuál es la razón de su existencia?

—Además —intervino Magda—, quién sabe dónde habrán metido esos sus mugrientas pollas.

—No sé si hay algo en este mundo que me interese menos —comentó Samantha.

—El otro día me encontré con Roger, frente a Mortimer's, por supuesto.

—Ya debe tener unos cincuenta.

—Poco le falta. Ya sabes que salí con él cuando yo tenía veinticinco. *Town & Country* lo acaba de nombrar uno de los solteros más codiciados de Nueva York. Al enterarme, recuerdo que pensé en lo vejestorio que es. En primer lugar, vive con su madre... Sí, ya, tiene el piso de arriba de la residencia, pero aun así. Después está esa casa perfecta en Southampton y la otra, igual de perfecta, en Palm Beach, además de la pertenencia a Bath & Tennis. Bien, ¿pues sabes una cosa? Eso es todo. Esa es su vida. Desempeñar el papel de soltero codiciado. No hay nada bajo esa capa superficial.

—¿Y cómo le va ahora? —preguntó Samantha.

—Como siempre —respondió Magda—. Estuvo con todas las neoyorquinas posibles y cuando rellenó el cupo se mudó a Los Ángeles. Desde allí fue a Londres y ahora vive en París. Dice haber regresado un par de meses a Nueva York para pasar algo de tiempo con su madre.

Las dos chillaron de risa.

—Atiende —prosiguió Magda—. Me contó un cuento. Va y me dice que le encantan las chicas francesas. Y se va a cenar a casa de ese pez gordo francés que tiene tres hijas. Según él, se quedaría con cualquiera de ellas. Pues comienza la cena y cree que lo está haciendo bien, así que les habla de un amigo, algún príncipe árabe, que tiene tres esposas, todas ellas hermanas. Las francesas comenzaron a lanzarle miradas asesinas y la cena concluyó casi de inmediato.

—¿Crees que esos tíos lo pillan? ¿Crees que se dan cuenta de lo patéticos que son?

—Qué va.

«SUFRO»

Al día siguiente, Simon Piperstock realizó varias llamadas desde la sala de espera reservada a los pasajeros de primera clase en el aeropuerto Internacional John F. Kennedy. Una fue a cierta joven con la que había salido unos años atrás.

—Estoy de camino a Seattle —dijo Simon—. No me encuentro bien.

—¿En serio? —La voz de la mujer sonó casi feliz por saberlo.

—Por alguna desconocida razón, todo el mundo me dice que mi conducta es reprobable. Asquerosa, dicen.

—¿Y crees que lo es?

—Un poco.

—Ya veo.

—Mi relación con Mary no va bien, así que me llevé a esa chica mona, una amiga, a la fiesta. Es una tía simpática. Y una amiga. Pero todo el mundo se metió conmigo por eso.

—Tus relaciones nunca funcionan, Simon.

—Después me encontré en el teatro con una mujer que había sido mi pareja hace años. No acababa de gustarme, así que nos hicimos amigos. Llega y me dice: «¿Sabes? Nunca hubiera querido tener nada que ver contigo. Ni tampoco ninguna amiga mía. Has herido a demasiadas mujeres».

—Y así es.

—¿Y qué se supone que debo hacer? Sufro el problema de pensar que nunca encuentro a la persona adecuada. Así que salgo con gente. ¡Jesús! Todo el mundo lo hace. —Hubo una pausa—. Ayer estuve enfermo.

—Vaya, qué contratiempo —dijo la mujer—. ¿No te hubiese gustado tener a alguien que cuidase de ti?

—Pues no, la verdad. En realidad solo fue algo leve... Maldita sea. Sí. Es cierto. Pensé en eso. ¿Crees que tengo un problema? Me gustaría verte. Hablar de ello. Quizá puedas ayudarme.

—Ahora tengo novio y vamos en serio. Es posible que nos casemos. Francamente, no creo que le gustase saber que me he visto contigo.

—Ah. Vale.

—Pero llámame cuando quieras.

CAPÍTULO 22

HUESO Y EL VISÓN BLANCO: *CANCIÓN DE NAVIDAD* SEGÚN CARRIE

Navidad en Nueva York. Las fiestas. La estrella de la calle 57. El árbol. La mayor parte de las veces nunca es como debería. Pero de vez en cuando pasa algo y sale bien.

Carrie estaba en el Rockefeller Center pensando en los fantasmas de las Navidades pasadas. «¿Cuántos años han pasado desde la última vez que estuve aquí?», se preguntó mientras ajustaba los patines. Los dedos le temblaron ligeramente al pasar los cordones por los ganchos. Ilusión. Esperanza de un hielo sólido y limpio.

Samantha Jones le hizo recordar. Últimamente, Sam se había quejado por no tener novio. Por haber pasado años y años sin un amor en esas fechas.

—Ahora eres afortunada —le dijo a Carrie, y ambas sabían que era cierto—. Me pregunto si alguna vez me tocará a mí —añadió. Y ambas sabían a qué se refería—. Paso junto a los árboles de Navidad y me siento triste.

Sam pasea junto a los árboles de Navidad y Carrie patina. Y recuerda.

Era la segunda Navidad de Skipper Johnson en Nueva York y estaba volviendo loco a todo el mundo. Una noche fue a tres fiestas de copas seguidas.

En la primera vio a James, un maquillador de artistas. James también estuvo en la segunda y tercera fiesta de copas y Skipper habló con él. No podía evitar hablar con todo el mundo. Remy, un peluquero estilista, se acercó a Skipper.

—¿Qué haces con el James ese? —le preguntó—. Eres demasiado para él.

—¿A qué te refieres? —dijo Skipper.

—Os he visto juntos en todas partes. Déjame decirte una cosa. Ese tío es una basura. Un drogadicto. Puedes conseguir algo mejor.

—Pero si no soy homosexual.

—Oh, por supuesto, querido.

A la mañana siguiente, Skipper llamó a Stanford Blatch, el guionista.

—La gente cree que soy homosexual y eso daña mi reputación.

—Vamos, por favor —dijo Stanford—. Las reputaciones son como la arena del gato. Puedes cambiarla a diario. De hecho, así se debería hacer. Además, bastante tengo con mis propios problemas ahora mismo.

Llamó a River Wilde, el famoso novelista.

—Quiero verte —le dijo.

—No.

—¿Por qué no?

—Porque estoy ocupado.

—¿Ocupado con qué?

—Con Mark. Mi nuevo novio.

—No comprendo, creía que éramos amigos.

—Él hace cosas por mí que tú no harías.

Hubo una pausa.

—Pero hago otras que él no puede.

—¿Como cuáles?

Otra pausa.

—Eso no significa que tengas que pasar todo el tiempo con él —protestó Skipper.

—¿Es que no te llega, Skipper? Está aquí. Tiene sus cosas aquí. Su ropa interior. Sus cedés. Sus bolas de pelo.

—¿Sus bolas de pelo?

—Tiene un gato.

—¡Ah! —exclamó Skipper. Y añadió—: ¿Dejas entrar a un gato en tu apartamento?

Llamó a Carrie.

—No lo soporto. Es Navidad y todo el mundo tiene una relación. Todo el mundo menos yo. ¿Qué haces esta noche?

—Big y yo nos quedamos en casa —contestó Carrie—. Voy a cocinar.

—Quiero un hogar. Necesito una casa. Quizá en Connecticut. Quiero tener un nido.

—Skipper, tienes veinticinco años.

—¿Por qué las cosas no pueden ser como el año pasado, cuando nadie tenía una relación? —gimió Skipper—. Anoche tuve el más asombroso de los sueños con Gae Garden —dijo, refiriéndose a la famosa, por su frialdad, miembro de la alta sociedad de unos cuarenta y cinco años—. Es tan hermosa. Soñaba que íbamos de la mano y estábamos enamorados. Y me desperté absolutamente hundido porque no era verdad. Era ese sentimiento. ¿Crees que alguna vez se pueda sentir eso en la vida real?

El año pasado, Skipper, Carrie y River Wilde asistieron a la fiesta de Navidad que Belle celebró en su mansión del campo. Skipper conducía su Mercedes y River, sentado en el asiento trasero como una especie de personaje papal, le hizo cambiar de emisora de radio hasta encontrar música tolerable para él. Después regresaron al apartamento del novelista; allí River y Carrie comenzaron a charlar mientras Skipper se preocupaba por haber dejado el coche mal aparcado. Se acercó a la ventana para mirar y lo vio... ¡La grúa se lo estaba llevando! Comenzó a gritar, pero Carrie y River le dijeron que se metiese una raya, se fumase un porro o, al menos, se tomase otra copa. Pensaron que era un caso de histerismo.

Al día siguiente, Stanford Blatch acompañó a Skipper hasta el depósito para recoger el coche. El vehículo tenía una rueda sin aire y Stanford se sentó dentro, leyendo periódicos mientras Skipper la cambiaba.

HUESO

—Necesito un favor —dijo Stanford Blatch.

Carrie y él estaban en Harry Caprini teniendo su comida navideña anual.

—Tengo que vender unos cuadros en la subasta de Sotheby's. Quiero que te sientes entre el público y pujes.

—Bien —aceptó Carrie.

—La verdad es que estoy arruinado —manifestó Stanford. Su familia se distanció de él tras la pérdida de una inversión hecha en una banda de *rock*. Después gastó todo el dinero ganado con su último guion—. He sido un idiota.

Y, además, estaba Hueso. Stanford había escrito un guion para él y le estaba pagando lecciones de interpretación.

—Dijo que no era homosexual, por supuesto, pero no lo creí. Nadie lo entiende. Yo cuidé a ese chico. Solía quedarse dormido por la noche mientras hablábamos por teléfono. Acunando el auricular entre sus brazos. Nunca he conocido a nadie tan vulnerable. Tan liado.

La semana anterior, Stanford le preguntó a Hueso si quería ir a la exposición benéfica del Instituto del Traje en el Museo Metropolitano. Hueso se volvió loco.

—Le dije que sería bueno para su carrera. Y me gritó. Insistía en que no era homosexual. En que lo dejase en paz. Dijo que no quería volver a hablar conmigo.

Stanford dio un sorbo a su *bellini*.

—La gente cree que lo amaba en silencio —prosiguió—. Yo creo que no.

»Una vez me pegó. Estaba en su apartamento. Comenzamos a reñir. Le había arreglado una audición con un director. Dijo que estaba muy cansado. Que debería irme. Yo le propuse hablar de ello. Me estrelló contra la pared y después me levantó, literalmente, y me tiró por las escaleras. Vivía en un apartamento barato, sin ascensor, por supuesto. Un chico tan guapo como él. Desde entonces no me funciona bien el hombro.

EL VISÓN BLANCO

Carrie oía quejas acerca de Skipper. Y procedían de mujeres mayores que él. Como la agente de Carrie y una de sus editoras en una revista. Skipper les había puesto la mano en las rodillas, bajo la mesa, mientras cenaban en diferentes locales de la ciudad.

La noche de la fiesta benéfica del Instituto del Traje, Mr. Big llegó a casa cuando Carrie se estaba arreglando el pelo mientras chillaba a Skipper por teléfono. Traía un paquete de buen tamaño bajo el brazo.

—¿Qué es eso? —preguntó Carrie.

—Es un regalo para mí —respondió.

Fue al dormitorio y salió sosteniendo un abrigo de visón blanco.

—Feliz Navidad.

—Skipper, tengo que colgar.

Exactamente tres años atrás, en Navidad, Carrie vivía en un estudio donde había muerto una anciana dos meses antes.

No tenía dinero. Un amigo le dejó un trozo de espuma para hacer una cama. Solo tenía un abrigo de visón y una maleta Louis Vuitton, cosas que desaparecieron cuando el piso sufrió el inevitable robo. Hasta entonces había dormido sobre el trozo de espuma, cubierta con el abrigo de piel, y salía todas las noches. Le gustaba a la gente y nadie hacía preguntas. Cierta noche la invitaron a una fiesta, otra más, celebrada en el apartamento que alguien tenía en Park Avenue. Sabía que en realidad no encajaba y siempre se sentía tentada a atiborrarse de comida gratis, pero esas cosas no se hacen. Lo que sí hizo fue conocer a un hombre con dinero. Él la invitó a cenar y ella pensó «que os den, que os den a todos».

Fueron a cenar a Elio's y se sentaron en una de las mesas frontales. El hombre rio mucho y comió palillos de pan después de untarlos de mantequilla fría con su cuchillo.

—¿Eres una escritora de éxito? —preguntó.

—El próximo mes publican una historia mía en *Woman's Day* —contestó Carrie.

—¿En *Woman's Day*? ¿Quién lee *Woman's Day*? —Y luego añadió—: Voy a pasar la Navidad en San Bartolomé. ¿Has estado allí?

—No.

—Deberías ir. De verdad. Yo alquilo una villa todos los años. Todo el mundo va a San Bartolomé.

—Seguro.

La siguiente vez que salieron a cenar había cambiado de idea y no era capaz de decidir entre esquiar en Gstaad o en Aspen, o ir a San Bartolomé. Le preguntó dónde había estudiado.

—En Nayaug, un instituto de Connecticut.

—¿Nayaug? Nunca oí hablar de ese lugar. Oye, ¿crees que debería hacerle un regalo de Navidad a mi exnovia? Dice que me va a hacer uno. Bueno, da igual.

Carrie se quedó mirándolo.

Aun así, su tristeza se alivió unos cuantos días hasta comprender que quizá no la volviese a llamar.

Ella lo llamó dos días antes de Navidad.

—Ah, estoy a punto de despegar —le dijo.

—¿A dónde has decidido ir?

—A San Bartolomé. Después de todo, tenemos una casa estupenda para dar fiestas. Jason Mould, el director de cine, y su novia, Stelli Stein, vienen desde Los Ángeles. Pero, bueno, que tengas una muy feliz Navidad, ¿vale? Espero que Papá Noel sea bueno contigo.

—Feliz Navidad para ti también.

HOLA, MAMÁ

Esa tarde fue a patinar sobre hielo y se dedicó a girar y girar en el centro de la pista hasta que echaron a todo el mundo para cerrar. Llamó a su madre.

—Voy a casa.

Comenzó a nevar. Cogió un tren en la estación de Pensilvania. No había asientos. Se quedó de pie en el pasillo entre vagones.

El tren atravesó Rye y Greenwich. La nevada se convirtió en ventisca. Pasaron Greens Farms, Westport y luego las pequeñas y sucias ciudades industriales. El tren se detuvo, retrasado por la nieve. Los pasajeros, desconocidos entre sí, comenzaron a charlar unos con otros. Era Navidad.

Carrie encendió un cigarrillo. No dejaba de pensar en el hombre, en Jason Mould y en Stelli Stein (quienquiera que fuese) tumbados alrededor de una piscina bajo el cielo azul de San Bartolomé. En sus pensamientos, Stelli Stein llevaba un bikini blanco y un sombrero negro. Bebían con pajita. Luego iría gente a comer. Y todos eran altos, bronceados y hermosos.

Carrie observó la nieve colándose en el vagón a través de una rendija abierta en la puerta. Se preguntó si alguna vez conseguiría algo.

Era medianoche. Skipper estaba sentado en su apartamento, frente a la ventana, hablando por teléfono con California. Un taxi se detuvo al otro lado de la calle, frente al edificio. Vio a un hombre y a una mujer liándose en el asiento trasero. Luego ella salió, vestía un gran abrigo de piel y unos doce jerséis de cachemir enrollados alrededor de la cabeza, y el taxi se fue.

Era Samantha Jones.

Dos minutos después sonó el timbre.

—Sam —saludó Skipper—. Te estaba esperando.

—Venga, Skipper, haz el favor. No seas crío. Me preguntaba si podrías dejarme un poco de champú.

—¿Champú? Oye, ¿y una copa?

—Vale, una pequeña. Y no pienses en cosas raras, como ponerle éxtasis o cosas así.

—¿Éxtasis? Ni siquiera consumo drogas. Jamás me he metido coca, lo juro. Vaya... No puedo creer que estés en mi apartamento.

—Tampoco yo —dijo Sam. Y comenzó a deambular por la sala, tocando cosas—. ¿Sabes una cosa? No soy tan organizada como todo el mundo cree.

—¿Por qué no te quitas el abrigo? —propuso Skipper—. Siéntate. ¿Quieres sexo?

—Lo que quiero es lavarme la cabeza.

—Puedes hacerlo. Después.

—No creo.

—¿Quién era ese con el que te besabas en el taxi? —preguntó él.

—Pues otro al que no quiero o no puedo tener —respondió Samantha—. Como tú.

—Pero sí puedes tenerme. Estoy disponible.

—Exactamente.

ERES MUY MALO

—Estoy encantado de que hayas venido a verme, *chéri* —dijo una voz masculina desde la sala de estar.

—Sabes que siempre vengo —contestó Hueso.

—Pasa. Tengo unos regalos para ti.

Hueso comprobó su aspecto en el espejo del vestíbulo de mármol y después entró en la sala. Un hombre de mediana edad estaba sentado en un sofá, golpeando un pie calzado con pantuflas italianas contra una mesita de café.

—Acércate. Deja que te vea. Mira cómo has envejecido en estos dos últimos meses. ¿No te ha dañado el sol tras nuestros días en el Egeo?

—Tú no has envejecido nada —afirmó Hueso—. Siempre pareces un jovencito. ¿Cuál es tu secreto?

—Esa maravillosa crema para el rostro que me diste —contesta el hombre—. ¿Cuál era?

—Kielh's

Hueso se sentó en el borde de una butaca.

—Deberías traerme más. ¿Aún tienes el reloj?

—¿El reloj? —repitió Hueso—. Ah, se lo di a un sintecho. No hacía más que preguntarme la hora, así que supuse que lo necesitaba.

—Ay, eres muy malo… Haciéndome rabiar así.

—¿Crees que daría algo que me has regalado?

—No—contestó el hombre—. Oye, mira qué te he traído. Jerséis de cachemir de todos los colores. ¿Te los pruebas?

—Siempre que me los pueda quedar.

LA FIESTA DE RIVER

La fiesta navideña anual de River Wilde. Música a todo volumen. Gente por todas partes, hasta en el hueco de la escalera. Consumiendo drogas. Alguien ha orinado desde el balcón sobre la cabeza de un confiado vigilante. Hueso no hacía caso de Stanford Blatch, que se presentó con dos modelos gemelos recién instalados en la ciudad. Skipper se estaba liando con una en una esquina. El árbol de Navidad se cayó.

Skipper se apartó de la mujer y se acercó a Carrie. Ella le preguntó por qué estaba siempre intentando besar a alguna chica.

—Es como si fuese mi deber —contestó, y luego le preguntó a Mr. Big—: ¿No te ha impresionado lo rápido que me muevo?

Skipper se acercó a River.

—¿Por qué ya no me incluyes? Siento como si todos mis amigos me estuviesen puteando. Es por Mark, ¿verdad? No le gusto.

—Si continúas así, no vas a gustarle a nadie —le dijo River. Alguien vomitaba en el servicio.

A la una de la mañana el suelo estaba inundado de alcohol y una caterva de drogatas había ocupado el cuarto de baño. El árbol se había caído tres veces y nadie era capaz de encontrar su abrigo.

—Por fin me he olvidado de Hueso —le dijo Stanford a River—. Nunca me había equivocado, pero quizá sí sea hetero.

River lo miró perplejo.

—Vamos, River —añadió con una repentina alegría—. Mira tu árbol de Navidad. Mira lo bonito que es.

CAPÍTULO 23

CUENTO DE SEXO Y AFLICCIÓN EN LA FIESTA DE CHICAS: ERA RICO, CARIÑOSO Y... FEO

Carrie pasaba frente a Bergdorf's cuando se encontró con Bunny Entwistle.

—¡Cielo! —dijo Bunny—. Hace siglos que no te veo. ¡Qué buen aspecto tienes!

—Tú también.

—Tienes que comer conmigo. Pero de inmediato. Amalita Amalfi me dejó plantada. Sí, también está en la ciudad y, sí, aún somos amigas.

—Probablemente esté esperando una llamada de Jake.

—¿Pero aún se ven? —Bunny se echó su cabello rubio platino sobre el hombro del abrigo de marta cibelina—. Tengo mesa en 21. Ven a comer conmigo, por favor. Llevo un año fuera de Nueva York y me muero por cotillear.

Bunny era una cuarentona, aún atractiva, con un bronceado de Los Ángeles y ocasional actriz televisiva, pero antes de todo eso había pasado años en Nueva York. Personificaba la quin-

233

taesencia de la juerguista, una chica con la que ningún hombre pensaría en casarse, pero que muchos intentaban llevarla a la cama.

—Quiero una mesa al fondo. Un sitio donde pueda fumar y nadie nos moleste —dijo Bunny. Se sentaron y encendió un puro habano—. Antes de nada, lo primero que quiero hacer es hablar de ese anuncio de boda.

Se refería a la noticia acerca del enlace de Chloe (treinta y seis años y aún considerada una belleza clásica) con un tipo feúcho llamado Jason Jingsley, cuya ceremonia iba a celebrarse en las Galápagos.

—Bueno, es rico, inteligente y cariñoso —comentó Carrie—. Siempre ha sido cordial conmigo.

—Vamos, cielo, por favor —replicó Bunny—. No escogerías casarte con un hombre como *Jingles*,[33] y eso que hay un montón así en Nueva York. Pueden ser una buenísima amistad, pues son atentos y siempre están ahí cuando lo pasas mal, y cuando en plena noche me encuentro sola y total y absolutamente desesperada, me digo entre dientes que bueno, que siempre puedo casarme con un tipo como *Jingles*. Al menos así no tendría que preocuparme por pagar el alquiler. Pero luego una vuelve a la realidad, se lo piensa en serio y comprende que habría de compartir la cama con él, verlo lavándose los dientes y cosas así.

—Sandra contó que intentó besarla. Dijo que «si quería una bola de pelo en la cama, adoptaría a un gato».

Bunny abrió un neceser de maquillaje con un chasquido y simuló arreglarse las pestañas, pero a Carrie le pareció que en realidad estaba comprobando si había alguien en el restaurante mirándola.

—Me gustaría llamar a Chloe y preguntárselo a ella directamente, pero no puedo; no es que hayamos hablado mucho estos últimos años, la verdad. Por otro lado, y por extraño que

---

33   Canciones publicitarias. N. del T.

234

parezca, recibí una invitación para uno de esos actos benéficos de un museo del Upper East Side, y estoy segura de que Chloe sigue siendo copresidenta. Hace años que no asisto a uno de esos actos de beneficencia, aunque lo cierto es que pensé pagar los trescientos cincuenta dólares e ir por mi cuenta. Solo para ver qué aspecto tiene ahora.

Bunny soltó una de sus famosas carcajadas y varias cabezas se volvieron para mirarla.

—Hace unos años, cuando estaba algo jodida y a veces incluso tenía coca seca pegada en la nariz, mi padre solía llamarme para pedirme que regresase a casa. Yo le preguntaba por qué y él me respondía: «Para veeerte. Si te veeeo, sabré si estás bien o no».

»Lo mismo pasa con Chloe. Lo sabré todo en cuanto le eche un vistazo. ¿Se odia? ¿Toma Prozac?

—No creo… —comenzó a decir Carrie.

—¿Crees que ha tenido alguna especie de extraordinaria experiencia religiosa? —prosiguió Bunny—. Suele pasarle a la gente últimamente. Está muy de moda.

»En cualquier caso, tengo mis razones para querer saber. Hace unos años estuve a punto de casarme con un tipo como *Jingles* —dijo despacio—. La cuestión aún no se ha resuelto y probablemente nunca se resuelva.

»Pidamos champán. ¡Camarero! —llamó, chasqueando los dedos. Luego respiró hondo—. Bien. Todo comenzó después de la espantosa ruptura con un tipo al que llamaré Dominique. Un banquero italiano con el carácter de un alacrán y orgulloso de ser una *eurobasura*. Como su madre. Me trató como a una mierda y, claro, lo soporté; no me importaba demasiado, por extraño que parezca. Al menos no hasta el final, cuando bebí demasiada infusión de hongos alucinógenos en Jamaica y comprendí que, después de todo, no me amaba. Pero entonces yo era distinta. Aún conservaba mi belleza, ya sabes, desconocidos parándome en la calle y todo eso, y era una chica de buena crianza procedente de una pequeña ciudad de Maine. Pero no era maja por dentro. No tenía ninguna clase de sentimientos, ni emocionales ni psicológicos. Nunca me he enamorado.

»Las únicas razones por las que viví tres años con Dominique fueron, una, que me lo pidió en nuestra primera cita y, dos, tenía un maravilloso apartamento de antes de la guerra, con dos dormitorios y vistas a East River, además de una casa en East Hampton. Yo no tenía ni dinero ni trabajo... Hice algunas voces en *off* y canté unas canciones publicitarias para anuncios televisivos.

»Así que cuando Dominique y yo rompimos, porque se enteró de que tenía aventuras y me exigió devolverle las joyas que me había regalado, decidí que necesitaba casarme. Y rápido.

EL SOMBRERO DE FIELTRO

—Me mudé al apartamento de una amiga y unas dos semanas después conocí a Dudley en Chester's... Ya sabes, ese bar del East Side para gente guapa —dijo Bunny—. A los cinco minutos de conocerlo ya me había fastidiado. Llevaba zapatos de tacón bajo, bicolores, estilo Oxford, sombrero de fieltro y traje de Ralph Lauren. Tenía los labios húmedos. Era alto, flacucho, con poca barbilla, ojos como huevos cocidos y una enorme nuez de Adán que rebotaba arriba y abajo. Se sentó en nuestra mesa sin ser invitado e insistió en pedir martinis para todos. Contaba chistes malos y se burlaba de mis zapatos de piel de poni, de diseño, por cierto. Decía cosas como «soy una vaca. Muuu. Llévame puesto». Le contesté para decirle que sí, que me parecía toda una res. Me daba vergüenza que me viesen hablando con él.

»Al día siguiente me llamó, cómo no. Me dijo que Shelby le había dado mi número. Shelby es un amigo que tiene no sé qué parentesco con George Washington. Puedo ser descortés, pero solo hasta cierto punto. Le dije que no sabía que conocía a Shelby. «Pues claaaro —dijo él—. Desde el jardín de infancia. Ya entonces era un buen chico».

»«¿Ah sí? ¿Y tú?», le pregunté.

»Fue un error. Nunca debí haber comenzado nada con él. Antes de darme cuenta ya le estaba contando todo acerca de mi ruptura con Dominique y al día siguiente me envió flores porque «una chica bonita no debería estar deprimida porque la dejen». Shelby me llamó para decirme que Dudley era un gran tipo.

»Le pregunté en qué consistía su grandeza.

»Según me dijo, su familia posee la mitad de Nantucket.

»Dudley era persistente. Enviaba regalos... Osos de peluche y, en una ocasión, una cesta de quesos de Vermont. Llamaba tres o cuatro veces al día. Al principio me ponía de los nervios, pero un tiempo después me habitué a su espantoso sentido del humor y casi deseaba recibir sus llamadas. Escuchaba fascinado cualquier detalle de mi día, por tonto o mundano que fuese, ya sabes, como lo cabreada que estaba porque Yvonne había comprado un nuevo traje de Chanel y yo no podía permitirme uno; cómo un taxista me había echado del coche de mala manera por fumar dentro o cómo había vuelto a cortarme en el tobillo al afeitarme las piernas. Me estaba tendiendo una trampa y lo sabía... Pero aun así pensé que yo podía librarme mejor que nadie.

»Y entonces llegó la invitación del fin de semana, vía Shelby, que me llamó y me dijo: «Dudley quiere que vayamos con él a su casa de Nantucket».

»Le dije que eso no lo verían sus ojos.

»Me respondió que era una casa preciosa. Antigua. Situada en la calle principal.

»Le pregunté cómo era.

»Me dijo que de ladrillo, o eso le parecía.

»No entendí eso de «me parece».

»Me contó que estaba bastante seguro, pero cada vez que

había ido se había colocado una barbaridad, así que lo cierto es que no lo recordaba.

»Le aseguré que lo pensaría si de verdad era una de esas casas de ladrillo.

»Diez minutos después me llamó el propio Dudley. «Ya te he comprado los billetes de avión —me dijo—. Y, sí, es una de esas casas de ladrillo».

DUDLEY BAILA

—Aún no tengo una explicación para lo sucedido ese fin de semana. Quizá fuese el alcohol o la marihuana. O a lo mejor fue la casa. De niña había veraneado en Nantucket con mi familia. Eso dije, aunque lo cierto es que pasábamos dos semanas en una pensión. Compartía habitación con mis hermanos y mis padres cocían langostas en un hornillo para cenar.

»Ese fin de semana me acosté con Dudley. No quería. Estábamos en el descansillo de la escalera, dándonos las buenas noches, cuando él se lanzó sobre mí y comenzó a besarme. No me negué. Fuimos a su cama y al echarse sobre mí, recuerdo tener, al principio, una sensación de sofoco, que probablemente no eran imaginaciones mías, pues Dudley mide casi uno noventa, y después me pareció dormir con un niño pequeño, pues no debía pesar más de unos setenta kilos y carecía de vello corporal.

»Pero por primera vez en mi vida el sexo fue genial. Tuve una especie de epifanía: a lo mejor estaba con ese tío porque era majo y me adoraba; sería feliz. Y a pesar de todo, me seguía dando miedo mirar a Dudley al despertarnos, temerosa de que me rechazase.

»Dos semanas después regresamos a la ciudad y asistimos a un acto benéfico organizado por un museo del Upper East Side. Fue nuestro primer evento oficial como pareja. Y hubo, como sería típico en nuestra relación, una serie de percances. Llegó una hora tarde y no fuimos capaces de encontrar un taxi porque hacía 40,5 °C. Tuvimos que caminar y Dudley, que como de costumbre no había comido nada en todo el día, estuvo a punto de desmayarse; alguien tuvo que darle vasos de agua fría. Luego insistió en bailar, lo cual consistía en arrojarme contra otras parejas. Después fumó un puro y vomitó. Mientras, todo el mundo me repetía que era un tío grande.

»Excepto por mis amigas. Amalita me dijo: «Puedes conseguir algo mejor. Esto es ridículo».

»Le contesté que era muy bueno en la cama.

»Y ella me pidió que no la hiciese vomitar.

»Un mes más tarde, Dudley me pidió matrimonio, extraoficialmente, y acepté. Yo seguía teniendo esa sensación de vergüenza respecto a él, pero al mismo tiempo creía que lo superaría. Además, me mantenía ocupada. Siempre andábamos de compras. Apartamentos. Anillos de compromiso. Antigüedades. Alfombras orientales. Plata. Vino. Y, encima, estaban esas escapadas de fin de semana a Nantucket, y también a Maine para visitar a mis padres, pero Dudley siempre se retrasaba y nunca se organizaba, así que continuamente perdíamos trenes y ferris.

»El punto de inflexión llegó la noche que perdimos el ferri a Nantucket por cuarta vez. Tuvimos que dormir en un motel. Me moría de hambre y le pedí que saliese a por comida china, pero en vez de eso regresó con un cogollo de lechuga iceberg y un tomate de aspecto penoso. Y mientras descansaba en la cama intentando bloquear el ruido de una pareja follando en la habitación contigua, él se sentó en una mesa de formica con su bóxer para cortar las partes podridas del tomate con su plateada navaja suiza de Tiffany's. Tenía las remilgadas manías de un viejo de setenta y cinco años, aunque solo tuviese treinta.

»A la mañana siguiente empecé yo. «No crees que deberías entrenar un poco? —le dije—. ¿No deberías coger algo de peso?».

»Después de eso, sus cosas comenzaron a volverme loca. Su estúpida y ostentosa forma de vestir. El modo que tenía de actuar, como si todo el mundo fuese su mejor amigo. Los tres largos pelos rubios en su nuez de Adán. Su olor.

»Cada día luchaba por llevarlo al gimnasio. Me quedaba allí y lo obligaba a trabajar con mancuernas de dos kilos y medio, que era todo el peso que podía manejar. La verdad es que ganó unos cinco kilos, pero los perdió. Una noche fuimos a cenar al apartamento de sus padres, en la Quinta Avenida. El cocinero estaba haciendo chuletas de cordero. Dudley repetía que no podía comer carne y chillaba a sus padres por no respetar sus hábitos alimenticios; al final hizo que el cocinero corriese a la tienda en busca de arroz integral y brócoli. La cena se retrasó dos horas y Dudley, a pesar de todo, solo picoteó algo de comida. Me sentía mortificada. Después, su padre me dijo: «Ven a cenar cuando quieras, pero deja a Dudley por ahí».

»Debería haber roto con él en ese instante, pero solo faltaban dos semanas para Navidad. En Nochebuena pidió mi mano oficialmente, frente a toda mi familia, con un anillo con un diamante de ocho quilates. Pero siempre había algo un poco malvado en él; Dudley, fiel a sí mismo, metió el anillo en un bombón Godiva y me tendió la caja. «Toma, tu regalo de Navidad —dijo—. Será mejor que empieces a comer».

»Le dije que no me apetecía comer bombones, lanzándole la mirada asesina que solía cerrarle la boca.

»Pero me dijo, de un modo un poco amenazador, que debería hacerlo, así que comencé a comer. Mi familia lo vio todo, horrorizada. Podía haberme roto un diente o, peor aún, podría haberme ahogado. Aun así, acepté comprometerme con él.

»No sé si alguna vez te has comprometido con la persona equivocada, pero una vez que sucede, es como ir en un mercancías sin frenos. Hubo rondas por las fiestas de Park Avenue y cenitas en Mortimer's y Bilboquet. Mujeres que apenas conocía habían oído hablar del anillo y suplicaban verlo. «Es un tipo genial», decía todo el mundo.

»Yo les contestaba que sí, que lo era. Aunque por dentro me sentía como una basura.

»Y entonces llegó el día en que, se suponía, debía mudarme a nuestro recién adquirido y perfectamente amueblado apartamento clásico de seis habitaciones en la calle 72 Este. Mis cajas ya estaban cerradas y los de la mudanza se encontraban abajo cuando llamé a Dudley.

»Le dije que no podía hacerlo.

»Me preguntó qué era lo que no podía hacer.

»Le colgué.

»Me devolvió la llamada. Vino a casa. Se fue. Llamaron sus amigos. Salí a coger una borrachera. Los amigos de Dudley en el Upper East Side afilaron sus cuchillos. Se inventaron de todo: me vieron en casa de alguien a las cuatro de la mañana vestida con solo unas camperas. Le había hecho una mamada a un tío en una discoteca. Intenté empeñar el anillo de compromiso. Era una cazafortunas. Me estaba burlando de él.

»No hay un modo bueno de acabar con estas cosas. Me mudé a un pequeño estudio en un sucio edificio sin ascensor de York Avenue, algo a mi alcance, y comencé a trabajar en mi carrera. Pero a él le fueron peor las cosas. El mercado inmobiliario quebró y no pudo vender el apartamento. Todo era culpa mía. Dudley dejó la ciudad. Se mudó a Londres. También eso fue culpa mía. Aunque no hacía más que oír hablar acerca de lo bien que se lo estaba pasando. Salía con la hija fea de algún duque.

»Todo el mundo se olvida de que los tres años posteriores fueron un infierno para mí. Un verdadero infierno. A pesar de no tener dinero, andar comiendo perritos calientes por la calle y pasar la mitad del tiempo pensando en suicidarme (incluso una vez llamé a la línea de atención a la conducta suicida, pero alguien me dejó un mensaje invitándome a una fiesta), juré que nunca volvería a ponerme en esa situación. Jamás aceptaría un centavo de un hombre. Es terrible herir a alguien de esa manera.

—¿Pero de verdad crees que fue por su aspecto? —preguntó Carrie.

—Le he dado unas cuantas vueltas al asunto. Y lo único que se me ha olvidado comentar es que cada vez que me metía en el coche con él me quedaba dormida. Era incapaz, literalmente, de mantener los ojos abiertos. La verdad es que me aburría.

Quizá fuese el champán, pero Bunny se rio un poco insegura.

—¿No es horrible? —dijo.

CAPÍTULO 24
ASPEN

Carrie fue a Aspen a bordo de un avión de Learjet. Lucía el abrigo blanco de visón, un vestido corto y botas de charol blanco. Parecía lo adecuado para ese tipo de avión, pero no lo era. Las otras personas que viajaban con ella, los dueños, vestían pantalones vaqueros, jerséis con bonitos bordados y unas muy adecuadas botas para la nieve. Carrie tenía una resaca espantosa. El piloto la tuvo que ayudar a bajar las escaleras cuando el avión hizo una parada técnica para repostar en Lincoln, Nebraska. La temperatura era suave y salió a pasear con su gran abrigo de visón y gafas de sol, fumando cigarrillos y observando los planos, interminables, amarillos y marchitos campos.

Mr. Big la esperaba en el aeropuerto de Aspen. Estaba sentado en el exterior, perfectamente vestido con abrigo y sombrero, ambos de ante marrón, fumando un puro. Se levantó, atravesó el pavimento y lo primero que le dijo fue:

—El vuelo ha llegado con retraso. Estoy helado.

—¿Por qué no has esperado dentro? —preguntó Carrie.

Cruzaron la pequeña población en coche, un lugar pintoresco, como un juguete colocado por un niño con todo el cariño bajo el árbol de Navidad. Carrie se masajeó los ojos con los dedos.

—Me voy a relajar. Ser más sana —anunció—. Cocinar.

Stanford Blatch también llegó a bordo de un avión privado. Se alojaba con Suzannah Martin, su amiga de la infancia.

—Quiero hacer borrón y cuenta nueva. Creo que somos tan buenos amigos que deberíamos pensar en casarnos. Así puedo acceder a mi herencia, y con tu dinero y el mío combinados viviríamos como siempre hemos querido vivir.

Suzannah era una escultora de cuarenta años aficionada al maquillaje histriónico y a las joyas de gran tamaño. En cualquier caso, nunca se había visto a sí misma como parte de un matrimonio tradicional.

—¿Dormitorios separados? —preguntó.

—Naturalmente —respondió él.

Skipper Johnson tomó un vuelo comercial, aunque en primera clase gracias a las millas acumuladas. Iba a pasar las vacaciones con sus padres y sus dos hermanas menores. «Tengo que encontrar una novia —pensó—. Esto es ridículo». Imaginó a la afortunada como una mujer mayor, entre treinta y treinta y cinco años, inteligente, bonita y muy divertida. Alguien capaz de mantenerlo interesado. A lo largo del último año se había dado cuenta de que las chicas de su edad eran aburridas. Lo buscaban demasiado y eso resultaba inquietante.

Mr. Big le enseñó a Carrie a esquiar. Le había comprado un traje, guantes, gorro y ropa interior térmica. También un pequeño termómetro que se enganchaba a los guantes… Lo único que ella le había rogado comprar. Él se resistió hasta que Carrie comenzó a hacer pucheros; entonces accedió a comprarlo a cambio de una mamada, aunque el aparato solo costaba cuatro dólares. Al llegar a la casa de alquiler, él le subió la cremallera del traje, después ella tendió las manos y Mr. Big le puso los guantes. Luego le sujetó el termómetro.

—Te va a encantar llevar esto. Hace mucho frío ahí fuera.

Rieron y se besaron.

Mr. Big fumó puros y habló por teléfono en el telesilla. Después esquió siguiendo a Carrie por las laderas, cuidando de no pasarle por encima.

—Lo tienes dominado —le dijo mientras ella realizaba un giro tras otro y bajaba por la montaña trazando lentas curvas. Más tarde, al llegar a los pies de la ladera, se protegió los ojos con la mano para observar a Mr. Big salvando las bañeras.

Por las tardes recibían masajes y tomaban baños calientes.

—Estamos unidos, ¿verdad? —preguntó Mr. Big por la noche, cuando yacían juntos en la cama.

—Sí —respondió Carrie.

—¿Recuerdas cuando repetías que debíamos acercarnos más el uno al otro? Ya no lo dices.

«Las cosas no pueden ir mejor», pensó Carrie.

«BUSCO COLAS DE AVIÓN»

Stanford Blatch paseaba por la cima de la montaña de Aspen cuando oyó una voz conocida llamándolo, iba equipado con botas de *apreski* de piel de poni y prismáticos, y se encontraba de camino para reunirse con Suzannah en el hotel para comer.

—¡Stanford! —Y luego—: ¡Cuidado!

Se volvió justo cuando Skipper estaba a punto de arrollarlo con sus esquíes y saltó con gran habilidad a una cresta de nieve para evitar el accidente.

—Mi querido, queridísimo Skipper —dijo.

—¿No te encanta toparte con tus amigos durante las vacaciones? —preguntó Skipper.

Vestía un equipamiento de esquí que recordaba al atuendo elegido por un explorador para enfrentarse a un tiempo inmisericorde: chaqueta de esquí flexible de color amarillo y gorro con orejeras que sobresalían formando ángulos rectos.

—Eso depende de los amigos y el modo de toparse —contestó Stanford.

—No sabía que eras aficionado a la observación de aves.

—No busco aves, busco colas de avión. Estoy observando aviones privados para saber qué tipo comprar.

—¿Vas a comprar uno? —preguntó Skipper.

—Pronto. Estoy pensando en casarme y quiero asegurarme de que mi esposa se desplace por ahí del modo adecuado.

—¿Tu esposa?

—Sí, Skipper —respondió Stanford, paciente—. De hecho, ahora iba a comer con ella. ¿Te gustaría conocerla?

—No puedo creerlo. Vale. —dijo, quitándose los esquís—. Yo ya me he liado con tres. ¿Por qué no tú?

Stanford lo miró pesaroso.

—Mi querido y entrañable Skipper, ¿cuándo vas a dejar de simular que eres hetero?

Carrie y Mr. Big fueron a celebrar una cena romántica al Pine Creek Cookhouse. Viajaron en coche a través de las montañas y después tomaron un trineo tirado por caballos hasta el restaurante. El cielo estaba oscuro y despejado, y él habló acerca de las estrellas, de lo pobre que fue de pequeño, de cómo tuvo que dejar el colegio a los trece años y comenzar a trabajar para, después, alistarse en la fuerza aérea.

Llevaban una cámara Polaroid y con ella se hicieron fotos en el restaurante. Bebieron vino, se cogieron de la mano y Carrie se puso un poco borracha.

—Oye —dijo ella—, debo preguntarte algo.

—Dispara.

—A principios de verano, ya sabes, cuando ya llevábamos un par de meses viéndonos y dijiste que querías salir con otra gente.

—¿Y? —apremió Mr. Big con cautela.

—Y saliste con una modelo durante una semana. Luego, cuando te encontré, fuiste muy malo conmigo, te grité y tuvimos una buena pelea frente al Bowery.

—Temía que no volvieses a dirigirme la palabra.

—Solo quiero saber una cosa. ¿Qué hubieses hecho de haber estado en mi lugar?

—Supongo que no habría vuelto a dirigirte la palabra.

—¿Eso querías? —preguntó ella—. ¿Querías que me fuese?

—No —respondió Mr. Big—. Quería tenerte cerca. Estaba confuso.

—Pero podrías haberte ido tú.

—No quería que te fueses. Era como si... No sé. Una prueba.

—¿Una prueba?

—Para ver si de verdad te gustaba. Lo suficiente para quedarte cerca.

—Pues me hiciste daño. ¿Cómo pudiste herirme así? No puedo olvidarlo, ¿sabes?

—Lo sé, cielo. Lo siento.

Al regresar a su casa tenían un mensaje en el contestador, era de su amigo Rock Gibralter, el actor televisivo.

—Estoy aquí —decía—. Me alojo con Tyler Kydd. Os encantará.

—¿Ese Tyler Kydd es el actor? —preguntó Mr. Big.

—Eso parece —respondió Carrie, consciente de que intentaba aparentar que no le importaba lo más mínimo.

PROMETEO ENCADENADO

—Ha sido simplemente maravilloso —afirmó Stanford.

Suzannah y él estaban sentados en el sofá, frente a la chimenea. Ella fumaba un cigarrillo. Sus dedos eran delgados y elegantes, rematados con unas uñas rojas largas y perfectamente cuidadas. Estaba envuelta en una bata de seda china.

—Gracias, cariño —dijo ella.

—¿Sabes? Eres la esposa perfecta, lo digo en serio. No puedo imaginar por qué no nos hemos casado.

—Los heteros me aburren. O terminan aburriéndome, en cualquier caso. Siempre comienza bien, pero después se vuelven increíblemente exigentes. Antes de que te enteres, estás haciendo todo lo que ellos quieren y te quedas sin vida.

—No sería nuestro caso —señaló Stanford—. Esto es perfecto.

Suzannah se levantó.

—Me voy a la cama. Quiero levantarme temprano y esquiar. ¿Estás seguro de que no vienes?

—¿A esas pistas? Jamás. Pero debes prometerme una cosa. Que mañana por la noche tendremos otra velada como esta.

—Por supuesto.

—Eres la mejor cocinera del mundo, créeme. ¿Dónde aprendiste a cocinar así?

—En París.

Stanford se levantó.

—Buenas noches, cariño.

—Buenas noches —contestó ella.

Stanford se inclinó hacia delante y le dio un casto beso en la mejilla.

—Hasta mañana —dijo, haciendo un breve saludo con la mano mientras ella entraba en el dormitorio.

Unos minutos más tarde Stanford fue a su habitación. Pero no podía dormir. Encendió su ordenador y revisó el correo. Tal como esperaba, había un mensaje para él. Cogió el teléfono y llamó a un taxi. Después esperó junto a la ventana.

Se escabulló de la casa en cuanto llegó el coche.

—Al Caribou, por favor —indicó al conductor.

Y a partir de entonces todo fue como un mal sueño. El taxi lo llevó hasta una calle adoquinada en el centro de la ciudad. Stanford caminó por un estrecho callejón bordeado por pequeñas tiendas, luego atravesó una puerta y bajó unos escalones. Tras un mostrador de madera se encontraba una mujer rubia, probablemente de cuarenta años, pero que gracias a los milagros de la cirugía plástica e implantes de senos parecía cinco años más joven.

—He quedado con alguien aquí —dijo Stanford—. Pero no sé cómo se llama.

La mujer lo miró con aire desconfiado.

—Soy Stanford Blatch. El guionista.

—¿A sí?

Stanford sonrió.

—¿Has visto una película titulada *Fashion Victims*?

—Ah, me encanta esa peli. ¿Tú has escrito eso?

—Sí, yo la escribí.

—¿En qué estás trabajando ahora? —preguntó ella.

—Estoy pensando en hacer una película sobre la gente que se hace demasiadas cirugías plásticas.

—Ay, Dios mío. Mi mejor amiga…

—Creo que acabo de ver a mis amigos —señaló Stanford.

Dos hombres y una mujer tomaban copas en una esquina y reían. Stanford se acercó. El tipo de en medio levantó la mirada. Tenía unos cuarenta años, estaba bronceado y llevaba el cabello decolorado. Pudo ver que se había hecho la nariz y los pómulos y, probablemente, tenía implantes capilares.

—¿Hércules? —preguntó Stanford.

—Sí —respondió el tipo.

—Soy Prometeo.

La chica apartó la mirada del tipo para observar a Stanford.

—¿Hércules? ¿Prometeo? —preguntó.

Tenía una desagradable voz nasal y llevaba un jersey rosa, barato y mullido. «Eso no sirve ni para limpiar el ático de mi abuela», pensó Stanford, y decidió no prestarle atención.

—No me parece que tengas mucha pinta de Prometeo —dijo Hércules, fijándose en el largo cabello de Stanford y su bonita ropa.

—¿Vas a invitarme a sentarme y tomar una copa o solo vas a insultarme? —preguntó Stanford.

—Creo que deberíamos insultarte —espetó el otro—. Vamos a ver, ¿quién eres?

—Es otro desgraciado que conocí en Internet —dijo Hércules.

Le dio un trago a su copa.

—Dios los cría y ellos se juntan —replicó Stanford.

—Tío, yo ni siquiera sé encender el ordenador —comentó la chica.

—Observo a todos los tíos que vienen a Aspen. Después les saco una foto —explicó Hércules—. Y tú no... das la talla.

—Bueno, al menos sé escoger a mi cirujano plástico —dijo Stanford con calma—. Es una pena que la gente se acuerde de tu cirujano y no de ti. —Sonrió—. Que tengan una hermosa velada, caballeros.

¿SABES GUARDAR UN SECRETO?

Carrie y Mr. Big estaban comiendo en la terraza de Little Nell cuando se encontraron con Rock Gibralter. Y con Tyler Kydd.

Tyler Kydd los vio primero. No era atractivo como Mr. Big, pero era simpático. Rostro de rasgos marcados. Cabello rubio bastante largo. Cuerpo larguirucho. Llamó la atención de Carrie. «Vaya, vaya», pensó.

—Rocko, muchacho —dijo de pronto Mr. Big. Se metió el puro en la boca, le dio una palmada en la espalda a Rock y estrechó su mano.

—Os he estado buscando, chicos —indicó Rock. Y luego añadió—: ¿Conocéis a Tyler Kydd?

—No, tío —respondió Mr. Big—. Pero conozco tus películas. ¿Cuándo vas a conseguir a la chica?

Todos rieron y se sentaron.

—Una policía montada acaba de arrimarse a Big —comentó Carrie—. Por fumar un puro en el telesilla.

—Sí, tío —terció Mr. Big—. Todos los días fumo mi puro en el telesilla y esa chica no hace más que decirme que no se puede fumar. Ya le dije que no estaba encendido —añadió, dirigiéndose a Tyler.

—¿Habano? —preguntó Tyler.

—Sí, tío.

—Algo así me pasó en Gstaad —le contó Tyler a Carrie. Ella pensó que sería perfecto para Samantha Jones.

—Oye, cariño, ¿puedes pasarme la sal? —pidió Mr. Big, dándole una palmada en la pierna.

Carrie se inclinó hacia delante y se dieron un rápido beso en los labios.

—Ahora vuelvo.

Se levantó y fue al servicio de señoras. Se sentía un poco nerviosa. «Si no estuviese con Mr. Big...», pensó. Y a continuación se le ocurrió que en modo alguno era buena idea pensar así.

Al salir, vio a Tyler fumando un puro con Mr. Big.

—Eh, cielo, ¿sabes una cosa? Tyler nos ha invitado a conducir en moto de nieve —anunció—. Después iremos a su casa para montar en kart.

—¿En kart? —repitió Carrie.

—En mi propiedad hay un lago helado.

—¿No es genial? —comentó Mr. Big.

—Sí. Es genial —contestó Carrie.

Esa noche ella y Mr. Big cenaron con Stanford y Suzannah. Durante la cena, cada vez que Suzannah decía algo, Stanford se inclinaba sobre la mesa y decía: «¿No es simplemente fantástica?». Después la cogía de la mano y ella respondía: «Ay, Stanford, qué tonto eres», y ambos reían y separaban sus manos para alzar las copas de vino.

—Estoy muy contento de que al final hayas venido a esta acera —dijo Mr. Big.

—¿Quién ha dicho nada de eso? —preguntó Suzannah.

—Siempre he sido una reina, si eso es lo que te preocupa —señaló Stanford.

Carrie salió a fumar un cigarrillo. Una mujer se acercó a ella.

—¿Tienes fuego? —preguntó.

Resultó que era Brigid, la odiosa mujer de la fiesta de regalos celebrada el año pasado.

—¿Carrie? ¿Eres tú?

—¡Brigid! ¿Qué haces por aquí?

—Esquiar —respondió. Y luego, mirando a su alrededor como si temiese que alguien la oyera, añadió—: Con mi esposo. Y sin los niños. Los dejamos en casa de mi madre.

—¿Pero tú no estabas..., esto..., embarazada? —preguntó Carrie.

—Aborto espontáneo —contestó. Y volvió a mirar a su alrededor—. Oye, no tendrás un cigarrillo además de esa cerilla, ¿verdad?

—Claro.

—Llevo años sin fumar. Años. Pero lo necesito. —Dio una profunda calada—. Cuando fumaba, solo fumaba Marlboro Red.

Carrie le dedicó una sonrisa maligna.

—Por supuesto.

Tiró la colilla en la acera y la aplastó con su bota.

—¿Sabes guardar un secreto? —preguntó Brigid.

—Sí...

—Bien. —Brigid dio otra profunda calada y expulsó el humo por la nariz—. Anoche no regresé a casa.

—Vaya, vaya —comentó Carrie. «¿Por qué me cuentas todo eso?», pensó.

—No. Lo digo en serio, no fui a casa.

—Ah.

—Eso es. No pasé la noche con mi marido. La pasé fuera. Dormí, en realidad pasé la noche en Snowmass.

—Ya veo —dijo Carrie con un asentimiento—. ¿Has...? Esto..., ya sabes. ¿Te drogaste?

—Nooo —contestó Brigid—. Estuve con un tipo. No con mi esposo.

—Quieres decir que...

—Sí. Me acosté con otro.

—Asombroso —comentó Carrie. Y encendió otro cigarrillo.

—Hacía quince años que no me acostaba con otro hombre. Bueno, vale, quizá siete. Pero estoy pensando en dejar a mi esposo, tengo a ese increíblemente extraordinario instructor de esquí y acabo de plantearme qué estoy haciendo con mi vida. Así que le dije a mi esposo que salía y fui a encontrarme con él, con Justin, el instructor de esquí, en un bar de Snowmass para ir después a su pequeño apartamento y pasar una noche de sexo.

—Y tu marido, ay, ¿sabe algo de esto? —preguntó Carrie.

—Se lo dije esta mañana al entrar. ¿Pero qué podía hacer él? Ya estaba hecho.

—¡Jesús!

—Ahora está en el restaurante. Flipando. Le he dicho a Justin que me reuniría más tarde con él. —Brigid le dio una última calada al cigarrillo—. Voy a decirte una cosa: sabía que tú eras la única persona que lo entendería. Quiero llamarte cuando regresemos. Deberíamos salir y pasar una noche solo para chicas.

—Genial —aceptó Carrie, pensando que eso era lo último que le faltaba.

«TENGO LOS PIES HELADOS»

Fueron a pasear en moto de nieve con Tyler y Rock. Tyler y Mr. Big conducían demasiado rápido y algunas personas les chillaron. Luego Mr. Big llevó a Carrie de paquete en su moto, aunque ella le gritaba una y otra vez que la dejase bajar, asustada por la posibilidad de volcar.

Un par de días después fueron a casa de Tyler. Era un fuerte construido en el bosque, antes propiedad de una estrella porno. Había alfombras de piel de oso y cabezas de animales colgadas en las paredes. Bebieron chupitos de tequila y cócteles *bow and arrows*. Corrieron en kart y Carrie ganó todas las carreras. Después salieron a pasear por el bosque.

—Quiero entrar. Tengo los pies helados —dijo Mr. Big.

—¿Por qué no has traído calzado adecuado? —preguntó Carrie. Se encontraba en la orilla de un arroyo, empujando nieve con la punta de una bota.

—No hagas eso —advirtió Mr. Big—. Te vas a caer.

—No, no caeré —respondió. Lanzó más nieve a la corriente, observando cómo se fundía en el agua—. Solía hacer esto de pequeña.

Tras ellos estaba Tyler.

—Siempre yendo al límite —comentó.

Carrie se volvió y se miraron durante un brevísimo instante.

En su última noche fueron, todos, a una fiesta celebrada en casa de Bob Milo, una famosa estrella cinematográfica hollywoodiense. Su hogar se encontraba en lo alto del otro lado de la montaña. Para llegar, tuvieron que aparcar el coche y montar en motos de nieve. La casa y sus alrededores estaban decorados con lámparas japonesas, aunque era febrero y nevaba. En el interior del edificio había una especie de cueva artificial con peces koi nadando en ella y un puente que se debía atravesar para llegar a la sala de estar.

Bob Milo se ocupaba de todo frente a la chimenea francesa. Su novia y la que pronto sería su exmujer estaban allí, parecían casi gemelas, excepto porque la esposa era unos cinco años mayor que la novia. Bob Milo vestía un jersey y calzoncillos largos. Medía poco más de metro y medio y calzaba pantuflas de felpa rematadas en punta, de modo que parecía un elfo.

—Me entreno seis horas diarias... —estaba diciendo cuando Stanford lo interrumpió.

—Perdona, ¿quién decoró el interior de tu avión privado? Milo lo atravesó con la mirada.

—No, es una pregunta legítima —dijo Stanford—. Estoy pensando en comprar uno y quiero asegurarme de contratar al decorador adecuado.

Carrie estaba sentada en una mesa atiborrándose en la pila de cangrejo moro y gambas. Charlaba con Rock y ambos se comportaban como chiquillos traviesos, se burlaban de la fiesta entre susurros, reían y cada vez eran más y más horribles. Mr. Big estaba sentado junto a Carrie y hablaba con Tyler, este arropado por dos mujeres. Carrie miró a Tyler y pensó en lo encantada que estaba por no tener que lidiar con un hombre así.

Regresó a sus gambas. Y entonces se produjo una especie de conmoción al llegar una chica rubia haciendo aspavientos y hablando con un acento peculiar; Carrie pensó que, vaya por Dios, ya había oído esa voz en alguna parte y decidió no prestarle atención.

La chica se acercó y prácticamente se sentó en el regazo de Mr. Big. Ambos se reían de algo. Carrie no se volvió. Luego alguien se dirigió a él.

—¿Hace cuánto que os conocéis?

—No lo sé. ¿Desde hace cuánto? —le preguntó la chica a Mr. Big.

—¿Dos años, quizá? —respondió.

—Hicimos migas en Le Palais. En París —dijo ella.

Carrie se volvió. Sonrió.

—Hola, Ray —saludó—. ¿Qué hiciste? ¿Le regalaste una de tus famosas mamadas en una esquina?

Hubo un instante de estupefacto silencio y a continuación todo el mundo, menos Ray, comenzó a soltar carcajadas histéricas.

—¿De qué hablas? ¿Qué quieres decir?

Seguía hablando con su absurdo acento.

—Es una broma —dijo Carrie—. ¿No la pillaste?

—Pues si esa es tu idea de sentido del humor, cielo, no tiene ninguna gracia.

—En serio. Lo siento mucho. Al parecer, a todo el mundo le ha parecido desternillante. Y ahora, si no te importa, apártate del regazo de mi novio y yo regresaré a mi conversación.

—No tenías que haber dicho eso —intervino Mr. Big. Se levantó y se fue.

—Mierda —murmuró Carrie. Salió en su busca, pero se encontró con una nueva sorpresa. Stanford chillaba en medio de la sala. Allí había un hombre rubio y tras él estaba Hueso.

—A ver, putita barata —le estaba diciendo a Hueso—. ¿Es que nadie te ha dicho lo buscona que eres? ¿Cómo puedes liarte con este tipo de basura?

—Oye, que acabo de conocerlo —replicó—. Me invitó a una fiesta. Es un amigo.

—Oh, venga ya. Por favor. Que alguien me traiga una copa de algo para tirártela a la cara.

Ray pasó seguida por Skipper Johnson.

—Siempre he querido tener mi propio programa de televisión —decía ella—. Por cierto, ¿te he dicho que tengo un hijo? Puedo hacerte cosas con mi conejo que no te ha hecho ninguna mujer.

Después de eso, Carrie hizo que todo el mundo fuese al servicio a fumar marihuana, para salir después y bailar con Mr. Big como una loca, mientras la gente se acercaba a ellos para decirles que eran los mejores bailarines.

Dejaron la fiesta a la una y un puñado de personas se fue a casa con ellos. Carrie siguió bebiendo y fumando hierba hasta que apenas fue capaz de dar un paso, después fue al servicio, vomitó y se quedó tirada en el suelo. Volvió a vomitar y Mr. Big entró para sujetarle la cabeza. Ella le dijo que no la tocase y él la hizo acostarse, pero al rato saltó de la cama, regresó al baño y vomitó de nuevo. Al final logró arrastrarse hasta el dormitorio. Permaneció un rato tumbada junto a la cama, hasta que fue capaz de levantar la cabeza, momento en el que se metió en la cama y perdió el conocimiento consciente de tener rastros de vómito en el cabello, cosa que no le importaba en absoluto.

Era una noche fría y despejada. Stanford Blatch deambuló entre los aviones privados guardados en el aeropuerto de Aspen. Vio Learjets, Gulfstreams, Citations y Challengers. Al pasar junto a ellos tocaba los números impresos en las colas en busca de alguno conocido. En busca del avión que pudiese llevarlo a casa.

Y SE ECHÓ A LLORAR

—No soy tonto, ¿vale? —dijo Mr. Big. Estaban sentados en primera clase. Regresaban.

—Lo sé —respondió Carrie.

Mr. Big dio un sorbo a su *bloody mary*. Sacó su libro de bolsillo.

—En realidad soy muy perspicaz, ¿sabes?

—Ajá —asintió ella—. ¿Qué tal va el libro?

—No se me escapan muchas cosas.

—Claro que no. Por eso ganas tanto dinero.

—Soy consciente de todo lo que fluye bajo la superficie. Y sé que te gustaba ese tipo.

Carrie le dio un sorbo a su bebida.

—¡Hum! ¿Qué tipo?

—Sabes de sobra a quién me refiero. Tyler.

—¿Tyler? —Sacó su libro. Lo abrió—. Me pareció majo. Y, ya sabes. Interesante. ¿Y qué?

—Te gustaba —comentó él despreocupado. Y abrió su libro.

Carrie simuló leer.

—Me gusta como amigo.

—Estaba allí. Lo vi todo. Sería mejor que no me mintieses.

—Vale —aceptó—. Me atraía. Un poco.

Apenas lo dijo, comprendió que fue un error, no se había sentido atraída por él en absoluto.

—Soy un adulto —afirmó Mr. Big. Dejó el libro y cruzó las piernas. Sacó la revista colocada en el bolsillo frente a él—. Puedo aceptarlo. No me molesta. Vete. Vete con él a vivir en su fuerte. Puedes vivir en un fuerte y pasarte el día bebiendo *bow and arrows*.

—Pero si no quiero vivir en ningún fuerte —protestó Carrie. Y se echó a llorar. Lloró cubriéndose con la mano, con la cabeza vuelta hacia la ventanilla—. ¿Por qué haces esto? Intentas deshacerte de mí. Estás montando todo eso en tu cabeza para librarte de mí.

—Tú has dicho que te sentías atraída por él.

—¡Un poco! —siseó Carrie—. Y solo porque me hiciste decirlo. Sabía que iba a pasar. Lo sabía —sollozó—. En cuanto lo vi supe que ibas a pensar que me gustaba, aunque nunca hubiese pensado que me gustaba si no hubieses actuado como si lo creyeses. Así que me pasé el tiempo actuando como si no me gustase para que no te enfadaras, y lo más absurdo es que ni siquiera me gusta. Nada.

—No te creo —sentenció Mr. Big.

—Pues es la verdad. Ay, Dios —dijo Carrie. Apartó el rostro y lloró un poco más, pero después se inclinó hacia él y le susurró fuerte al oído—: Estoy total y absolutamente loca por ti y lo sabes. Jamás querría estar con otro. Y esto no es justo. No es justo que actúes así. —Abrió su libro.

Mr. Big le acarició la mano.

—No te preocupes.

—Ahora sí estoy cabreada.

Llevaban dos días en Nueva York cuando Carrie recibió una llamada de Samantha Jones.

—¿A veeer? —dijo.

—¿A ver qué? —preguntó Carrie.

—¿Pasó algo importante en Aspen? —inquirió con voz extraña y susurrante.

—¿Como qué?

—Estaba convencida de que volverías comprometida.

—Nooo —negó Carrie. Se arrellanó en su silla y apoyó los pies sobre el escritorio—. ¿Por qué demonios has pensado algo así?

CAPÍTULO 25
CAPÍTULO FINAL

—¡Eh! ¿Vienes a una fiesta? —Era Samantha Jones; llamaba a Carrie desde una galería de arte situada en el Soho—. Hace siglos que no te veo.

—No sé —contestó Carrie—. Le dije a Mr. Big que le haría la cena. Está fuera, ha ido a una fiesta de copas...

—¿Está fuera y tú lo esperas en casa? Venga, por favor. Ya es mayorcito. Puede hacerse la cena.

—También están las plantas.

—¿Las plantas?

—Sí, bueno, plantas de interior —explicó Carrie—. He desarrollado esa extraña obsesión. Algunas se tienen por las hojas, pero no es lo que me interesa; me interesan las flores.

—Flores —repitió Sam—. Qué chulo. —Rio con su clara y sonora carcajada—. Sube a un taxi. Estarás fuera media hora, tres cuartos como mucho.

—Pero menudo aspecto traes. Si pareces la locutora de un telediario —le dijo Sam cuando Carrie llegó a la fiesta.

—Gracias —contestó Carrie—. Es mi nueva imagen. Inspirada en *Las esposas de Stepford*.[34]

---

34 Novela satírica de «terror feminista», obra de Ira Levin, publicada en 1972. N. del T.

Vestía un traje azul celeste con falda hasta las rodillas y zapatillas de raso estilo años cincuenta.

—¿Champán? —propuso Sam cuando un camarero pasó cerca de ellas portando una bandeja.

—No gracias. Intento no beber.

—Bien. Pues beberé la tuya. —Sam cogió dos copas de la bandeja. Señaló hacia el otro extremo de la sala, a una mujer alta y bronceada con el cabello corto y rubio—. ¿Ves a esa chica? —preguntó—. Es una de esas que tiene una vida perfecta. Casada a los veinticinco con Roger, el tío que está a su lado. Es guionista. Sus últimas tres películas han sido éxitos rotundos. Ella era una chica corriente, como nosotras, no una modelo, aunque sí bonita... Conoció a Roger, quien me parece adorable, inteligente, atractivo, simpático y verdaderamente divertido, y no ha necesitado trabajar; tienen dos hijos, niñera, un buen apartamento en la ciudad y una casa perfecta en los Hamptons, y ella no ha tenido que preocuparse nunca por nada.

—¿Y?

—Y la odio. Solo que, por supuesto, es majísima.

—¿Por qué no iba a serlo?

La observaron. Miraron cómo se movía por la sala, entablando breves conversaciones e inclinándose para susurrar entre risas algo al oído de alguien. Su ropa era adecuada y su maquillaje también, así como su cabello, y se manejaba con esa facilidad propia de quien se sabe dueño de un derecho indiscutible. Levantó la mirada, vio a Sam y la saludó con la mano.

—¿Cómo estás? —le preguntó a Sam, entusiasmada, acercándose—. No te he visto desde... la última fiesta.

—Tu marido está triunfando, ¿no? —comentó Sam.

—Ah, pues sí. Anoche cenamos con ¿? —respondió, nombrando a un bien conoció director hollywoodiense—. Sé que eso no va a deslumbrarte, pero es que fue emocionante —añadió mirando a Carrie.

—¿Y qué tal tú? —dijo Sam—. ¿Cómo están los niños?

—Muy bien, gracias. Ah, acabo de obtener los fondos para hacer mi primer documental.

—¿En serio? ¿De qué trata? —preguntó Sam, mientras se ajustaba el bolso en el hombro.

—De las candidatas políticas de este año. Tengo algunas actrices de Hollywood interesadas en hacer la narración. Vamos a presentarlo a una cadena. Habré de pasar mucho tiempo en Washington, así que ya les he dicho a Roger y a los chicos que tendrán que arreglárselas sin mí.

—¿Y cómo harán?

—Bueno, Sam, eso me pregunto yo al pensar en ti —respondió la chica—. Verás, lo que quiero decir es que no podría llevar a cabo este proyecto si no estuviese casada. Roger me ha ayudado mucho a confiar en mí misma. Cada vez que algo sale mal voy pitando a su despacho, chillando. No podría manejar todo esto si no fuera por él. Yo me habría arrugado y no hubiese corrido ningún riesgo. No sé cómo os las apañáis vosotras tras años y años de soltería.

—Eso me pone enferma —dijo Sam en cuanto la chica se alejó—. ¿Por qué ha conseguido el dinero para hacer un documental? No ha hecho una puta cosa en toda su vida.

—Todo el mundo es una estrella de *rock* —apuntó Carrie.[35]

—Creo que Roger va a necesitar algo de compañía mientras ella esté fuera —comentó Sam—. La verdad es que me casaría con un tío así.

—Tú solo te casarías con un tío así —dijo Carrie, encendiendo un cigarrillo—. Con un tío que ya está casado.

—Déjate de historias.

—¿Sales después?

---

35   Carrie se refiere a la canción *Everybody is a Star* (todo el mundo es una estrella) de Sly and the Family Stone. N. del T.

—He quedado para cenar con ¿? —respondió Sam, nombrando a un famoso artista—. ¿Te vas a casa?

—Le dije a Mr. Big que le haría la cena.

—Qué mona. Hacer la cena.

—Sí, claro —dijo Carrie. Aplastó su cigarrillo y salió a la calle a través de una puerta giratoria.

¿UNA RELACIÓN? QUÉ TONTERÍA

Sam estaba teniendo una semana magnífica.

—¿Has tenido alguna vez una de esas semanas, no sé cómo explicarlo, en las que entras en un sitio y todos los tíos quieren estar contigo? —le preguntó a Carrie.

Sam asistió a una fiesta donde se topó con un tipo al que no veía desde hacía unos siete años. Era uno de esos tíos a los que, siete años atrás, lo perseguían todas las mujeres del Upper Side East. Era atractivo, procedía de una familia acaudalada, con buenos contactos, y salía con modelos. Ahora, decía, estaba buscando una relación.

Sam lo llevó a una esquina durante la fiesta. Él ya llevaba unas cuantas copas encima.

—Siempre me pareciste muy bonita —comentó—. Pero me dabas miedo.

—¿Miedo? ¿Yo? —rio Sam.

—Eras lista. Y dura. Creía que ibas a despedazarme.

—O sea, que pensabas que era una elementa.

—No una elementa. Solo que no sería capaz de estar a la altura.

—¿Y ahora?

—Pues no lo sé.

—Me gusta cuando los hombres creen que soy más inteligente que ellos —dijo Sam—. Porque suele ser cierto.

Fueron a cenar. Cayeron más copas.

—Dios mío, Sam. No puedo creer que esté contigo.

—¿Por qué no? —preguntó ella, sosteniendo su copa en lo alto.

—Leía acerca de ti en los periódicos. Quería mantener el contacto contigo. Pero pensaba que eras famosa.

—No soy famosa. Ni siquiera quiero serlo —aseveró. Y comenzaron a liarse.

Sam tocó aquello que no ha de ser nombrado y era grande. Grande de verdad.

—Con esas grandes, verdaderamente grandes, hay un problema —le dijo más tarde a Carrie—. Y es que te hacen querer tener sexo.

—¿Y lo tuviste? —preguntó Carrie.

—No —contestó Sam—. Dijo que quería ir a casa. Me llamó al día siguiente. Quería tener una relación. ¿Puedes creerlo? Menuda tontería.

EL PERIQUITO PARLANCHÍN

Carrie y Mr. Big fueron a casa de los padres de ella para pasar el fin de semana. Allí cocinaron todos. Mr. Big realizó un verdadero esfuerzo para contribuir.

—Yo hago la salsa de carne —dijo.

—No la cagues —susurró Carrie al pasar junto a él.

—¿Qué problema hay con mi salsa de carne? Me sale genial.

—La última vez le añadiste *whisky* o algo así. Estaba horrible.

—Fui yo —apuntó su padre.

—Ay, lo siento mucho —dijo Carrie con sinceridad—. Lo había olvidado.

Mr. Big no dijo nada. Al día siguiente regresaron a la ciudad y cenaron con unos amigos. Todos eran parejas casadas desde hacía años. Alguien comenzó a hablar de loros. De que tenían un loro capaz de hablar.

—Una vez fui a Woolworth's, compré un periquito por diez pavos y le enseñé a hablar —comentó Mr. Big.

—Los periquitos no hablan —terció Carrie.

—Este sí. Decía «Hola, Snippy». Así se llamaba mi perro.

—No pudo ser un periquito —dijo Carrie mientras iban en coche de camino a casa—. Debió de ser un estornino.

—Si te digo que era un periquito, era un periquito.

Carrie resopló.

—Eso es absurdo. Todo el mundo sabe que los periquitos no hablan.

—Hablaba —afirmó Mr. Big. Y encendió un puro. No dijeron una palabra más durante el resto el viaje.

«NO TE METAS AHÍ»

Carrie y Mr. Big fueron a los Hamptons para pasar el fin de semana. Aún no había entrado la primavera y el lugar resultaba deprimente. Encendieron la chimenea. Leyeron libros. Vieron películas de alquiler. Mr. Big solo quería ver películas de acción. Carrie solía verlas con él, pero ya no le apetecía.

—Me parecen una pérdida de tiempo —comentó.

—Pues lee.

—Estoy cansada de leer. Voy a dar un paseo.

—Iré a pasear contigo —dijo Mr. Big—. En cuanto se acabe la peli.

Así que permaneció sentada a su lado y vio la película enfurruñada.

Fueron a cenar a Palm. Ella comentó algo y él le dijo que era una estupidez.

—¿En serio? Qué interesante. Me refiero a que me llames estúpida. Sobre todo teniendo en cuenta que soy más inteligente que tú.

Mr. Big rio.

—Si crees eso, entonces de verdad eres estúpida.

—No me jodas —dijo Carrie. Se inclinó sobre la mesa, de repente estaba tan molesta que no podía reconocerse—. Destruirte será mi misión en esta vida si se te ocurre putearme. Y no dudes ni un instante en que obtendré un inmenso placer en hacerlo.

—No madrugas lo suficiente ni para molestarme.

—No necesito madrugar. ¿Es que aún no te has dado cuenta? —Se limpió la comisura de los labios con su servilleta. «No te metas ahí. No se te ocurra meterte ahí», pensó. Y dijo en voz alta—: Lo siento. Estoy un poco tensa.

—Bueno, hablaremos más tarde —le dijo Mr. Big a la mañana siguiente, al regresar a la ciudad.

—¿Hablar? ¿Quieres decir que no nos veremos esta noche? —preguntó Carrie.

—No lo sé —respondió—. Creo que quizá deberíamos tomarnos un pequeño descanso, pasar un par de días separados hasta que se te pase ese mal humor.

—Pero si ya se me ha pasado.

Lo llamó al trabajo.

—Yo no sé de esas cosas —dijo él.

Ella rio.

—Venga, vamos, tonto. ¿Es que no se me permite estar de mal humor? No es el fin del mundo. A veces las relaciones son así. Ya dije que lo sentía.

—No quiero problemas.

—Te prometo que seré encantadora. ¿No lo estoy siendo ahora? ¿Lo ves? Se acabó el mal humor.

—Supongo.

MIENTRAS BIG ESTÁ FUERA

Pasó el tiempo. Mr. Big estuvo ausente unas semanas por negocios. Carrie se quedó en el apartamento. De vez en cuando la visitaba Stanford Blatch; Carrie y él actuaban como dos estudiantes de instituto cuyos padres habían salido de la ciudad: fumaban hierba, bebían *whisky sour*, hacían bizcochos de chocolate y veían películas tontas. Lo revolvían todo y por la mañana venía la empleada del hogar para limpiar el desastre, restregando de rodillas las manchas de zumo en la alfombra blanca.

Samantha Jones llamó un par de veces. Siempre comenzaba hablándole de todos esos hombres interesantes y famosos que estaba conociendo y de las fantásticas fiestas y cenas a las que asistía.

—¿Qué haces? —le preguntaba después.

—Trabajar. Nada más —respondía Carrie.

—Deberíamos salir. Mientras Mr. Big está fuera… —le proponía. Pero nunca concretaba un plan y a Carrie no le apeteció hablar más con ella tras un par de llamadas. Después se sintió fatal, así que la llamó y quedaron para comer. Al principio fue bien, pero Sam comenzó a hablar de todos esos proyectos cinematográficos y de esos peces gordos que conocía y con quienes iba a hacer negocios. Carrie tenía su propio proyecto en marcha.

—Es bonito, ¿sabes? —le dijo Sam—. Es una idea chula.

—¿Qué tiene de bonito? —preguntó.

—Pues que es bonito. Ligero. Ya sabes. No es Tolstoi.

—No pretendo ser Tolstoi —afirmó. Aunque lo pretendía, por supuesto.

—Ya estamos. Oye, te conozco de toda la vida. Debería poder darte mi opinión acerca de cualquier cosa sin que te enfades. No tiene que ver contigo.

—¿De verdad? Estoy asombrada.

—Además, es probable que te cases con Mr. Big y tengáis hijos. Vamos, eso es lo que quiere todo el mundo.

—¿No soy afortunada? —dijo Carrie, y cogió la cuenta.

«QUIERO LA VERDAD»

Mr. Big regresó de su viaje y fueron a pasar un puente en San Bartolomé.

La primera noche Carrie soñó que él estaba teniendo una aventura con una chica de cabello oscuro. Entra en un restaurante y allí está Mr. Big con la chica; ella está sentada en la silla de Carrie y se están besando.

—¿Qué es lo que está pasando aquí? —exige saber Carrie.

—Nada —responde Mr. Big.

—Quiero la verdad.

—Estoy enamorado de ella. Queremos estar juntos —dice.

Carrie siente ese viejo y conocido dolor mezclado con descreimiento.

—De acuerdo —acepta.

Sale y llega a un campo. Caballos gigantes con bridas doradas salen del cielo y bajan por la montaña. Al verlos, comprende que Mr. Big y sus sentimientos hacia ella no son importantes.

Se despertó.

—¿Has tenido un mal sueño? —preguntó Mr. Big—. Ven aquí.

Se estiró hacia ella.

—¡No me toques! Me siento fatal.

El sueño la rondó durante días.

—¿Y qué quieres que haga? No puedo competir con un sueño.

Estaban sentados al borde de la piscina con los pies en el agua. La luz del sol era casi blanca.

—¿Crees que hablamos lo suficiente? —preguntó Carrie.

—No. Probablemente no.

Anduvieron en coche, fueron a la playa, comieron y hablaron de lo hermoso que era el lugar y lo relajados que estaban. Exclamaron cuando una gallina cruzó la carretera con dos polluelos recién salidos del cascarón, al descubrir a una pequeña anguila atrapada en una poza de marea y al ver las ratas aplastadas a los lados de las calzadas.

—¿Somos amigos? —preguntó Carrie.

—Hubo un tiempo en que lo fuimos de verdad. Cuando sentía como si comprendieses mi espíritu —contestó Mr. Big. Conducían por estrechas carreteras de cemento llenas de curvas.

—Las personas pueden esforzarse mucho antes de cansarse o perder el interés.

No dijeron nada más durante un rato.

—¿Por qué nunca dices «te quiero»? —preguntó Carrie.

—Porque me da miedo. Me da miedo decirlo y que creas que vamos a casarnos.

Mr. Big ralentizó el coche. Pasaron por un reductor de velocidad y rebasaron un cementerio lleno de brillantes y coloridas flores de plástico. A un lado de la calzada se encontraba un grupo de jóvenes con el torso desnudo, fumando.

—No sé —prosiguió Mr. Big—. ¿Qué tiene de malo como estamos ahora?

—¿Has visto mis zapatos? —preguntó él más tarde, mientras hacían el equipaje para regresar al hogar—. ¿Te puedes asegurar de meter mi champú?

—No y por supuesto, cielo —respondió Carrie, despreocupada. Fue al baño. Se veía con buen aspecto en el espejo. Bronceada, delgada y rubia. Comenzó a guardar sus cosméticos. Pasta de dientes. Crema facial. El champú de él aún estaba en la ducha y decidió hacer como si no lo viese. «¿Y si me quedo embarazada?», pensó. No se lo diría, abortaría en secreto y jamás hablaría con él. O se lo diría, abortaría de todos modos y jamás hablaría con él. O tendría al niño y lo criaría sola, aunque eso podía ser complicado. ¿Y si llegaba a odiarlo tanto por no querer estar con ella que acabase aborreciendo al niño?

Fue al dormitorio, se calzó unos zapatos de tacón y se cubrió con su sombrero de paja. Estaba hecho a media y costó más de quinientos dólares.

—Ay, cariño… —dijo.

—Dime —respondió él. Le daba la espalda. Estaba colocando cosas en la maleta.

Ella quería decir: «Esto es todo, cielo. Se acabó. Lo hemos pasado genial juntos. Pero siempre me ha parecido mejor abandonar la fiesta en su apogeo. ¿Lo comprendes…?».

Mr. Big levantó la mirada.

—¿Qué? ¿Querías algo, cielo?

—Ah, no, nada. Había olvidado tu champú, eso es todo.

«NO ES MÁS QUE UN TARADO»

Carrie bebió cinco *bloody mary* en el avión y riñeron durante todo el viaje de regreso a casa. En el aeropuerto. Y también en la limusina. Carrie no cerró la boca hasta que él le dijo:

—¿Quieres que te deje en tu casa? ¿Es eso lo que quieres?

Carrie llamó a sus padres al llegar al apartamento de Mr. Big.

—Hemos tenido una discusión seria. No es más que un tarado. Como todos.

—¿Estás bien? —preguntó su padre.

—Ah, sí, muy bien —contestó.

Entonces Mr. Big se mostró amable. Hizo que se pusiera un pijama y se sentó con ella en el sofá.

—Me gustaste cuando te conocí —le dijo—. Y después me gustaste más. Ahora… he llegado a amarte.

—No me revuelvas el estómago.

—¿Por qué yo, cielo? ¿Por qué me has escogido a mí de entre todos esos con los que has salido?

—¿Quién ha dicho que lo haya hecho?

—Vamos a ver, ¿qué es esto, una especie de patrón? ¿Ahora que me he comprometido más, vas y te achicas? ¿Quieres irte? Pues bien, no puedo hacer nada al respecto.

—Sí, sí puedes. De eso se trata.

—No lo entiendo. ¿En qué se diferencia nuestra relación de las demás que has tenido?

—En nada. Es igual. Hasta ahora solo es… suficiente.

A la mañana siguiente Mr. Big se encontraba con su buen humor habitual y eso resultaba molesto.

—Cariño, ayúdame a elegir una corbata —le pidió, como siempre hacía. Llevó cinco hasta el lugar donde Carrie aún intentaba dormir, encendió la luz y le tendió las gafas. Colocó las corbatas frente a su traje.

Carrie les lanzó un breve vistazo.

—Esa —dijo. Luego se quitó las gafas, se recostó en las almohadas y cerró los ojos.

—Pero si casi no las has mirado —protestó.

—Esa es mi decisión final. Además, ¿acaso no se parecen todas las corbatas?

—Vaya. Aún estás enfadada. No lo entiendo. Deberías estar contenta. Las cosas están mucho mejor después de lo de anoche.

HOGAR, DULCE HOGAR

—La niña se muere de hambre, la niñera se ha ido y estoy arruinada —dijo Amalita por teléfono—. Tráeme algo de *pizza*, ¿vale, pequeñina? Solo dos o tres trozos, con salami. Luego te los pago.

Amalita se alojaba en el Upper East Side, en el apartamento del amigo de un amigo. El piso estaba en una de esas calles laterales que Carrie conocía de sobra: sucios edificios de ladrillo con portales estrechos repletos de restos de comida china a domicilio, gente sórdida paseando perros mugrientos por la calle y, en verano, mujeres obsesas sentadas en las escaleras de entrada. Durante una buena temporada, Carrie creyó que jamás lograría salir de allí. Compró *pizza* donde acostumbraba a hacerlo, cerca del lugar donde había vivido cuatro años cuando estuvo arruinada. Todavía estaba allí el mismo tipo haciendo las *pizzas* con sus inmundos dedos mientras su mujercita trabajaba en la caja sin abrir nunca la boca.

El apartamento de Amalita se encontraba en la parte trasera, en la cima de cuatro desvencijadas plantas de escalera. Uno de esos lugares donde alguien intentó sacar lo mejor de los bloques de hormigón expuestos y fracasó.

—Bueno, es algo temporal —dijo Amalita—. El alquiler es barato. Quinientos al mes.

Su hija, una niña preciosa con el cabello oscuro y grandes ojos azules, estaba sentada en el suelo frente a una pila de revistas y periódicos viejos, pasando las páginas.

—¡Bien! —prosiguió Amalita—. No he tenido noticias de Righty después de querer llevarme de gira con él y de que yo le enviase un libro que quería que le mandase. Esos tipos no quieren a una tía que tenga un gran polvo. Ni siquiera un buen polvo. Quieren una que no lo tenga.

—Lo sé —convino Carrie.

—¡Mamá! ¡Mira! —dijo orgullosa la niña. Señalaba una foto de Amalita en Ascot, tocada con una pamela junto a lord No-sé-quién o algo así.

—Un hombre de negocios japonés quería ponerme un piso —comentó Amalita—. Mira, odio esas cosas, pero la verdad es que, de momento, estoy arruinada. La niña fue la única razón por la cual me lo pensé. Intento matricularla en preescolar y necesito dinero para pagar la escuela. Así que acepté. Pero han pasado dos semanas y no he sabido nada de él. Ni pío. Todo era pura presunción.

Amalita, ataviada con un pantalón de chándal, se acomodó en el sofá y comenzó a arrancar trozos de *pizza*. Carrie se sentó en una estrecha silla de madera. Vestía vaqueros y una camiseta con manchas amarillentas en las axilas. Ambas tenían el pelo grasiento.

—Al observar las cosas en retrospectiva —continuó Amalita—, pienso en que no debería haberme acostado con tal o cual tío. Quizá debería haber hecho las cosas de otro modo.

Hizo una pausa.

—Sé que piensas en dejar a Mr. Big. No lo hagas. Sigue con él. Sí, claro, eres bonita y tendrías a un millón de tíos llamándote, deseando estar contigo. Pero tú y yo sabemos la verdad. Sabemos cómo funciona la vida real, ¿verdad?

—¡Mamá! —dijo la pequeña. Levantó una revista, señalando una composición fotográfica de Amalita ataviada con un traje de esquí blanco en las pistas de St. Moritz y luego saliendo de una limusina en un concierto de los Rolling Stones con una recatada sonrisa, lucía un traje negro con perlas y estaba junto a un senador.

—¡Ahora no, Carrington! —la reprendió con simulada severidad. La pequeña la miró y soltó una risita. Lanzó la revista al aire.

Era un día soleado. El sol se colaba a través de las sucias ventanas.

—Ven, pequeñina —dijo Amalita—. Ven y come algo de *pizza*.

—¡Hola! Ya estoy en casa —saludó Mr. Big.

—Hola —respondió Carrie. Fue hasta la puerta y lo besó—. ¿Cómo fue esa fiesta de copas?

—Bien, estuvo bien.

—Estoy haciendo la cena.

—Fantástico. Me alegro porque no tengamos que salir.

—Y yo.

—¿Una copa? —propuso él.

—No, gracias. Quizá me tome un vino con la cena.

Carrie encendió unas velas y se sentaron en el comedor. Ella se acomodó muy derecha en su silla. Mr. Big habló sin parar de un trato que estaba cerrando y Carrie lo miró, asintiendo y haciéndole saber, con interjecciones, que le interesaba el tema. Pero en realidad no le prestaba atención.

—Pues yo estoy entusiasmada —dijo cuando él terminó de hablar—. Por fin ha florecido la amarilis. Tiene cuatro flores.

—Cuatro flores —repitió Mr. Big. Y luego añadió—: Me gusta mucho que te hayas aficionado a las plantas.

—Sí, ¿verdad? ¿No es bonito? Es asombroso cómo crecen con solo prestarles un poco de atención.

EPÍLOGO

Fashion Victims, la película de Stanford Blatch, terminó recaudando más de doscientos millones de dólares en todo el mundo. Hace poco compró un Challenger e hizo que el interior se decorase como la alcoba de Elizabeth Taylor en *Cleopatra*.

River Wilde aún trabaja en su novela. En ella, Mr. Big asa a un niño y lo devora. Stanford Blatch aparece por todos lados, pero nunca le pasa nada.

Samantha Jones decidió abandonar Nueva York. Fue a Los Ángeles con motivo de los premios Oscar y conoció a Tyler Kydd en una fiesta donde ambos acabaron desnudos en la piscina. Ahora viven juntos, pero él ha jurado que jamás se casará con ella porque después de no recibir el premio de la Academia al mejor actor, Samantha dijo: «Bueno, eso es porque la película era chula». No obstante, ella está produciendo su próximo largometraje…, una peli artística.

La hija de Amalita Amalfi ingresó en Kitford, la prestigiosa escuela de parvulario neoyorquina. Y ella ha emprendido su propio proyecto empresarial: una consultoría. Tiene tres empleados, además de cierto personal adjunto (un conductor, una niñera y una empleada del hogar). Hace poco le ha comprado a su hija su primer vestido de diseño.

Hueso sigue siendo modelo masculino.

Magda, la novelista, asistió a la fiesta de celebración de la publicación del calendario de los bomberos neoyorquinos. Míster Septiembre, de treinta y tres años, la escogió y son inseparables desde entonces.

Packard y Amanda Deale tuvieron otro hijo, una niña. Están criando a sus hijos para ser genios. La última vez que Carrie cenó en su casa, Packard le dijo a Chester: «¿Sabes que los cacahuetes asados con miel son un fenómeno reciente?». Y Chester asintió.

Brigid Chalmers abandonó a su esposo. La última vez que la vieron fue en el Tunnel a las cuatro de la mañana, bailando como una loca en compañía de Barkley.

Todos los eternos solteros siguen disponibles.

Belle y Newbert fueron a una fiesta mixta de regalos para bebés celebrada en la Quinta Avenida. Newbert se empeñó en llevar un divertido sombrero de copa a rayas parecido al de *El gato en el sombrero*[36] y después hizo que todo el mundo bebiese chupitos de tequila mientras él bailaba sobre un aparador. El estéreo atronaba cuando Newbert cayó de la ventana del quinto piso... Por suerte aterrizó en el toldo. Pasó dos meses con una férula de tracción y Belle se convirtió en la presidenta de su banco. Aún no se ha quedado embarazada.

Después de pasar una noche con Ray, Skipper Johnson regresó a Nueva York y desapareció. Resurgió un par de meses después, diciéndole a todo el mundo que estaba «completamente enamorado».

Al señor Perfecto se le atribuyó la paternidad de un hijo fuera del matrimonio. Hizo que la madre realizase una prueba de ADN y resultó que el chico no era suyo.

Carrie y Mr. Big continúan juntos.

---

36   Libro infantil, obra de Dr. Seuss (pseudónimo de Theodor Geisel), publicado en 1957. N. del T.